Goudkust

Van dezelfde auteur

All-inclusive
De vlucht
Zomertijd
Cruise
Après-ski
De suite
Zwarte piste
Bella Italia
Noorderlicht
Bon Bini Beach
Het chalet
Route du soleil
Winterberg

Bezoek onze internetsite www.awbruna.nl voor informatie over onze boeken, volg @AWBruna op Twitter of bezoek onze Facebook-pagina Facebook.com/AWBrunaUitgevers.

Suzanne Vermeer

Goudkust

A.W. Bruna Uitgevers

Omslagbeeld
© ILina S / Getty Images
Omslagontwerp
Wil Immink Design

ISBN 978 94 005 0469 1
NUR 332

MIX Papier van verantwoorde herkomst FSC® C110751

Dit boek is gedrukt op papier dat het keurmerk van de Forest Stewardship Council (FSC®) mag dragen. Bij dit papier is het zeker dat de productie niet tot bosvernietiging heeft geleid. Een flink deel van de grondstof is afkomstig uit bossen en plantages die worden beheerd volgens de regels van FSC. Van het andere deel van de grondstof is vastgesteld dat hiervoor geen houtkap in de laatste resten waardevol bos heeft plaatsgevonden. Daarom mag dit papier het FSC Mixed Sources label dragen. Voor dit boek is het FSC-gecertificeerde Munkenprint gebruikt. Dit papier is 100% chloor- en zwavelvrij gebleekt en wordt geleverd door Arctic Paper Munkedals AB, Zweden.

1

Fleur de Wit stond op het balkon dat grensde aan haar slaapkamer. Dromerig keek ze naar de azuurblauwe zee. De temperatuur was de dertig graden alweer gepasseerd. Dat was een van de dingen die ze zo fijn vond aan Kroatië, het stabiele weer. De zon scheen nagenoeg altijd en de warmte was droog en aangenaam. Niet te vergelijken met de broeierige klefheid in Nederland, áls het daar al eens mooi weer was.

De diamanten in haar verlovingsring schitterden in het zonlicht. Ze keek er tevreden naar. Haar vriendin Noa zou het protserig vinden, maar zij was dol op blingbling. Nog een paar uur en dan zouden haar vriendinnen landen op het vliegveld van Zagreb. De komende week zou ze met hen de laatste dagen van haar vrijgezellenbestaan vieren om vervolgens in het huwelijk te treden met Tibor.

In tegenstelling tot Nederland had ze haar vriendinnen wél ontzettend gemist. Verstandige en sportieve Noa, emotionele en mollige Sanne die elke gelegenheid aangreep om te kunnen troosteten en daarin absoluut geen maat wist te houden, en wispelturige en kleine Milou, die zichzelf steeds weer verloor in een andere alternatieve cursus om 'dichter bij zichzelf te komen'.

'Dichter bij de nullijn op je bankrekening,' pareerde Noa dan. 'Dat newagegedoe kost een hoop geld.' Waarop Milou weer reageerde met de opmerking dat geld maar materie was en niet opwoog tegen de schat aan innerlijke wijsheid waar ze mee verrijkt werd. Fleur was benieuwd in welke materie

Milou zich op dit moment verdiepte. De laatste keer dat ze haar uitgebreid had gesproken was ze helemaal *into mindfulness* geweest en overwoog ze deel te nemen aan een mindfulnessweekend op de Veluwe, om aan haar 'bewustwording' te werken. Maar dat was alweer drie weken geleden. In drie weken tijd kon Milous wereld er weer compleet anders uitzien, wist Fleur inmiddels. Hoe dan ook, ze was op alle drie haar vriendinnen even dol, ook al waren ze alle vier totaal verschillende types. Dat was hun zwakte, maar ook hun kracht. Ze konden af en toe het bloed onder elkaars nagels vandaan halen, maar vulden elkaar ook feilloos aan. Zo werd haar eigen impulsiviteit, die haar nog weleens in de problemen bracht, door Noa's doordachtheid vaak in goede banen geleid. Vaak, maar niet altijd, want het was Noa niet gelukt om haar van haar verhuizing naar Kroatië af te houden. De ongedwongen Sanne had genieten van het leven tot een kunst verheven en leerde Noa op dat gebied nog weleens een lesje. Noa gaf Sanne op haar beurt weer voedings- en bewegingsadviezen in haar eigen sportschool als de weegschaal echt te ver doorsloeg. Milou had door haar kleine postuur en grote ogen waarmee ze naïef de wereld inkeek een hoog knuffelgehalte dat bij de anderen appelleerde aan hun moedergevoelens. Milou wilde je beschermen tegen de grote boze buitenwereld omdat ze ontzettend beïnvloedbaar was en volledig door kon slaan als ze weer eens een nieuw 'doel' in haar leven had gevonden. Soms was ze ook onuitstaanbaar. Ze kon behoorlijk betweterig en eigenwijs zijn. Maar als ze je dan weer aankeek met die grote puppie-ogen, verdween alle irritatie als sneeuw voor de zon.

Ze waren alle vier opgegroeid in dezelfde straat in Den Haag en waren dagelijks buiten te vinden op het speelpleintje om de hoek. Hun jeugd hadden ze volop skeelerend, touwtjespringend en knikkerend doorgebracht. Sanne, die toen nog een normaal postuur had, kon toen prima meekomen met al het geren en gevlieg. Feest was het als Milous vader hen op winderige dagen allemaal meenam in zijn oude stationwagon naar het Scheveningse strand om te gaan vliegeren. Fleur kon uren kijken naar de breedstaartvlieger die alle kleuren van de regenboog had. Later als ze groot was, wilde ze net zo vrij en zorgeloos zijn als die vlieger die sierlijk danste op de wind.

Noa refereerde nog weleens aan hun vliegermomenten als Milou weer in een alternatieve bui was. 'Op dat Scheveningse strand is de basis gelegd voor je zweverigheid, Lou, ik zweer het je.'

Toen Fleur zestien was, kreeg haar vader een baan in het zuiden van het land en verruilden ze Den Haag voor Geleen. Ze was ontroostbaar geweest dat ze zonder overleg uit haar vertrouwde omgeving en bij haar vriendinnen werd weggerukt. Ze kon niet aarden in Geleen en haatte het zelfs. Ze was eenzaam en hoorde nergens bij. In het begin belde ze dagelijks met haar vriendinnen, totdat haar ouders haar een belverbod oplegden wegens de torenhoge telefoonrekeningen. Ze ging over tot het schrijven van brieven tot ze er schrijfkramp van kreeg. Noa, Sanne en Milou correspondeerden trouw terug en bewezen dat uit het oog niet uit het hart was. Hun enthousiaste verhalen over dagelijkse beslommeringen en gezamenlijke uitstapjes maakten het gemis nog groter. Ze trok zich nog verder in zichzelf terug en het contact met haar ouders verslechterde. En toen was daar Reggie met zijn charmante lach. Hij zag haar, deed moeite voor haar en overlaadde haar met complimentjes. Hij gaf haar het gevoel dat ze mooi en bijzonder was. Het was onmogelijk om niet smoorverliefd op hem te worden. Toen ze net met hem scharrelde had ze haar vriendinnen enthousiast over hem geschreven, maar ze hadden hem nooit ontmoet. Dolgraag wilden ze een foto van hem zien, maar Reggie wilde niet op de gevoelige plaat worden vastgelegd.

'Maak maar een mooi plaatje van me in je hoofd en in je

hart,' was zijn reactie als ze hem vroeg om met haar op de foto te gaan. Op een gegeven moment was ze gestopt het hem te vragen. Haar vriendinnen moesten het voorlopig doen met een omschrijving van haar vriendje. Als het echt serieus werd, zouden ze hem vanzelf een keer ontmoeten. Ook de uitnodigingen van haar ouders om hem mee naar huis te nemen zodat ze konden zien met wie hun dochter zoveel tijd doorbracht, negeerde Reggie stelselmatig. 'Ik heb niks te maken met je ouders of wie dan ook. Het gaat om jou en mij schatje, dat is alles wat telt. Qualitytime, weet je.'

Haar ouders waren allerminst gelukkig met zijn weigering zich aan hen voor te stellen en verboden haar nog langer met hem om te gaan. Hevige ruzies waren het gevolg maar ze vertikte het contact met Reggie te verbreken. In de weekenden klom ze rond middernacht als haar ouders sliepen uit haar slaapkamerraam via het schuurtje met het platte dak naar beneden. Zo snel ze kon haastte ze zich een paar straten verder waar Reggie haar in zijn snelle Volkswagen Golf stond op te wachten. Meestal nam hij haar mee naar een discotheek waar ze de hele nacht dansten en veel te veel dronken. Haar schoolprestaties verslechterden dramatisch, maar het deerde haar niet. Ze had Reggie en meer had ze niet nodig.

De kloof tussen haar en haar ouders werd groter en groter en toen Reggie haar op een gegeven moment vroeg om bij hem te komen wonen, pakte ze haar biezen en vertrok.

'Als je nu die deur achter je dichtgooit, hoef je niet meer terug te komen!' had haar vader gewaarschuwd. Ze had de deur dichtgegooid. Ergens had ze nog wel gehoopt dat haar vader haar achterna zou komen om haar tegen te houden, maar hij was net zo koppig als zij. Ze was bij Reggie in de auto gestapt en had niet meer achteromgekeken.

De hoeveelheid bezorgde telefoontjes en sms'jes van haar vriendinnen deed vermoeden dat haar moeder hen had gebeld. Haar standaardantwoord was dat ze gelukkig was en dat het goed met haar ging. Dat was ook zo, tot die bewuste dag. Toen was Reggie met zijn voorstel gekomen en was de boel zo uit de hand gelopen dat er geen uitweg leek te zijn. Het werd van kwaad tot erger en voor ze het goed en wel doorhad, werkte ze in de avonduren en in de weekenden als callgirl en veranderde Reggie van haar vriendje in haar pooier.

Haar vriendinnen hadden er alles aan gedaan om het contact met haar in stand te houden en waren haar ondanks de summiere reacties van haar kant altijd trouw gebleven. Toen ze naar Reggie vroegen, zei ze dat de relatie over was en hij geen deel meer uitmaakte van haar leven. De waarheid durfde ze niet te vertellen. Ze schaamde zich te veel om haar vriendinnen deelgenoot te maken van de vreselijke tijd waar ze doorheen ging en ze geneerde zich voor wat ze was geworden. Een hoer tegen wil en dank. Contact met haar ouders was er nooit meer geweest. Maar toen was daar Tibor en die had alles wat krom was in haar leven recht gebreid. Ze was tweeëntwintig toen hij in haar leven kwam en ze waren nu zeven jaar samen. Ze had hem in een club leren kennen en was als een blok voor hem gevallen, althans dat was wat ze haar vriendinnen had wijsgemaakt. Dat ze hem eeuwig dankbaar was omdat hij haar had bevrijd van Reggie had ze hun niet verteld. Zij wisten niet beter dan dat Reggie al tijden uit haar leven was.

Vanaf het moment dat ze een relatie kreeg met Tibor en weer eigen woonruimte had, haalde ze de band met haar vriendinnen aan. In de jaren dat Reggie haar domineerde en gebruikte voor zijn eigen gewin, had ze geen sociale contacten gehad, laat staan nieuwe vrienden gemaakt. Noa, Milou en Sanne waren het enige wat ze had. Ze zocht zelf weer regelmatig contact met hen en stelde voor elkaar vaker te zien. Het werd een heilige afspraak elkaar in ieder geval vier keer per jaar te ontmoeten. Ieder van hen organiseerde een keer per jaar een etentje waarbij ze ouderwets konden bijpraten.

Men not allowed. Dat hadden ze al die jaren volgehouden, totdat Fleur twee jaar geleden de code brak. Na vijf jaar voelde ze zich veilig en zeker genoeg om de grote sprong te wagen om bij Tibor te gaan wonen. Ze vertrok naar Kroatië. Op dat moment hadden haar vriendinnen hem pas één keer kort ontmoet.

Het leven met Tibor beviel Fleur goed. Ze vond hem knap, stoer en spannend. Ze hield van zijn strakke kaaklijn en zijn gemillimeterde haar en keek graag in zijn mysterieuze donkere ogen die nooit te veel prijsgaven. Als de term pokerface op iemand van toepassing was, dan wel op Tibor. Het had haar jaren gekost voordat ze hem een beetje kon 'lezen'. Hij was als een puzzel waar ze telkens weer een stukje verder mee kwam. Zijn dominante, jaloerse trekjes en bezitterigheid, waar veel vrouwen juist een hekel aan zouden hebben, vond zij prettig. Het gaf haar het gevoel dat ze bijzonder en onmisbaar was, een gevoel waar ze haar hele leven al naar op zoek was. Reggie had haar dat gevoel in het begin ook gegeven, maar dat was allemaal berekenend en vooropgezet geweest om haar zover te krijgen hem te 'helpen'. Bij Tibor lag het anders, hij was oprecht. Als Tibor zijn gespierde armen om haar heen sloeg verdween de buitenwereld met al zijn problemen in het niets. Dan was ze veilig en kon haar niets gebeuren. Bijkomend voordeel was Tibors ruime portemonnee die het mogelijk maakte om zich in de mooiste kleren te hullen en de nieuwste gadgets aan te schaffen. Ze wist natuurlijk dat geld niet het belangrijkste was in het leven, maar het was wel verdomde handig en maakte het dagelijkse bestaan een stuk aangenamer.

Ze leefde in een soort gouden kooi en accepteerde dat. Het was de prijs die ze betaalde als ze onderdeel van Tibors leven wilde uitmaken. De eenzaamheid die dat met zich meebracht, nam ze op de koop toe. Tibor probeerde zo veel mogelijk bij haar te zijn als hij niet in Club Boa of cocktailbar Jungle was voor zaken. Deze populaire uitgaansgelegenheden op het eiland Krk waren sinds vijf jaar zijn eigendom. Ze kwam er graag en kon niet wachten om haar vriendinnen er mee naartoe te nemen en los te gaan op de dansvloer.

Een halfjaar geleden had Tibor haar onverwachts ten huwelijk gevraagd op de meest romantische manier die ze kon verzinnen. Hij had haar meegevoerd naar zijn luxe jacht en ze waren naar een van de tientallen onbewoonde eilandjes gevaren die deel uitmaakten van Nationaal Park Kornati. Het was gelegen in de Adriatische Zee voor de kust van centraal Dalmatië, ten zuiden van de stad Zadar. Tibors 'klusjesmannen' Dorba en Branco bestuurden de boot en zorgden dat ze niets tekortkwamen. Ze was het inmiddels gewend dat de mannen Tibor als een schaduw volgden en had zich erbij neergelegd.

Vlak voor het eiland waren drie dolfijnen opgedoken die met grote snelheid voor de boot uit zwommen richting de kust. Fleur had haar ogen uitgekeken. Aangekomen bij het eiland hadden Dorba en Branco de boot afgemeerd en hen aan wal geholpen. Vervolgens hadden ze zich discreet teruggetrokken op het jacht terwijl zij met Tibor hand in hand het eiland op liep. Na een korte wandeling had ze een kreet geslaakt van verbazing. Midden tussen de kleurrijke bloemen stond een met roze rozen behangen prieeltje met daarin een gedekte tafel voor twee personen. Roze was van kinds af aan al haar lievelingskleur geweest. Een ober in wit pak stond klaar met een fles roze champagne en op een teken van Tibor schonk hij de glazen vol.

'Wat is dit nou?' had ze gestameld. Tibor had mysterieus geglimlacht en haar begeleid naar haar stoel. Hij pakte beide gevulde glazen en gaf er een aan haar. Hij tikte zijn glas tegen het hare en nam een slok. Ze volgde zijn voorbeeld terwijl ze hem verwachtingsvol aankeek. Nog steeds had hij geen woord gezegd. Weer een hoofdknik naar de ober en de man zette een royale inktvissalade en een mandje brood op tafel. Hij schepte hun beiden een portie op en trok zich weer terug.

'Tib, wat is dit allemaal?'

'Eet,' was het enige wat hij zei. 'En geniet.' Ze gehoorzaamde en nam tussendoor een paar flinke slokken van haar champagne. Ook bij het hoofdgerecht bleef het stil. Ze begon wat geïrriteerd te raken. Ze hield niet van lange stiltes. Dat vond ze ongemakkelijk.

Het toetje bestond uit een flensje met Nutella, een nagerecht dat je overal in Kroatië kon krijgen en dat een van haar favorieten was geworden. Ze sneed een stuk van de opgerolde pannenkoek af en stopte het in haar mond. Toen ze begon met kauwen beet ze haar tanden bijna stuk op iets hards. 'Shit,' riep ze uit terwijl ze de hap op haar bord spuugde. Tibor had nog steeds die stomme grijns op zijn gezicht. 'Wat lach je nou, ik bijt mijn gebit bijna in tweeën!'

'Waarop dan?' was zijn enige reactie. Ze schoof haar bord van zich af. 'Weet ik veel.'

'Kijk eens goed.' Ze trok het bord weer naar zich toe en viel even volledig stil. In de uitgespuugde hap zat een ring. Tibor wenkte de ober die de ring schoonpoetste en hem aan Tibor gaf. Nu pas zag ze hoe mooi hij was. De ring was van rosékleurig goud en ingelegd met drie grote diamanten. Het ding moest een fortuin gekost hebben. Tibor ging door zijn knieën en pakte haar hand. Zijn stem trilde licht en zijn handen, die anders altijd zacht en glad aanvoelden, waren klam. 'Lieve Fleur, wil je met me trouwen?' Geen ellenlange teksten maar lekker to the point, zoals Tibor was. Hij keek haar gespannen aan. Haar ogen sprongen vol tranen.

'O Tibor. Ja, ik wil heel graag met je trouwen.' Voorzichtig schoof hij de ring aan haar vinger en kwam overeind. Tibor trok haar van haar stoel en sloeg zijn armen om haar heen. Ze beantwoordde zijn omhelzing en duwde zichzelf stevig tegen hem aan. Ze waande zich in een special van *All You Need Is Love*.

Weer zwegen ze allebei, maar deze keer was de stilte anders. Woorden zouden afbreuk doen aan het gelukzalige moment waar ze allebei in opgingen. Voor even dacht Fleur er niet aan dat hij de laatste tijd zo gespannen leek en minder vaak thuis was.

Fleur staakte haar mijmeringen en keek op haar nieuwe stalen Rolex met roze wijzerplaat. Ze was zo blij geweest toen Tibor hem vorige week aan haar cadeau gaf. Er ging een zenuwenkriebel door haar buik. Over twintig minuten zouden haar vriendinnen opstijgen van Schiphol en na een kleine twee uur vliegen op Zagreb landen. Dorba en Branco zouden nu toch echt moeten vertrekken om ze op tijd op te halen in Zagreb. Het was toch nog ruim twee uur rijden naar de luchthaven. Tot haar opluchting hoorde ze beneden op het terrein rond de villa een motor van een auto starten. Aan het zware geluid te horen was het de Mercedes 4x4 die Tibor onlangs had gekocht. Haar vermoeden werd al snel bevestigd toen de robuuste zwarte auto door het elektrische toegangshek schoot en het terrein verliet.

Ze draaide zich om en liep naar binnen. Ze had nog ruim de tijd voor een uitgebreide badsessie met bijbehorende scrubbeurt. Maar eerst zou ze een bezoekje brengen aan haar *walk-in closet* die vele malen groter was dan de slaapkamer die ze als kind had gehad. De gedachte aan haar kinderkamer bracht herinneringen boven aan haar ouders met wie ze geen contact meer had. Flarden uit haar puberteit schoten door haar hoofd. Ze probeerde ze te verdringen. Maar de pijn van gebeurtenissen die levensbepalend waren geweest en haar wegen op hadden geduwd die ze eigenlijk nooit had willen bewandelen, liet zich niet zomaar wegsturen. Het had haar een onverschilligheid gegeven die ze nooit had gehad. Ze legde haar hand op haar maag in de hoop dat de knoop die zich daar had gevormd zou verdwijnen. Vroeger was een gepasseerd station. Ze concentreerde zich op de overvloed aan jurken die geselecteerd op kleur aan hangers hingen. Ze moest er straks perfect uitzien zodat haar vriendinnen zouden zien hoe gelukkig ze was. Want dat was ze, volmaakt gelukkig met haar aanstaande man en haar nieuwe thuisland waar de zon altijd scheen.

2

'Kom, ik neem je koffer wel want volgens mij heb jij genoeg aan je eigen gewicht,' klonk het plagerig. Sanne knikte dankbaar toen Noa haar bagage van haar overnam. In haar hand had ze een waaier die ze in hoog tempo op en neer bewoog om haar verhitte gezicht wat af te koelen. Milou liep lichtvoetig langs hen heen naar de uitgang van de luchthaven, de mensen omzeilend die in de rij stonden bij een van de vele balies van autoverhuurbedrijven. Eenmaal buiten speurden ze de omgeving af. Noa's oog viel op twee breedgeschouderde mannen met gemillimeterd haar die tegen een zwarte auto aanhingen. Hun ogen waren verscholen achter donkere zonnebrillen. 'Zouden dat Fleurs lakeien zijn?' vroeg Noa zich hardop af. Ze bekeek de mannen nog eens goed en zocht oogcontact. Door hun ondoordringbare brillenglazen kon ze niet inschatten of ze haar gezien hadden. 'Had Fleur jou niet een kenteken ge-sms't, Milou?'

'Ja, ik geloof het wel. Wacht even.'

Noa vergeleek het kenteken dat Milou even later opdreunde met dat van de auto van de kleerkasten. 'Bingo.' Voortvarend liep ze naar de mannen toe en stak haar hand uit.

'*Dobar dan*,' begroette ze hen in het Kroatisch. In het Engels vervolgde ze: '*Hi, I'm Noa, one of Fleurs best friends*.' De kleinste van de twee pakte haar hand en stelde zich voor als Dorba, maar de andere kerel draaide zich om en ging zonder iets te zeggen achter het stuur van de zespersoons auto zitten. Noa had meteen een hekel aan hem. Onbeschofte hork. Ze hield sowieso niet van het stoere patserige type man. Ook Tibor viel binnen die categorie en ze begreep eerlijk gezegd niet wat Fleur in hem zag. Op het gebied van de liefde zouden zij en Fleur nooit elkaars concurrenten worden.

'Branco is wat knorrig,' verontschuldigde Dorba zich voor het lompe gedrag van zijn collega. 'Kan ik jullie bagage aannemen?' Noa gaf hem haar koffer en die van Sanne en opende de autodeur voordat Dorba daar de kans toe kreeg. 'Ik kan heel goed voor mezelf zorgen,' liet ze hem pinnig weten.

'Humeurtje, Noa? Gaat je emancipatie-gen weer met je op de loop? Hier, ik zal je wat koelte toewuiven.' Sanne nestelde zich naast haar en zwaaide haar waaier wild voor Noa's gezicht. Noa ontdooide weer een beetje.

'Dank je wel schat, dat helpt.'

Milou kroop op de leren stoel achter hen en gluurde geïnteresseerd naar Branco. Noa keek haar waarschuwend aan. 'Laat dat maar uit je hoofd, één vriendin met zo'n kleerkast is genoeg.'

'Maar hij is zo knap.'

'Knap? Hou toch op. En vriendelijk is ie ook niet.'

'Maar dat vind ik juist wel spannend...'

'Bakvis.'

Dorba stapte in de auto en voordat hij goed en wel zat, gaf Branco gas. Noa controleerde haar gordel. Ze ging ervan uit dat het geen rustig ritje zou worden, gezien het voortvarende vertrek.

Tot Noa's opluchting zette Dorba al snel de radio hard aan. Moderne platen, afgewisseld met krakers uit de jaren negentig schalden uit de boxen en maakten conversatie met de voorhoede onmogelijk. Noa was er niet rouwig om, ze was niet zo goed in nietszeggende, geforceerde gesprekken met mensen met wie ze niets had. Haar vriendinnen verweten haar weleens dat ze te serieus was en zich wat losser moest gedragen, maar zo zat ze nou eenmaal niet in elkaar. Ze vond het heerlijk om zich af en toe even helemaal terug te trekken in haar eigen wereldje en ze keek graag de kat uit de boom. Maar, voor de mensen die het tot haar '*inner circle*' hadden geschopt, ging ze door het vuur.

Ze leunde loom achterover in haar comfortabele stoel en glimlachte om het valse geblèr van Sanne en Milou die enthousiast op hun stoelen bewogen op het ritme van de muziek. Soms was ze weleens jaloers op hun ongedwongenheid. Het maakte het leven ook wel een stuk makkelijker. Ze verheugde zich enorm op het weerzien met Fleur en hoopte dat ze haar zorgen om haar aan de kant kon schuiven. Hoewel Fleur te pas en te onpas beweerde dat het goed met haar ging en dat ze zo gelukkig was, had Noa haar twijfels. Ze wilde het eerst met eigen ogen zien. Fleur zei zo vaak dat ze gelukkig was, dat het leek alsof haar vriendin niet alleen haar maar ook zichzelf ervan probeerde te overtuigen.

Ze staarde naar buiten en genoot van het mooie landschap. Voordat ze een voet op Kroatische grond zette, had ze in haar gedachten een somber beeld van het land gevormd. Ze associeerde het met oorlog en ellende en in haar beleving was alles er grijs. Het zonnige ongerepte en tropische karakter van het landschap waar ze nu op uitkeek, bewees het tegendeel. De talloze stalletjes langs de weg waar fruit, groente, honing en kaas te koop was, zagen er fris en aantrekkelijk uit. Bij het zien van de grote watermeloenen en glimmende rode tomaten liep het water haar in de mond. Wat konden vooroordelen toch een hoop kapotmaken. Als ze naar haar eigen gevoel had geluisterd, dan was ze nooit naar dit land toe gegaan en zou ze al dit moois gemist hebben. In dat opzicht moest ze Fleur maar dankbaar zijn dat ze het in haar hoofd had gehaald om te gaan trouwen met een Kroaat.

Het was rustig op de weg en daarom viel het haar des te meer op dat er al vanaf de luchthaven een witte auto achter hen reed. Branco gaf wat gas en haalde de auto die voor hen reed in. De witte auto volgde en kwam weer achter hen rijden. Noa draaide zich om in haar stoel en probeerde een blik op te vangen van de chauffeur. Het was eenzelfde type als Dorba en Branco, breedgeschouderd, met gemillimeterd haar en een grote donkere zonnebril op die zijn ogen verborg. De bijrijder was bijna een kopie van de chauffeur. Hadden ze hier geen normale mannen?

Branco passeerde weer een medeweggebruiker en de witte auto volgde wederom en bleef strak achter hen rijden alsof hij met een onzichtbare draad aan hen verbonden was. Branco loerde regelmatig in zijn achteruitkijkspiegel en mompelde iets onverstaanbaars tegen Dorba terwijl hij een dot gas gaf. De auto schoot vooruit.

Ook de chauffeur van de witte auto verhoogde zijn tempo flink en Noa's adem stokte in haar keel. Wat moest die bumperklever nou?

Op het nippertje zwenkte de wagen langs hen heen en bleef gelijk met hen oprijden. Branco gaf nog meer gas en hield zijn blik strak op de weg. Met onverantwoord hoge snelheid raasden de auto's naast elkaar over de weg. In de verte kwam een tegenligger aan.

Branco bleef het gaspedaal onverminderd indrukken en de witte auto gaf geen millimeter toe. De tegenligger kwam snel dichterbij en als er niet snel gehandeld werd zou het tot een frontale botsing komen. De chauffeur in de witte auto schoot op het allerlaatste moment rakelings voor de luid toeterende tegenligger langs. Branco trapte stevig op de rem en voorkwam nog net dat ze achter op de witte auto klapten. Met piepende banden slingerden ze over de weg. Door zijn bedreven stuurmanskunst wist Branco een ongeluk te voorkomen. Hij keek nog steeds stoïcijns voor zich uit, alsof hij dagelijks dit soort dodemansritten maakte. Ook Dorba vertrok geen spier, maar de zweetdruppels op zijn voorhoofd gaven aan dat hij minder relaxed was dan zijn maat.

De witte auto liep snel op hen uit. Branco liet hun auto flink terugzakken om de afstand nog groter te maken. Binnen *no time* was de auto uit het zicht verdwenen en leek het alsof er nooit iets gebeurd was. Beduusd keken ze elkaar aan. Pas toen de witte auto echt niet meer terug leek te komen, durfden ze weer opgelucht adem te halen.

In de verte doemde een bord op waar een supermarkt op aan werd gegeven. Toen ze de afslag bij het bord naderden, riep Sanne: '*Go right, go right!*' Branco keek geërgerd in zijn achteruitkijkspiegel maar deed toch wat hem werd gevraagd.

'Wat is er? Moet je plassen?' vroeg Milou.

'Nee. Ik wil nog even wat chocolade voor Fleur kopen.'

Branco stopte de auto op het parkeerterrein voor de Plodine-supermarkt. De motor liet hij draaien.

'Ben over een minuutje terug.'

'Maak er maar een uur van,' reageerde Noa droog toen Sanne uit de auto stapte en in haar gebruikelijke sjoktempo naar de ingang liep.

Na wat een eeuwigheid leek te duren kwam Sanne de supermarkt weer uit met twee goedgevulde plastic tassen. Dorba stond tegen de auto leunend een sigaret te roken en Noa wapperde met een vies gezicht de rook weg met Sannes waaier. Branco was in de auto blijven zitten en liet de airco op vol vermogen blazen. Milou zat op een stoepje naast de auto te genieten van de zon.

'Dat is niet alleen een doosje bonbons voor Fleur, San,' merkte Noa op terwijl ze een blik wierp op de afgeladen boodschappentassen.

'Nou ja, ik dacht nu ik er toch ben kan ik net zo goed alvast wat dingen voor de avond inslaan.'

'En jij denkt dat we dat allemaal in een avond gaan opeten? Ik heb 's avonds na de warme maaltijd geen honger meer, hoor.'

‘Was je bang dat je in dat hotel niks te eten krijgt?’ bemoeide Milou zich ermee.

‘Ze hebben daar vast geen chips.’ Sanne sprak het uit als tjips.

‘San, *please*!’

‘Instappen,’ onderbrak Branco hen. Tot grote ergernis van Noa sprong Milou meteen in de houding. Sanne nestelde zich met haar aankopen in de stoel naast haar. Noa maakte in eerste instantie geen haast met instappen maar nam uiteindelijk achter hen plaats. Ze werd altijd een beetje opstandig van commanderende mannen. Dorba ging als laatste zitten en een sigarettenlucht vulde de auto. Noa begon overdreven te kuchen. ‘Yek, *you stink*.’

Sanne draaide zich om en duwde Noa voordat ze het doorhad een bonbon in haar mond. ‘Opeten. Chocolade schijnt te helpen tegen een rothumeur. En ook tegen hart- en vaatziekten, om de gezondheidsfreak in jou gerust te stellen.’ Vervolgens stopte ze twee bonbons in haar eigen mond voordat ze Milou er een aanbood. In de tijd dat Milou en Noa hun mond weer leeg hadden, had Sanne zich al door de halve doos heen geploegd. ‘Goddelijk.’

‘Laat je ook nog wat over voor Fleur?’ herinnerde Noa haar fijntjes aan de oorspronkelijke bestemming van de doos bonbons.

3

Het gedoe met die witte auto zat Noa niet lekker, maar Sanne en Milou leken het voorval al achter zich te hebben gelaten. Toen Noa er tijdens het laatste gedeelte van de rit over begon, deden ze het af met wegpiraterij en gaven haar het stempeltje paranoïde. Toch bleef Noa zich afvragen of het allemaal wel zo onschuldig was of dat er meer achter zat. Was het spielerei van een testosteronbom geweest of niet? Ze kon zich niet aan de indruk onttrekken dat ze een glimp van herkenning had gezien toen de chauffeur van de witte auto zijn zonnebril afdeed en naar Branco had gekeken. Omgaven Tibor en zijn maten zich met foute mannen en bracht hij daardoor ook Fleur in gevaar? Fleur was een makkelijk te beïnvloeden type dat daardoor niet altijd even stevig in haar schoenen stond. Het zou haar niet verbazen als de stoere Tibor regelmatig over haar heen walste.

Als ze Fleur moest geloven, zat Tibor in de horeca en bezat hij twee goedlopende uitgaansgelegenheden. Maakte je daar dergelijke vijanden mee? Of zat Tibor in de horeca plus en voorzag hij zijn gasten desgewenst van een snuifje of een pil? Als dat het geval was dan kon ze de louche types een stuk beter plaatsen. Ze moest Fleur vragen of ze écht met Tibor wilde trouwen, voordat het te laat was en ze niet meer terug kon. De hele relatie had haar van begin af aan een akelig onderbuikgevoel bezorgd. Waarom hadden ze Tibor pas één keer gezien? Fleur had steeds een ander smoesje om zijn afwezigheid goed te praten. Sanne en Milou deden het af als onzin en lieten zich meeslepen door de romantiek.

Noa was altijd het geweten van hun groepje geweest. Hoewel dat haar in eerste instantie nooit in dank werd afgenomen had ze haar vriendinnen al regelmatig teruggebracht in de realiteit als ze die zelf uit het oog waren verloren. Zo wilde Milou tien jaar geleden in een opwelling haar communicatiestudie afbreken en zich volledig gaan storten op een modellencarrière. Hoewel ze een mooi gezicht had met hoge jukbeenderen en volle lippen, een slank lijf en welgevormde benen, voldeed haar lengte van 1.55 meter allerminst aan de minimale eisen van modellenbureaus.

'Schat, tenzij ze in Madurodam mensen voor de catwalk zoeken, vrees ik dat je die droom moet laten varen.'

Milou had er niets van willen weten en was aanvankelijk uiterst beledigd geweest. Sanne en Fleur hadden haar onder hun hoede genomen en vol goede moed begeleid tijdens haar ronde langs de modellenbureaus. Na twee weken had Milou Noa opgebeld.

'Weet je wel hoe irritant het is dat jij altijd gelijk hebt, Noa van den Berg? Zelfs Madurodam wilde me niet hebben...'

Nadat Noa was uitgelachen had ze de woorden gesproken die Milou sindsdien uitentreuren herhaalde. 'Dat je klein van stuk bent wil niet zeggen dat je niet groots kunt zijn van daden.'

Noa zuchtte terwijl ze haar vriendinnen observeerde. Ze speculeerden aan een stuk door over Fleurs jurk.

'Wedden dat ie roze is?' stelde Milou.

'Met of zonder sleep?'

'Eh, ik denk met.'

'Ja, denk ik ook. Fleur houdt van groots en meeslepend. Wat denk jij, Noa?'

'Roze, met sleep en diamantjes,' antwoordde ze gemaakt enthousiast. Milou en Sanne hadden het niet door. Verdorie, ze wilde niet altijd een spelbreker zijn. Waarom kon ze haar intuïtie niet eens een tijdje uitschakelen en net zo ongedwongen en spontaan meegaan in een situatie als haar vriendinnen? Ze hoefde toch niet altijd de oudste en de wijste te zijn?

'We zijn er bijna,' onderbrak Dorba haar gedachten en het geklets van Sanne en Milou.

Sanne propte snel de laatste bonbon in haar mond. Milou bewoog ongeduldig heen en weer op haar stoel. De knoop in Noa's maag trok strakker. Ze wilde haar bezorgdheid om Fleur graag laten varen, maar kon het niet. Ze zuchtte nogmaals. De komende dagen zou ze weer geen vrienden gaan maken...

4

De warmte sloeg Noa als een klap in het gezicht toen ze de door airco gekoelde auto uit stapte.

'Poeh, temperatuurtje.'

'Het kan mij niet heet genoeg zijn.' Milou strekte haar armen, gooide haar hoofd naar achteren en liet zich als een aalscholver opwarmen door de zon. Sanne keek met een verlangend gezicht naar de ijskraam aan de overkant van de parkeerplaats terwijl ze de lege bonbondoos en de tassen met andere versnaperingen in haar hand geklemd hield. Noa schonk haar een waarschuwende blik.

Sanne haalde haar schouders op en vroeg: 'Een klein ijsje voor onderweg?'

'Jij bent echt onverbeterlijk...'

'Ik loop met jullie mee naar het hotel waar Fleur op jullie wacht. Branco neemt jullie bagage mee.' Dorba liep de parkeerplaats af en ging er duidelijk van uit dat ze zouden volgen. Noa en Milou konden zijn tempo makkelijk bijhouden, maar Sanne raakte al snel achterop.

Milou hield haar pas in en haakte haar arm door die van Sanne. 'Kom, Fleur zit te wachten.'

Noa pakte de tassen met versnaperingen van Sanne over. 'Omdat ik zoveel van je hou, maar ik ga niet continu voor pakezel spelen.' Gedrieën vervolgden ze hun weg. Dorba was de straat inmiddels al overgestoken en stond aan de overkant van de weg op hen te wachten.

'Kijk, op zo'n ding heb ik altijd al eens willen rijden,' Milou wees naar een man die bij een verzameling scooters en quads stond.

'Lijkt me fantastisch om daarmee over de weg te scheuren. Kan mij niet hard genoeg gaan.'

'Nou, wat dat betreft heb je je portie vanmiddag wel gehad, dacht ik zo,' refereerde Noa aan de dollemansrit op de snelweg.

Achter hen klonk het geluid van een auto. Noa keek achterom en schrok. Het was een witte auto die verdacht veel leek op het exemplaar dat hen zo dwars had gezeten vanaf de luchthaven. Ze probeerde een glimp op te vangen van de chauffeur. Tot haar opluchting was het een bejaarde man met een zonnehoedje op zijn hoofd die bijna met zijn neus tegen het raam geplakt zat en het stuur krampachtig vasthield. Naast hem zat een klein vrouwtje met een weelderige grijze krullenbos. Noa ontspande weer. Ze zag spoken.

Op hun gemakje staken ze de straat over en liepen naar Dorba die duidelijk ongeduldig werd.

'Bij me blijven,' zei hij geïrriteerd terwijl hij zijn weg vervolgde naar de wandelpromenade aan de haven. Het eerste stuk van de haven lag vol met grote boten en in het overige stuk dobberden kleinere exemplaren.

'De zee!' Noa liet Sanne los en rende naar het water. 'Moet je kijken hoe helder het water is. Je kunt helemaal tot de bodem kijken!'

Milou trok Sanne met zich mee en tuurde net als Noa in het water. 'Wat kun je die vissen goed zien, geweldig! Je kunt hier vast fantastisch snorkelen.' Sanne was buiten adem door het sprintje waar Milou haar toe gedwongen had en het zweet stond op haar voorhoofd. Verlangend keek ze naar het baaitje in de verte. 'Een frisse duik zou niet gek zijn.'

Dorba liep alweer een stuk verderop, keek om en gooide zijn armen in de lucht in een moedeloos gebaar. Met spijt in hun hart keerden ze zich van het water af en volgden hem.

Bij het achterste hotel aan de wandelpromenade hield Dorba halt.

'Hier is het, Hotel Marina.'

Voordat ze de entree van het hotel goed en wel in zich op hadden kunnen nemen, stormde Fleur met wijd opengesperde armen de trap af. 'Daar zijn jullie eindelijk!' In haar enthousiasme liep ze bijna tegen Dorba aan voordat ze zich in de armen van haar vriendinnen stortte. 'Ik heb jullie zo gemist!' Ze gaf haar vriendinnen allemaal een dikke zoen en poetste daarna de roze lippenstift van hun gezichten. 'O, je hebt bonbons voor me meegenomen! Had je niet hoeven doen!' Fleur griste de doos uit Sannes hand.

'Heeft ze ook niet gedaan,' reageerde Noa. Fleur keek Sanne vragend aan.

'Eh, eigenlijk heb ik ze zelf al een beetje opgegeten...'

'Fijn, dat je tijdens mijn afwezigheid zo lekker jezelf bent gebleven,' klopte Fleur haar lachend op haar schouder.

'Fleur, wat zie je er goed uit en wat heb je een mooie jurk aan!' riep Noa bewonderend. Fleurs ogen straalden terwijl ze een rondje draaide om zichzelf goed te showen en haar brede lach was bijna te groot voor haar gezicht. Haar haren waren door de zon nog blonder geworden en haar huid had een mokka-achtige kleur gekregen. Haar lichaam was nog even slank en goed geproportioneerd als toen ze Nederland destijds verliet. De zilverkleurige Gucci-jurk zonder mouwen en met speels gegolfde rok tot halverwege haar bovenbenen stond haar oogverblindend. De roze ceintuur accentueerde haar taille nog eens extra. Aan haar voeten droeg ze elegante zwarte open schoenen met aanzienlijke hakken waardoor haar benen nog langer leken. Op het eerste gezicht was er geen enkele aanwijzing dat Fleur het niet ontzettend naar haar zin had in haar nieuwe leven. Trots troonde ze haar vriendinnen mee naar het terras met comfortabele zwarte rotan stoelen. Sanne liet zich met een dankbare kreun in de dikke witte kussens vallen die erin lagen. Dorba stond er een beetje onbeholpen bij.

'Je kunt gaan,' deelde Fleur hem mee.

'Ik ga Branco helpen met de bagage.' Hij draaide zich om en vertrok.

'Die heb je goed afgericht,' reageerde Milou.

'Je moet ze strak houden, hè,' knipoogde Fleur. Een ober kwam naar hen toe lopen. 'Champagne maar?' stelde Fleur voor. Milou en Sanne knikten enthousiast, maar Noa schudde haar hoofd. 'Voor mij water, alsjeblieft.'

'Hè, Noa, drink je nog steeds geen druppel alcohol?'

'Nee, geen enkele behoefte aan.'

'Eentje voor de gezelligheid kan toch wel?'

'Nee, echt niet, voor mij water.'

'*A bottle of champagne and a bottle of sparkling water*,' gaf Fleur de bestelling door.

'*Oh, and fried squid rings*,' riep ze de ober na die zijn hand opstak ten teken dat hij haar gehoord had. Fleur zakte met een tevreden gezicht onderuit in haar stoel. 'Dit is echt een te gek hotel. Ik heb tegen Tibor gezegd dat alleen het beste goed genoeg was voor jullie. Vertel, hoe was jullie reis?'

'Avontuurlijk,' antwoordde Noa meteen.

'Hoezo avontuurlijk? Turbulentie of heeft Branco het gas te hard ingedrukt? Daar heeft hij nogal een handje van namelijk.'

'De vlucht ging prima, maar de autorit verliep inderdaad niet echt rustig. We werden de hele tijd achtervolgd door een witte patserbak.'

'Het zullen wel Tsjechen geweest zijn,' reageerde Fleur. 'Die lopen altijd te klooien op de weg en worden agressief als je ze inhaalt. Niks persoonlijks. Ze rijden hier sowieso als gekken, daarom rijd ik hier ook liever niet zelf. Vindt Tibor ook niet goed trouwens. "Prinsessen moeten gereden worden", zegt hij altijd.'

De ober kwam aanlopen met de drank en de inktvisringen. Fleur hief haar glas en nodigde haar vriendinnen uit hetzelfde te doen. 'Op het leven, de liefde en onze vriendschap!' De kristallen glazen tikten tegen elkaar. Terwijl de anderen meteen een slok namen, stortte Sanne zich op de royale schaal met inktvisringen. 'Zalig, ze weten hier in Kroatië wel wat lekker eten is.'

'Zonder je de eetlust te willen ontnemen hoor, maar wist je dat inktvisringen van varkensanus worden gemaakt?'

'Hoe kom je daar nou weer bij, Milou?'

'Stond ooit in *De Telegraaf*.'

'Allemaal geruchten,' wuifde Sanne Milous onsmakelijke praatje weg. 'Die kwaliteitskrant met chocoladeletters van jou heeft vlak erna een artikel geplaatst waarin stond dat er geen enkel hard bewijs voor die onzin was.'

'Nou, dat heb ik dan zeker gemist.'

'Blijkbaar. Ik eet er in elk geval geen ring minder om.' Sanne doopte een nieuwe ring diep in de bijgeleverde saus.

Noa pakte een inktvisring van het al halflege bord, keek er even bedenkelijk naar en stak hem toen in haar mond. 'Lekker kontje.'

Fleur glimlachte, hief haar glas en nam een grote slok champagne.

5

‘Wat een geweldige kamer!’ Milou liet zich op het tweepersoonsbed in de ruime suite vallen. Fleur keek trots. ‘Tibor heeft voor jullie alle drie een aparte kamer geboekt.’ Sanne schopte haar slippers uit om het zachte tapijt onder haar voeten te voelen en Noa liep door naar de badkamer. ‘O heerlijk, een bad! Ik heb nog steeds spijt dat ik thuis geen bad heb genomen.’

‘Wat let je om er alsnog een te nemen?’

Noa kwam de badkamer weer uit en maakte een geldgebaar met haar vingers.

‘Wat heerlijk dat we kamers met zeezicht hebben. Ik zet vanavond mijn raam wijd open zodat ik met het geluid van de golven in slaap kan vallen.’ Milou vouwde haar handen met een tevreden gezicht achter haar hoofd.

‘Hier, de sleutels van jullie kamers.’ Fleur gaf Noa en Sanne hun eigen setje.

‘Ik ga een tijdje liggen weken in bad als jullie het niet erg vinden.’ Noa maakte aanstalten om Milous kamer te verlaten.

‘Ik denk dat ik even een siësta ga houden.’ Sanne geeuwde overdreven en liep achter Noa aan.

‘Als jullie maar op tijd zijn voor het diner,’ riep Fleur hen na. ‘Om zes uur aantreden, Tibor is er ook.’

‘Wat ga jij in de tussentijd eigenlijk doen, Fleur?’

‘Fleur gaat met mij een kaartje leggen, hè, Fleur?’ Milou liep naar haar koffer en ritste hem open, terwijl Fleur vragend naar Noa keek die haar hoofd nog om het hoekje van de deur had.

'Milou heeft weer eens een nieuwe hobby. Ze is tegenwoordig expert in koffiedik kijken,' verduidelijkte Noa. De mindfulness was dus alweer verleden tijd.

'Koffiedik kijken? Tarotkaarten leggen is een heel serieuze aangelegenheid. Het zal je verbazen wat je daar allemaal uit kunt aflezen.' Milou kwam overeind met een pak kaarten in haar hand. 'Ik ga een liefdeslegging voor je doen, Fleur.' Behendig schudde ze de kaarten en ging op bed zitten. Uitnodigend klopte ze op het matras.

'Blijven jullie niet om me te steunen?' smeekte Fleur Noa en Sanne.

'Sorry, maar wij hebben deze hocus pocus de afgelopen tijd al iets te vaak moeten ondergaan. Nu is het jouw beurt.'

'Zoals ik al zei ga ik een liefdeslegging voor je doen,' pakte Milou de draad weer op toen Noa en Sanne waren vertrokken.

'Als je dat per se wilt...' Fleur haalde haar schouders op.

'Nou, iets enthousiaster mag wel hoor, ik zit hier mijn stinkende best voor je te doen.'

'Ik heb gewoon niet zoveel met die poespas, Lou, sorry.'

'Hè, gun mij dat lolletje nou, ik moet nog een keer oefenen voor mijn volgende cursusdag.'

'Nou, vooruit dan maar.'

'Oké, dan moet je nu een vraag stellen over je relatie waar je een antwoord op wilt krijgen van de kaarten.'

'Eh... Even denken hoor. Ja, ik weet er een: zijn Tibor en ik een *match made in heaven* en leven we nog lang en gelukkig?'

'Dat zijn eigenlijk twee vragen, maar vooruit, hier kunnen we wel wat mee.' Fleur keek toe hoe Milou de set tarotkaarten vakkundig schudde en de stapel op bed legde.

'Nu moet jij de stok kaarten in drie stapeltjes verdelen.' Fleur stak haar rechterhand uit naar de stapel.

'Linkerhand graag.'

'Hoezo?'

'Links is je gevoelskant.' Fleur wierp Milou een moeilijke blik toe.

'Doe nou maar.'

'Zo goed?'

'Prima.' Milou voegde de drie stapeltjes weer samen tot een geheel en schudde de kaarten nogmaals. Vervolgens spreidde ze de kaarten een voor een uit over het bed met de rug naar boven. 'Oké, nu mag je wederom met je linkerhand negen kaarten uitzoeken. Hou daarbij de vraag waar je antwoord op zoekt goed in je hoofd en laat je leiden door je gevoel.'

'Ik blijf dit toch allemaal een beetje vaag vinden, hoor,' zuchtte Fleur ongemakkelijk terwijl ze negen kaarten uitkoos. Milou pakte ze aan, legde de kaarten op bed en stopte de overige kaarten terug in het doosje.

'Oké, dan ga ik nu de kaarten allemaal in een keer omdraaien. Sommige kaartleggers kiezen ervoor om het per kaart te doen, maar zoals je weet stond ik niet vooraan toen het geduld werd uitgedeeld. Ik wil in een keer een eerste indruk krijgen van het totaal. Ben je er klaar voor?'

'Nou, kom maar op, Orakel van Delphi.' Haar ogen volgden Milous kleine slanke handen toen ze de kaarten vliegensvlug omdraaide. Vrijwel onmiddellijk betrok het gezicht van haar vriendin.

'Wat?'

'O, dit is niet goed hoor.'

'Wat is niet goed?'

'Deze legging gaat niet positief voor je uitpakken.'

'Hoezo niet positief? Wat betekent dat?'

'Laat me de boel even rustig bekijken.' Milous ogen stonden bij elke kaart even stil.

'Pff, nou, ik zou niet graag in jouw schoenen staan.'

'Jemig Lou, je doet net of doem en verderf zich over me uit zullen storten.'

'Dat is ook wel een beetje zo...'

'Wat een onzin. Tibor en ik houden van elkaar en we krijgen een heel gelukkig huwelijk en veertig kinderen.' Met een geïrriteerde armbeweging zwiepte ze de kaarten van het bed.

'Hé.' Milou dook met een verontwaardigd gezicht achter haar kaarten aan en legde ze weer terug.

'Jij denkt misschien dat je de perfecte relatie hebt, maar volgens de kaarten kijkt Tibor daar wat anders tegenaan.' Ze gooide een kaart met een plaatje van de duivel naar Fleur. 'Terwijl jij vooral op zoek bent naar romantiek en ware liefde, gaat het hem vooral om de seks en kickt hij erop dat je zo afhankelijk van hem bent. Bindt hij je weleens vast tijdens de seks, Fleur?' Milou tikte op een kaart waar een geblinddoekte en vastgebonden vrouw op stond met acht zwaarden om haar heen.

Fleurs rode kop sprak boekdelen, maar ze gaf geen bevestigend antwoord op Milous vraag. 'Het gaat je niks aan wat Tibor en ik in bed uitspoken,' snibde ze.

Milou liet zich niet uit het veld slaan. 'Terwijl jij verlangt naar harmonie en eenheid en een huwelijk en gezin, wil Tibor helemaal geen gelijkwaardige relatie. Hij wil domineren en macht over je uitoefenen.'

'Tibor houdt van me.'

'Je leeft in een illusie, Fleur. Hier, Bekers 7,' wierp Milou haar hoofdschuddend de volgende kaart toe. 'Is Tibor wel helemaal eerlijk tegen je? Kan het zijn dat hij je bedriegt of dingen voor je verzwijgt?'

'Nou moet je echt ophouden, hoor!' De boze ondertoon in Fleurs stem viel niet te missen. 'Hoe haal je het in je hoofd om een paar dagen voor mijn huwelijk zo te gaan zitten stoken?'

'Ik stook niet, het is mijn taak als kaartlegster om je te waarschuwen voor wat misschien wel de grootste fout in je leven gaat worden.'

'Je taak als kaartlegster,' schamperde Fleur. 'Hou toch op.

Mevrouw heeft weer eens een of ander vaag cursusje gevolgd en denkt alle wijsheid in pacht te hebben.'

'Je kunt er niet omheen, Fleur.' Milou wierp haar vriendin de laatste kaart toe van een vrouw op een bed met haar handen voor haar gezicht. Boven haar hingen negen zwaarden aan de muur. 'Ik voorspel je dat dit hele avontuur op een nachtmerrie gaat uitlopen als je op deze voet verdergaat. De kaarten liegen niet.'

'Echt, ik heb nog nooit zoveel onzinnigheid bij elkaar gehoord. Ga je nieuwe roeping als levensverpester maar op iemand anders botvieren. Ben je soms jaloers op me dat ik met een fantastische man ga trouwen terwijl jij nog vrijgezel bent?'

'Ik gun je alle geluk van de wereld, Fleur, daarom zeg ik dit in alle eerlijkheid tegen je. Het heeft niets met jaloezie te maken. En trouwens, waar zou ik jaloers op moeten zijn? Als ik de kaarten moet geloven ben je niet bepaald te benijden...'

'Nu ben ik er klaar mee. De kamer uit!'

'Schreeuwen is een teken van onmacht, Fleur. En *by the way*, dit is mijn kamer dus ik ga helemaal nergens heen.'

6

'En, stonden de sterren een beetje gunstig voor je?' Noa had zich na een uitgebreide badsessie weer bij Milou en Fleur gevoegd. Voordat Fleur kon reageren nam Milou het woord.

'Het is echt foute boel, Noa. Doem en verderf, ik zweer het je.' Fleur keek haar vernietigend aan.

'Ze is nog maar een beginner hoor, dus je moet niet al te serieus nemen wat ze zegt,' suste Noa.

'Eerlijk gezegd geloof ik ook helemaal niet in dat soort zweverige dingen.'

'Die Tibor van haar, die deugt niet volgens de kaarten.' Milou richtte zich tot Noa. 'Ik mag dan misschien een beginner zijn, maar wel een met een groot talent volgens mijn cursusleidster. Ik weet waar ik het over heb.'

'Je bent wel vaker ergens van overtuigd geweest, waar je later op terug moest komen,' liet Noa haar fijntjes weten.

Sanne kwam met dikke slaperige ogen de kamer binnen, maar had blijkbaar wel een gedeelte van het gesprek opgevangen.

'Milou, hou op met Fleur op stang te jagen. Ze zit een paar dagen voor haar huwelijk met de man van haar dromen. Toch, Fleur? Heb je ook maar enige twijfel aan Tibor of jullie liefde?'

'Eh, nee...'

'Nou dan. *Cheer up* en leg die onzin naast je neer. En dan nog eens wat, is het al tijd voor het diner? Ik begin een beetje honger te krijgen. Als het nog lang duurt dan trek ik nog even een zak chips open.'

Fleur keek op haar horloge. 'Laat die "tjips" maar dicht.

Tibor is hier over een halfuur, dus wij kunnen vast naar het restaurant gaan voor een bubbeltje met wat brood. Als je die slaap nou eens even uit je ogen poetst...' spoorde ze Sanne aan.

Er was al een fles champagne doorheen gegaan en Sanne was al aan haar tweede mandje brood begonnen, toen Fleur ongeduldig op haar horloge keek. De plek naast haar was nog steeds leeg. Tibor zou haar toch niet laten zitten vanavond? Niet nu, nu haar vriendinnen net gearriveerd waren. Ze had hem al een paar sms'jes gestuurd om te vragen waar hij bleef, maar tot nu toe had ze geen enkele reactie gekregen. Waar hing hij uit? Dorba en Branco zaten aan het tafeltje achter hen en keken stuurs hun kant op. Het was duidelijk dat ze zich verveelden in hun rol als babysitters.

'Vind je dat nou niet bloedirritant dat die gasten je overal volgen?' Noa nam een grote slok water en kauwde zuinig op een stukje droog brood.

'Totaal niet, ik vind het juist wel prettig. Geeft een veilig gevoel.'

'Is het leven hier dan zo onveilig?'

'Nee.'

'Dat kwam er net iets te snel uit om overtuigend te klinken. Pas je wel een beetje op?'

Milou wilde het woord nemen maar Noa snoerde haar al de mond voordat ze iets gezegd had. 'Niet weer over die kaarten van je beginnen want daar wordt onze aanstaande bruid niet gelukkig van. Weet je zeker dat die "onheilspellende voortekenen" voor de toekomst niet puur en alleen gingen over de impact van jouw woorden op Fleur?'

Milou gaf Noa een beledigde por.

'Ja, laten we wel wezen, toen we hiernaartoe kwamen had ik ook zo mijn twijfels of Fleur hier allemaal goed aan doet, maar kijk nou eens naar haar; ze ziet er prachtig en gelukkig uit. Als zij zegt dat het helemaal snor zit tussen haar en

Tibor dan heb ik daar eerlijk gezegd meer vertrouwen in dan in jouw ge-orakel. Niks persoonlijks overigens hè, je weet dat ik dol op je ben.'

'Mij hoor je er niet meer over, maar later niet zeggen dat ik niet gewaarschuwd heb, hè.' Milou keek betweterig voor zich uit.

'Waar blijft die vent van je eigenlijk?' vroeg Sanne. 'Hij zou hier toch om zes uur zijn?' Fleur haalde ongemakkelijk haar schouders op. Het geluid van een telefoon klonk over het terras. Fleur, Sanne en Milou grepen tegelijk naar hun mobieltje. 'Zelfde ringtone,' grinnikte Sanne toen ze zag dat het haar telefoon in elk geval niet was. Ook Milou stopte haar toestel weer terug in haar tas en Fleur keek ronduit teleurgesteld naar de hare. Noa attendeerde haar op Branco die zat te bellen. Hij knikte een paar keer kort tijdens het gesprek en hing weer op. Hij boog zich naar Dorba toe en leek wat in zijn oor te fluisteren. Ook Dorba knikte een paar keer.

Branco liep naar Fleur. 'Het gaat Tibor niet lukken vanavond. Dorba neemt zijn plaats in.' Branco draaide zich om en verliet met grote passen het terras terwijl Dorba plaatsnam op de lege stoel naast Fleur.

'Hebben wij daar ook nog iets over te zeggen, of we dit heerschap aan tafel willen hebben?' Noa knikte in Dorba's richting. 'Waarom kan Tibor er niet bij zijn?'

'Dat moet je aan hem vragen,' was zijn afgemeten antwoord.

'Zeg jij er eens iets van, Fleur, het is jouw waakhond.'

'Tibor zal wel wat dingetjes op de club moeten regelen of zo...'

'O, en dat kan niet wachten tot na het eten?'

Fleur schoof ongemakkelijk heen en weer op haar stoel. De teleurstelling droop van haar gezicht. Noa wilde het haar niet nog moeilijker maken en bond wat in. 'Laat hem dan in elk geval die stomme zonnebril afzetten, dan zien we tenminste wie we aan tafel hebben.' Fleur brabbelde iets onverstaanbaars tegen Dorba en zowaar zette hij zijn bril af en stopte hem in de ruime binnenzak van zijn colbertje. Zijn jasje viel wat open en Noa ving een glimp op van iets wat allerminst op een zonnebril leek. Had die vent nou een pistool bij zich? Ze leunde wat naar voren om het beter te kunnen zien. Dorba knoopte zijn jasje dicht voordat ze goed kon kijken.

'Zullen we bestellen?' verbrak Sannes vrolijke stem de stilte.

'Goed idee.' Fleur pakte opgelucht de menukaart. Dorba volgde haar voorbeeld en gebruikte de kaart als barrière tussen hem en Noa. Ze keek naar haar vriendinnen die volledig opgingen in de menukaart voor hun neus. Had zij dat nou weer? Was zij nou weer de enige die een glimp had opgevangen van iets wat op een pistool leek?

De ober kwam naar hen toe om de bestelling op te nemen. Noa slikte een paar keer. Haar eetlust werd verdrongen door de knoop in haar maag. Eerst die vage witte auto tijdens de rit hiernaartoe en nu zaten ze met Pistolen Paultje aan tafel. Was die achtervolging toch niet zo toevallig geweest als Fleur beweerde? Waren de mannen in de witte auto soms helemaal geen onbekenden voor Dorba en Branco? Wist Fleur misschien ook wie het waren? Ze moest het er op een rustig moment nog maar eens onder vier ogen met Fleur over hebben. Ze dacht er niet aan om het met Milou te bespreken, want die zou meteen weer honderduit kletsen over die kaartlegging van haar die het allemaal al voorspeld had.

Ze was zo in gedachten dat ze niet doorhad dat de ober haar aan stond te staren. Voor de vorm bestelde ze een salade. Haar bescheiden bestelling werd ruimschoots gecompenseerd door Sanne, die twee voorgerechten én een hoofdgerecht bestelde. 'Het is allemaal zo lekker, ik kan niet kiezen,' verontschuldigde ze zich. Fleur bestelde nog een fles champagne en pakte haar nog half gevulde glas. 'Op ons weerzien!' Dorba hief zijn glas water en keek Noa strak aan. Ze keek weg. Ze werd nerveus van die kerel.

7

Noa geeuwde en rekte zich eens flink uit. Ze zaten al bijna drie uur in de auto. In de kofferbak lagen een paar rugzakken met spullen voor een overnachting die ze op verzoek van Fleur hadden gepakt. 'Vandaag ga ik jullie een van de hoogtepunten van Kroatië laten zien,' had Fleur hun vanochtend in alle vroegte meegedeeld toen ze hen kwam ophalen bij het hotel. 'Het is even rijden, maar dan heb je ook wat,' was de enige hint die ze had gegeven nadat ze met hun buiken vol zoete broodjes en koffie bij Dorba in de auto waren gestapt. Vandaag had hij zijn maatpak verruild voor een onopvallend shirt en korte broek. Zijn blote voeten waren in stevige sandalen gestoken.

De nacht had Noa's rotgevoel over gisteren geneutraliseerd. Ze had uren liggen piekeren en peinzen en had uiteindelijk besloten Fleur te geloven. De achtervolging was niet specifiek tegen hen gericht, maar ze hadden te maken gehad met willekeurige maar agressieve verkeersdeelnemers. En wat betreft Dorba's 'pistool', ze gunde de man voorlopig maar het voordeel van de twijfel en ging ervan uit dat ze het vast niet goed gezien had. Misschien dat ze Fleur er op een later tijdstip nog eens naar zou vragen.

Dan bleef er nog één puntje over dat Noa niet lekker zat. Net als gisteren, liet Tibor het ook vandaag afweten en had Dorba zijn plaats ingenomen. Zou het hem geen biet interesseren dat de beste vriendinnen van zijn aanstaande er waren, of was ze dan weer te cynisch? Maar hij had toch op zijn minst zijn neus even kunnen laten zien? En waarom logeerden ze niet in zijn huis maar in een hotel? Vond hij het te lastig om hen in zijn huis te ontvangen of was hij gewoon heel erg op zijn privacy gesteld? Sanne had Fleur vanochtend gevraagd of Tibor niet meeging.

'Nee, die moet werken.'

'Die man is ook altijd aan het werk, zeg.'

'Wel vaak ja,' had Fleur met enige spijt in haar stem beaamd.

'Ik mag hopen dat hij binnenkort een uurtje vrij kan maken om met je te trouwen, of huurt ie die Dorba dan ook als stand-in in?'

Fleur had zenuwachtig gelachen. 'Nee, natuurlijk niet.'

Noa had besloten haar te redden en de pijnlijke stilte te doorbreken. 'Als je eigen baas bent is het vaak heel lastig om vrij te nemen. Je wilt niet weten hoeveel moeite het me gekost heeft om mezelf twee weken uit te roosteren op de sportschool en nog houd ik mijn hart vast. Als je de dingen niet zelf doet is er geen enkele garantie dat het goed komt. Wie neemt er tegenwoordig nou nog verantwoordelijkheid?'

'Jij snapt het tenminste, Noa,' had Fleur opgelucht gereageerd. Vanaf dat moment was de sfeer weer ontspannen geweest.

'Zijn we er al bijna?' Milou keek ongeduldig op haar horloge.

'Ik denk dat we er over ruim een kwartier zijn,' antwoordde Fleur. Zelfs binnen het kwartier parkeerde Dorba de auto op het parkeerterrein van een groot hotel tussen twee toeristenbussen en stapte uit om de deuren voor hen open te houden. Noa strekte haar stramme spieren en probeerde het verschil tussen de door airco gekoelde auto en de warme buitentemperatuur te verwerken. Sanne stond het zweet op haar verhitte gezicht alweer weg te wapperen met haar waaiertje. Milou keek vol afschuw naar het sombere oostblokhotel. 'Ik mag hopen dat we niet zo lang hebben gereden om dít te zien... Ik krijg er een heel duister gevoel bij.'

'Het is een van de beste hotels hier.'

'Nou, lekker dan...'

Fleur pakte Milou bij de arm en trok haar mee. 'Volg me maar,' wenkte ze Noa en Sanne ook.

'Gaat hij ook mee?' Noa wees geïrriteerd naar Dorba. 'Die man is nog erger dan een schaduw.'

'We zullen geen last van hem hebben. Sterker nog, door hem hoeven we ons eigen eten en drinken voor vandaag niet mee te zeulen. Kom!' Fleur versnelde haar tempo en trok Milou, die nog steeds aan haar arm hing, met zich mee.

'Maar onze spullen dan?'

'Die brengt Dorba snel even naar onze kamers.' Ze liepen naar een verharde weg waar een grote plattegrond links van een houten kassagebouw stond. Noa liep naar de kaart toe. 'Plitvice,' riep ze enthousiast uit. 'Daar heb ik over gelezen toen ik me een beetje in het land verdiepte.'

'Wat is dat dan?' vroeg Milou.

'Echt iets voor jou, Lou. Een sprookjesachtig Nationaal Park dat sinds 1979 op de Werelderfgoedlijst van beschermde natuurgebieden van UNESCO staat.'

'Het is een van de mooiste plekken die ik ooit heb gezien,' viel Fleur haar bij. 'Tibor nam me hier anderhalf jaar geleden voor het eerst mee naartoe. Ik moet dit gewoon met jullie delen.'

'En wat is er dan zo bijzonder aan dit park?' vroeg Milou.

'Dit valt in de categorie *blue lagoon*,' refereerde Fleur aan Milous lievelingsfilm. 'Het water is hier net zo blauw en helder.'

Noa grinnikte.

'En hoe gaan we dat moois allemaal bekijken? Met een treintje mag ik hopen? Of paard en wagen voor mijn part.'

'Er zijn verschillende wandelroutes. De mooiste is route K

want dan zie je het hele park met zijn zestien meren en negentig watervallen, maar dat zal ik je niet aandoen, San. Die route duurt zes tot acht uur.' Sanne trok een wanhopig gezicht. 'We gaan route G1 doen. Die duurt maar drie tot vier uur.'

'Maar drie tot vier uur?!'

'We gaan ook een stuk met een bus en een boot,' stelde Fleur haar gerust. Dorba kwam aanlopen en wapperde met een setje toegangsbewijzen. Er lag leedvermaak in zijn blik toen hij de puffende Sanne passeerde en hen wenkte om hem te volgen.

'Die man weet wat opschieten is zeg, ongelofelijk hoe snel hij én onze bagage binnen heeft gebracht én toegangskaartjes heeft gekocht.' Er klonk enig respect door in Noa's stem.

Fleur wees naar een plek even verderop. 'Daarvandaan pakken we de bus naar het hogere gedeelte van het park.'

'*Five minutes*,' spoorde Dorba hen aan. Sannes logge lijf zette zich in beweging. Ze versnelde kreunend haar pas toen ze de bus al zag staan en wrong zich tussen de horde toeristen die ook een plekje hoopten te bemachtigen. 'Zo dat is het betere ellebogenwerk,' zei Noa lachend en ze volgde haar voorbeeld. Om hen heen werd wat geïrriteerd gezucht, maar niemand hield hen tegen.

'Straks is er geen plaats in de bus.' Sanne keek bezorgd naar de bus die veel te klein leek voor de massa mensen die erin wilde stappen.

'Relax, San, dan nemen we gewoon de volgende bus. We hebben de hele dag de tijd.' De deuren gingen open en tegen de verwachting in pasten alle wachtende mensen in de bloedhete bus. Aan weerszijden begonnen passagiers raampjes open te schuiven in een poging wat verkoeling te krijgen toen de chauffeur de deuren sloot. Door het stapvoetse tempo hielp het niet veel.

De bus kronkelde omhoog over de smalle weg. Fleur genoot met volle teugen van het samenzijn met haar vriendinnen en negeerde de hitte. Ze was na twee jaar Kroatië aardig hittebestendig geworden. Noa probeerde alvast een glimp op te vangen van het park, maar de bomen langs de smalle kronkelweg ontnamen haar grotendeels het zicht. Teleurgesteld ging ze zitten. Fleur zag het. 'Wacht maar, straks weet je niet waar je moet kijken.' De bus slingerde verder omhoog. Milou haalde haar neus op. De zweetlucht die in de bus hing, werd met de minuut erger. 'Geef me die wapper van je eens.' Ze griste het ding uit Sannes hand en zwaaide er neurotisch mee voor haar gezicht. 'Even de aanmaak van frisse lucht stimuleren.'

De bus stopte en de deuren gingen open. Dorba stond al bij de dichtstbijzijnde uitgang en hielp hen een voor een naar buiten.

'Nog even goed om te weten: het wandelpad is gemaakt van houten planken. Soms zijn ze wat ongelijk dus let goed op waar je je voeten neerzet,' waarschuwde Fleur.

'Is dat wel stevig genoeg?' Sanne wierp een bezorgde blik op het begin van het pad.

'Er gaan elk jaar meer dan tienduizend bezoekers overheen, dus ik denk dat wij er ook nog wel bij kunnen.'

'Loop jij maar voorop in je eigen tempo, wij volgen wel.' Noa duwde Sanne voor zich uit het houten pad op. Voorzichtig veerde Sanne wat door haar knieën en verplaatste haar gewicht om er zeker van te zijn dat ze niet door de planken zou zakken. Toen dat goed ging, begon ze aarzelend te lopen en de rest volgde. Dorba bleef bescheiden achter hen lopen, de rugzak met proviand op zijn rug. Noa benijdde hem niet met die hitte.

Al snel vergaapten de meiden zich aan de prachtige omgeving.

'Het is hier echt net zo mooi als op de foto's die ik zag op internet.' Noa wees enthousiast naar het azuurblauwe water waar het houten pad strak langs liep. 'Je kunt de schaduw van de vissen op de bodem zelfs zien, zo helder is het.' Verderop was de kleur van het water turquoise maar even helder.

'Tibor vertelde me dat de intense kleuren van het water worden veroorzaakt door mineralen en organismen. De hoek waarmee het zonlicht in het water valt, speelt ook een rol.'

Milou hing met haar neus vlak bij een gifgroene struik waar een enorme blauwgroene libelle op zat. 'Kijk nou, een reuzelibelle! Heb je ooit zoiets gezien?'

'Sst, niet zo hard, anders vliegt hij weg.' Noa stond met haar camera in de aanslag maar het was al te laat. Milous enthousiaste uitroep zorgde ervoor dat het beest gevlogen was voordat Noa hem had kunnen vastleggen.

'Oeps, sorry,' mompelde Milou. Hun ogen uitkijkend liepen ze langzaam verder. De zon brandde onverminderd fel en Sanne was blij dat de beuken, sparren, en dennen langs het pad af en toe nog wat schaduwplekken met verkoeling opleverden. Het lopen viel haar zwaar. Fleur had het in de gaten en klopte haar bemoedigend op haar schouder. 'Het gaat heel goed, San, ik ben trots op je.' Ze keek op het plattegrondje van het park dat ze bij zich had. 'Nog een klein stukje en dan komen we bij een waterval.'

Het kleine stukje werd twintig minuten. 'Ik ben nooit goed geweest in kaartlezen,' verontschuldigde Fleur zich. Het geluid van de waterval was al te horen en Noa versnelde haar pas. Het pad maakte een bocht en leidde hen zo dicht langs de waterval dat ze de nevel van het neerkletterende water op hun plakkerige huid voelden. Sanne ging er met haar armen wijd voorstaan en gooide haar hoofd in haar nek om zich maximaal te laten verkoelen door de nevel en het lichte briesje die door de waterval werden veroorzaakt. 'O zalig, mag ik hier blijven?' verzuchtte ze.

'Van mij wel, maar je komt hier alleen maar lopend vandaan, dus eens zul je weer aan de bak moeten.'

'Kun je hier ergens wat te eten halen?'

'Ik zal Dorba vragen of hij je een broodje geeft.'

Sanne trok een vies gezicht. 'Nee, dank je. Met deze hitte is dat vast niet meer te pruimen.'

'Dan zul je nog even moeten wachten. We komen zo bij het punt waar een bootje ons een van de meren overvaart. Aan de overkant van dat meer is een picknickplaats waar je snacks kunt kopen.' Sannes gezicht klaarde op.

'Hoe kun je nou aan een ranzig broodje bal denken terwijl je omringd bent door deze zuivere natuur?' Milou trok een vies gezicht. 'Vers geperst sap en fruit lijkt me meer op zijn plaats.'

'Dat jij kunt leven van de lucht wil niet zeggen dat iedereen dat kan,' reageerde Sanne kribbig.

'Kom, mopperkont, eerst het zuur dan het zoet.' Noa trok Sanne mee en zorgde dat ze de gang weer te pakken kreeg. 'Als je een vast wandeltempo aanhoudt, kom je in een soort cadans terecht. Kost veel minder energie, echt waar.' Sanne stond nog even te mokken, maar ze volgde Noa's advies wel op. Tegen de tijd dat ze bij het vertrekpunt van de elektrische boot aankwamen, had ze een goed tempo te pakken. Haar blik had ze strak op de houten planken van het wandelpad gericht.

'Vergeet niet ook een beetje om je heen te kijken, hè.'

'Ik kan maar één ding tegelijk goed doen, Fleur. Ik kijk straks wel naar de foto's van Noa, of kun je hier zo'n toeristisch boekje kopen met wat mooie platen?'

Sanne plofte neer op de punt van een houten bankje dat uitkeek over het water. De man en vrouw die er al zaten schoven wat dichter naar elkaar toe zodat ze wat meer ruimte had. Met haar arm veegde ze het zweet van haar voorhoofd. Dorba voegde zich bij hen en bood Sanne een flesje water aan. Sanne dronk gretig en gaf het halflege flesje toen aan Noa die er nog net zo fris uitzag als toen ze aan de wandeling was begonnen.

Het bootje kwam geruisloos aanvaren en legde aan. Samen met de andere wachtenden gingen ze aan boord en namen plaats op de banken die zich aan weerszijden van de boot bevonden. Een overkapping boven de zitplaatsen nam de felle zon weg. Een verkoelende bries waaide door de verder volledig open boot.

'Het is zo onwerkelijk mooi dit.' Milou liet haar blik gaan over de prachtige begroeiing langs de randen van het bijna rimpelloze meer met water dat wederom intens blauw en helder was. 'Fijn zo'n elektrische boot. Geen herrie en stank om deze vreedzaamheid te verstoren.'

'Alleen het klikken van Noa's camera,' grinnikte Fleur. 'Dat ding maakt overuren.'

'*Life through a lens*,' beaamde haar vriendin zonder haar gefotografeer te staken. Veel sneller dan ze wilden, bereikte de boot de overkant van het meer. Sanne stapte als eerste de vaste wal op en liep meteen naar de houten snackhut. 'Jullie ook wat?'

'Doe maar een baal friet, met lekker veel zout,' sprak Fleur voor zichzelf en de anderen. Sanne stak haar hand in de lucht ten teken dat ze het begrepen had. Geduldig ging ze in de rij staan terwijl haar vriendinnen plaatsnamen op de houten picknickbanken op het terrein.

Dorba zette wat flesjes water uit de rugzak op tafel en ging verderop staan om zijn eigen flesje leeg te drinken. Het water was lauw maar smaakte nog steeds heerlijk.

Sanne voegde zich even later al kauwend bij hen met een dienblad dat afgeladen was met patat en gefrituurde inktvisringen. Het flesje cola dat ze vasthield was al voor de helft leeggedronken. 'Jullie hebben water toch?' slurpte ze verder. Fleur knikte en doopte lachend een frietje in de mayonaise. Nu pas merkte ze dat Sanne niet de enige was die honger had gekregen van de wandeltocht. Nu ze even zat, voelde ze ook pas hoe vermoeid haar voeten eigenlijk waren. Ze verlangde ineens heel erg naar het bed dat in het hotel bij de ingang van het park op haar wachtte. Maar voor het zover was moesten ze nog ruim een uur wandelen, wist ze nog van haar vorige bezoek aan het park.

8

'Noa, wakker worden.' Milou schudde aan haar schouder. 'Over een halfuur moeten we bij de jachthaven zijn.' Ze waren gisteren halverwege de middag weer terug geweest in Krk na de overnachting in het hotel aan de rand van natuurpark Plitvice. De tijd die nog restte tot het diner hadden ze besteed aan het bekijken van Noa's sprookjesachtige foto's en verkoeling zoeken in de zee.

Vandaag zouden ze met z'n allen ontbijten op de boot van Tibor. Als het goed was zou de gastheer zelf eindelijk ook zijn gezicht laten zien.

'Shit, ik heb me verslapen, dat gebeurt me nooit. Ik had nog even een stukje willen hardlopen voor het ontbijt. Vergeten een wekker te zetten.' Noa gooide het laken van zich af en sprong uit bed. 'Waar is Sanne?'

'Wat denk je zelf?'

'Restaurant?'

'Goed geraden. Ze doet een pre-ontbijt.'

'Heb jij ook al gegeten?'

'Nee, natuurlijk niet, we gaan toch zo ontbijten met Fleur en Tibor?'

Noa griste haar bikini uit haar koffer. 'Ik spring een seconde onder de douche, zo klaar. Wacht je op me?'

'Uiteraard.' Milou plofte op Noa's bed en bladerde wat in het boek dat op haar nachtkastje lag. Iets over de macrobiotische keuken. Vanuit de badkamer klonk het geluid van een spuitbus en een sterke deodorantgeur vulde de kamer. Milou hoestte aanstellerig toen Noa in haar bikini de kamer weer binnen kwam. 'Niet erg macrobiotisch om jezelf zo te bespuiten.' Ze zwaaide het boek voor Noa's neus heen en weer. Noa lachte, kamde haar natte haren en bond ze samen tot een sportieve staart. Nadat ze een kort spijkerbroekje en een strak topje had aangetrokken wenkte ze Milou. 'Kom, we gaan Sanne uit het restaurant halen.'

Milou grijnsde. 'Succes.'

In de lobby zat Dorba op hen te wachten met een lege koffiekop voor zijn neus. Hij zag eruit of hij daar de hele nacht had gezeten. '*I'll bring you to the boat.*' Hij stond op en wilde hen voorgaan naar buiten, maar Milou hield hem tegen. '*Bow for me, please.*'

'Krijg je sterallures, Lou?'

Dorba keek geïrriteerd maar deed wat Milou vroeg. Ze maakte haar duim nat en veegde iets uit zijn mondhoek. Hij deinsde achteruit bij haar aanraking.

'Wat doe jij nou?'

'Stukje chocola in zijn mondhoek.' Vervolgens klopte ze een croissantkruimel van zijn pak en tikte hem op zijn wang. '*Now you're handsome again.*' Parmantig liep ze naar de uitgang en deed de deur open. Dorba, die zijn professionele houding weer had aangenomen, snelde toe en nam hem van haar over voordat de andere meiden naar buiten liepen.

Toen ze bij de haven waren viel hun oog meteen op een luxe jacht met de naam *Goldcoast*. Fleur hing over de reling en zwaaide enthousiast. Tibor stond naast haar in een zwembroek die dezelfde kleur had als Fleurs bikini en had zijn arm om haar slanke middel geslagen. Hij zag er nog precies zo uit als Noa zich herinnerde van hun eerste en tot nu toe enige ontmoeting. Hoe close Fleur ook was met haar vriendinnen, haar mannen had ze altijd heel erg voor zichzelf gehouden.

Ze deed er zelfs een beetje geheimzinnig over. Noa had dat nooit zo begrepen. Als je verliefd was, wilde je dat toch met de hele wereld delen?

Tibor had een brede, uitnodigende lach op zijn gezicht. Hij droeg een zonnebril en zijn haar was zo te zien pas met een tondeuse bewerkt. Net als Branco en Dorba had hij een hoog voorhoofd en een breedgeschouderd lijf. Zijn gespierde buik was bruin en er zat geen grammetje vet te veel op. Noa schatte zijn lengte zeker op 1.90 meter. Fleur leek met haar 1.70 meter klein en nietig naast hem.

Branco, die ook op de boot stond, hielp hen aan boord. Fleur en Tibor kwamen hand in hand aanlopen. Hij begroette hen met een kus op de wang die net iets langer duurde dan noodzakelijk was en liet zijn hand daarbij losjes rusten op hun kont. Noa keek ongemakkelijk naar Fleur, maar die leek er geen aanstoot aan te nemen. Ook Sanne en Milou leken er geen problemen mee te hebben.

Fleur troonde hen mee naar het voordek waar grote ligkussens klaarlagen. Met een verheerlijkt gezicht plofte ze neer. 'Dit is toch de hemel!' Noa ging naast haar zitten en sloot haar ogen. De zon brandde aangenaam op haar wangen en er waaide een zachte bries. De boot deinde kalm op en neer en alle zorgen golfden zachtjes uit haar hoofd. Haar schouders ontspanden en ze geeuwde rozig. Fleur had gelijk, dit was de hemel. Het brullen van de motor haalde haar uit haar dromerige toestand. Het dek onder hen vibreerde zachtjes. Sanne stond nog over de reling naar het water te turen, maar ging snel zitten. Een jongen die hen nog niet eerder was opgevallen maakte samen met Dorba de boot los.

'Dat is Aleksander, onze bootjongen,' liet Fleur hun weten. Het joch leek amper achttien en had de spichtige en slungelige uitstraling van een puber.

'Zijn naam betekent krijger, beschermer,' voegde Fleur er nog aan toe.

‘Nou, dat zit wel snor dan,’ wees Noa met haar wijsvinger naar de donshaartjes op de bovenlip van de jongen. Milou lachte. In rustig tempo voeren ze de haven uit.

‘Hé, San, wat ben je stil, je hebt sinds je op de boot zit nog geen woord gezegd. Gaat het wel goed met je?’ Fleur keek haar vriendin onderzoekend aan.

‘Eh, had ik al verteld dat ik een beetje talent voor zeeziekte heb?’ Sanne zag wat bleek om de neus en zat in een krampachtige houding.

‘Aleksander!’ riep Fleur. ‘*Bring us some water, please! And a bottle of champagne!*’ De jongen verdween ogenblikkelijk en bediende hen op hun wenken. Noa ging rechtop zitten en zag dat Tibor naast Branco was gaan zitten die de boot bestuurde. Dorba hing met ontbloot bovenlijf werkeloos tegen de reling. Hij droeg dezelfde korte broek als in Plitvice.

‘Waar varen we eigenlijk naartoe?’ vroeg Milou nieuwsgierig terwijl ze Aleksander aanspoorde om haar glas nog wat voller te schenken met champagne.

‘We gaan naar het onbewoonde eiland Plavnik waar we straks gaan picknicken en snorkelen. Het water is daar bijna net zo helder als in Plitvice. Zelfs zonder snorkel kun je helemaal tot op de bodem kijken.’

9

In de verte doemde een eiland op. 'Is dat hét eiland?' Milou was een beetje aangeschoten door de champagne en ze keek lodderig uit haar ogen. Fleur knikte bevestigend. Milou probeerde overeind te komen, maar viel weer terug in haar kussen.

'Misschien is het beter als je niet gaat snorkelen, Lou. In jouw toestand zink je meteen naar de bodem.'

'Wat een onzin, het gaat prima met me.' Demonstratief probeerde Milou weer overeind te komen en deze keer lukte het haar wel. Ze trok haar jurkje uit en slingerde het van zich af. 'Weet je wat, ik zwem wel naar dat eiland. Zo ver is het niet meer.' Voordat de anderen het in de gaten hadden was ze al overboord gesprongen. Met z'n allen renden ze naar de reling. Geen Milou te bekennen. 'Milou!' gilde Fleur in paniek. 'Tibor, *stop the boat, now*!' Fleur rende naar hem toe. Noa aarzelde geen seconde en sprong met kleren en al het water in. Met grote slagen zwom ze naar de plek waar Milou ongeveer in de zee was verdwenen. Ze nam een flinke ademteug en dook onder. Al snel nam de druk op haar longen en oren toe terwijl ze de omgeving afspeurde naar haar vriendin. Ze moest naar boven voor een hap zuurstof. Meteen dook ze weer onder en hervatte de zoektocht, terwijl de angst dat ze haar vriendin niet zou vinden toenam. Ze probeerde haar emoties te negeren en zich volledig te focussen op de reddingsactie. Een paar meter rechts van haar zag ze ineens een bos donker haar en een groene bikini. Milou! Als een razende zwom ze naar haar vriendin en negeerde de schreeuw van haar longen om zuurstof. Een paar luchtbelletjes ontsnapten uit haar mondhoeken.

Ze dook nog een stukje dieper en greep Milou bij haar schouders. Haar lichaam was slap en reageerde niet op de aanraking. Met haar laatste krachten probeerde Noa weer naar boven te zwemmen terwijl ze het lichaam van Milou krampachtig vasthield. Zwarte vlekken dansten voor haar ogen en een hevige hoofdpijn gaf aan dat het nu toch echt tijd was om haar longen zo snel mogelijk van zuurstof te voorzien. Een sterke hand greep haar vast en nam Milou van haar over. Het was Dorba. Hij wenkte dat ze omhoog moest zwemmen. Toen ze zag dat hij Milou stevig vasthad schoot ze omhoog. Proestend en happend naar adem kwam ze boven. Dorba volgde vlak na haar met Milou.

Tibor stond bij een trapje dat aan de zijkant van de boot was gehangen en hielp Dorba om het lichaam van Milou aan boord te krijgen. Onmiddellijk begon hij mond-op-mondbeademing en hartmassage toe te passen. Fleur en Sanne huilden toen ze het bleke gezicht van hun vriendin zagen. Noa was inmiddels door Aleksander omhoog geholpen en stond druipend op het dek naast Dorba. Branco kwam aansnellen met twee grote badlakens. Noa pakte er dankbaar een aan en wreef het zeewater uit haar ogen. Bezorgd keek ze naar Milou die tot nu toe niet bij bewustzijn was gekomen. Tibor drukte vol overgave op haar borst. Net toen hij weer mond-op-mondbeademing wilde toepassen, schokte Milous lichaam en golfde een straal zeewater tussen haar blauwe lippen door. Daarna volgde gehoest en probeerde ze met wijd opengesperde ogen overeind te komen terwijl ze ongecontroleerd naar adem snakte. Tibor zette haar rechtop en ondersteunde haar rug. Sanne wilde meteen naar Milou toe rennen maar Noa stak waarschuwend haar hand op. 'Ze heeft ruimte en frisse lucht nodig. Laat haar eerst even bijkomen.'

Milou staarde voor zich uit terwijl ze haar ademhaling weer wat onder controle kreeg. Branco legde een handdoek om haar schouders terwijl Milou begon te huilen. Fleur ging bij haar zitten. 'Wat ben je nou voor idioot? Je springt toch niet zomaar van die boot af. Weet je wel hoe gevaarlijk dat is?'

'Ik dacht dat het niet ver meer was naar dat eiland. Ik dacht: dat zwem ik wel even...'

'Misschien ben jij levensmoe, maar ik absoluut niet, dus misschien kun je daar in het vervolg een beetje rekening mee houden?' Ondanks Noa's afgemeten woorden, klonk de opluchting duidelijk door in haar stem.

'Bedankt dat je me hebt gered.'

'Je bent hen ook wel een bedankje verschuldigd,' wees Noa naar Dorba en Tibor. Beide mannen knikten haar toe. Noa liep naar Milou en pakte haar stevig beet. 'Wil je me nooit meer zo laten schrikken. Ik mopper misschien af en toe wat tegen je, maar ik kan je echt niet missen.' Milou liet haar hoofd rusten op Noa's schouder.

Door alle commotie had niemand gemerkt dat er een andere boot aan de horizon was verschenen die hen in hoog tempo naderde. Branco rende snel naar het roer en Tibor brulde een afgemeten commando naar Dorba die benedendeks was. Daarna nam hij plaats naast Branco en gebaarde wild met zijn hand richting het rotsachtige eiland. De boot sprong met kracht vooruit en Sanne verloor haar evenwicht. Met een harde bons viel ze op haar kont op het dek.

'*Down!*' commandeerde Tibor tegen Fleur die ook nog stond en ternauwernood overeind had weten te blijven. Gehoorzaam ging ze zitten. Noa hield Milou stevig vast terwijl Sanne over haar pijnlijke billen wreef.

De andere boot verhoogde zijn tempo ook maar had duidelijk een minder zware motor. Ze liepen wat uit en het eiland was nog maar honderd meter van hen verwijderd. Branco stuurde de boot zo dicht mogelijk naar het kiezelstrand toe terwijl Tibor het trapje weer aan de zijkant hing. Daarna wenkte hij de meiden dat ze naar hem toe moesten komen. Noa ondersteunde Milou en liep achter Fleur en Sanne aan. Tibor hielp hen een voor een van de boot af. De andere boot had de kust inmiddels ook bereikt en scheurde rakelings langs hun boot. Noa ergerde zich. Er was op het water ruimte zat voor iedereen dus er was geen enkele noodzaak om bijna tegen hun boot op te varen.

De boot keerde om zijn as en kwam weer terug varen. Er stonden vier mannen aan boord in kleurige zwemshorts. Aan hun lijven te zien zaten ze zwaar aan de anabolen. De man aan het roer liet het tempo terugvallen en legde het vaartuig tegen de boot van Tibor aan. Een van de mannen maakte wilde armgebaren en begon tegen Tibor te schreeuwen. Een tweede man bemoeide zich ermee en spuugde richting Tibor. De derde haalde in een dreigend gebaar zijn vinger langs zijn keel. De man die het hardste schreeuwde, probeerde aan boord te klimmen en Branco duwde hem ruw terug terwijl hij Dorba's naam schreeuwde. Dorba denderde het dek op met iets groots in zijn handen dat hij angstvallig tegen zich aanhield.

Noa zat het tafereel met open mond te bekijken. Dorba maakte dreigende gebaren richting de mannen met het ding dat hij vasthield. Noa ving er een glimp van op, maar kon niet met zekerheid zeggen wat het was. Het leek op een wapen. De mannen op de andere boot leken er in elk geval van onder de indruk want ze bonden wat in en de man achter het roer stuurde de boot weer bij hen vandaan. In hoog tempo verdwenen ze uit het zicht.

'Wat was dat allemaal, Fleur? Op de weg is het hier een gekkenhuis, maar op het water blijkbaar ook. Ik moet zeggen dat ik me steeds minder veilig begin te voelen.'

'De mannen zijn hier nou eenmaal wat macho, Noa. Ze beginnen snel te schreeuwen en hun spierballen te tonen. Stelt niks voor.' Fleurs stem klonk niet bepaald overtuigend. Ze wierp een schuchtere blik richting Tibor die druk stond te bellen met een satelliettelefoon.

'Dit zag er niet uit als een toevallige ontmoeting, het was duidelijk dat Tibor die mannen kende. Wie zijn het? En ik weet niet of ik het goed zag, maar kwam Dorba nou met een geweer het dek op rennen?'

Fleur begon steeds ongemakkelijker te kijken. 'Nee, joh, dat was geen geweer. Dat zal Tibors duikersharpoen wel geweest zijn. Die dingen lijken een beetje op een geweer.'

'Je kunt het weer mooi vertellen, maar ik begin steeds meer het idee te krijgen dat die aanstaande man van jou niet overal even geliefd is. Als je dat soort maffiosi achter je aan krijgt, dan kan het bijna niet anders dan dat er iets niet helemaal in de haak is. En dat die gasten Tibor en jou overal volgen als een schaduw is ook niet normaal.' Noa wees naar Dorba en Branco.

'Tibor heeft wat zakelijke conflicten, *no big deal*. Gewoon jaloezie van die sukkels omdat ze zelf niks klaarkrijgen en Tibor heel succesvol is.'

'Ik wist niet dat de horeca zo'n gevaarlijke business was. Weet je zeker dat hij er geen andere dingen naast doet die misschien wat meer risico's met zich meebrengen?' Voordat Fleur kon antwoorden, stond Tibor ineens naast haar. Hij sloeg een arm om haar heen en drukte haar stevig tegen zich aan.

'*Go picnic, ladies, Aleksander will help*,' riep hij enthousiast uit, alsof er niets gebeurd was. 'Ik heb manden vol lekkers voor jullie laten maken.' Hij gaf Fleur een zoen op haar kruin en duwde haar toen voorzichtig van zich af. 'Ik moet nog even een telefoontje plegen, maar kom er zo aan.' Toen liep hij weg en ging verderop weer druk gebarend staan bellen. Aleksander liep langs hen heen met een kleed en kussentjes en spreidde dat uit op het strand. Noa ging naast Fleur op een kussentje zitten, in dubio of ze haar vraag over Tibors werk zou herhalen of voorlopig zou laten rusten. Ze besloot tot het laatste om de dag niet te verpesten. Later zou ze er nog weleens op terugkomen.

Aleksander liep af en aan tussen het strand en de boot en zette steeds weer een nieuwe mand met heerlijkheden bij hen neer. Zijn hoofd werd steeds roder en zijn gehijg steeds harder.

'Moeten we hem niet even helpen?' Noa voelde zich nogal ongemakkelijk bij het werkeloos toekijken.

'Welnee, hij wordt zeer riant betaald om ons te bedienen.' Fleur had er duidelijk geen enkele moeite mee en liet het zich lekker aanleunen.

Sanne tilde de klep van een van de manden op en loerde naar binnen. Milou zat er wat stilletjes bij maar begon wel weer wat kleur op haar wangen te krijgen. Haar ademhaling was weer volledig normaal en ze kuchte niet meer.

'Voel je je wat beter?' vroeg Noa.

'Ja, ik geloof het wel. Nog een beetje koppijn. Die duik heeft in elk geval ontnuchterend gewerkt. Voor mij geen champagne meer voordat de vijf in de klok zit.'

'Dat zijn heel wijze woorden,' zei Noa.

Het geluid van een speedboot klonk en verschrikt keken ze op. Waren de mannen teruggekomen? Tibor kwam naar Fleur toe lopen. 'Ik moet onverwachts iets regelen voor de bruiloft. Branco gaat met me mee en Dorba blijft hier en zorgt dat jullie weer veilig in Krk belanden.' Fleur keek teleurgesteld maar protesteerde niet. Tibor kuste haar op haar mond.

'Sorry dames, ik maak het een andere keer goed met jullie,' verontschuldigde hij zich.

De speedboot dobberde voor de kust en Tibor en Branco klommen aan boord. De man achter het roer gaf meteen gas. De boot scheurde weg, een golf van opspattend water achter zich latend.

Fleur haalde een fles bubbels en wat glazen uit een van de manden. Ze schonk een glas vol en hield het Milou voor.

'Nee, echt niet, ik meende wat ik net zei.' Noa stak haar duimen naar haar op.

'Jij dan, Sanne?'

'Nee, dank je, niet op een lege maag.'

'Jongens, jullie laten me toch niet in mijn eentje zitten met die fles? Noa, laat je één keer je principes voor me varen?'

'Ik peins er niet over.' Noa weerde met een vies gezicht het glas af dat Fleur onder haar neus hield.'

'*You drink with me*,' vroeg Fleur aan Dorba die met een verveeld gezicht bij hen was komen zitten.

'*Not when I'm working*.'

'Gadverdamme, wat zijn jullie saai.' In een paar slokken sloeg ze het glas achterover en vulde het weer bij. 'Op een mooie dag,' toostte ze met zichzelf. In een paar slokken was ook het tweede glas leeg. Noa, Sanne en Milou staarden haar aan.

'Ben je je eenzaamheid aan het verdrinken, Fleur?'

'Nee hoor, ik drink Tibors portie ook meteen op. In het kader van eerlijk zullen we alles delen.'

Noa keek haar onderzoekend aan.

'Wat? Ik baal gewoon dat Tibor juist deze dagen zoveel weg is. Ik wilde zo graag dat jullie hem beter leerden kennen. Maar verder ben ik dolgelukkig en loopt alles op rolletjes.'

'Zeker weten?'

'Ja.'

'Hm. Nou, ik ben blij om te horen dat het zo goed met je gaat. Misschien moet je er nog eentje op nemen.'

'Op dit moment heb ik meer behoefte aan een hele fles geloof ik.' Fleur gooide haar glas over haar schouder en het viel stuk op de stenen achter haar. Demonstratief zette ze de fles aan haar mond en dronk verder.

'Scherven brengen geluk zullen we maar zeggen, hè?' zei Sanne.

Fleur zette de fles weer aan haar mond. Haar ogen waren waterig.

10

Fleur bekeek zichzelf in de grote spiegel op haar slaapkamer. De blauwe Armani Jeans-jurk zat haar als gegoten. Hij was kort, maar niet ordinair. Ze droeg er raffia sandalen met enorme hakken onder die haar gebruinde benen nog langer maakten. In deze outfit zou ze vanavond de sterren van de hemel dansen in Club Boa. Maar eerst uitgebreid dineren met haar vriendinnen en Tibor. Ze zag er behoorlijk tegenop. Tibor had niet echt een goede indruk achtergelaten bij haar vriendinnen door er steeds maar vandoor te gaan. Vooral Noa was kritisch. Hoe kon ze de negatieve beeldvorming die over haar aanstaande was ontstaan tenietdoen of in elk geval verbeteren? Ze hoopte maar dat Tibor op tijd terug was voor het diner want anders had ze weer heel wat uit te leggen. Maar wat moest ze uitleggen? Ze wist zelf ook niet het naadje van de kous over Tibors activiteiten. Tibor betrok haar maar mondjesmaat bij zijn zakelijke leven en dat vond ze prima. Het was veiliger om zich nergens mee te bemoeien.

Natuurlijk kon ze op haar klompen aanvoelen dat niet alles wat hij deed de schoonheidsprijs verdiende, maar hij had haar gered uit de klauwen van Reggie en daar was ze hem eeuwig dankbaar voor. Daarom was ze bereid om veel door de vingers te zien of zich ervoor af te sluiten. Tibor was een verademing geweest. Hij had haar nog nooit geslagen of gedwongen tot seks. Hij hield wel van spelletjes in bed. In die zin had Milou er met haar kaarten niet naast gezeten. Ze werd inderdaad weleens vastgebonden tijdens de seks. Ze liet het gewillig toe. Als Tibor daar blij van werd, vond zij het prima. Naast zijn dominante bedgedrag kon hij ook ontzettend romantisch en teder zijn. Ze voelde zich veilig bij hem. Zolang ze bij Tibor was, deed niemand haar kwaad.

Hoewel hij vaak weg was en ze geen idee had waar hij uithing, was ze er honderd procent van overtuigd dat hij haar trouw was. Het had een behoorlijke tijd geduurd voordat ze zichzelf volledig voor hem had opengesteld. Reggie had te veel kapotgemaakt en haar beeld van mannen vertroebeld. Stukje bij beetje had Tibor haar vertrouwen gewonnen. Hij was altijd geduldig met haar geweest en had haar alle tijd en ruimte gegeven die ze nodig had. Kon ze haar vriendinnen maar duidelijk maken hoe fantastisch hij was.

Ze dacht weer aan Milou met haar gekke kaarten. Ze had haar wel wat aan kunnen doen toen ze kommer en kwel voorspelde voor de toekomst. Maar wat was ze geschrokken toen Milou vanmiddag onder water verdween en niet meer boven kwam. De gedachte aan haar bleke roerloze lichaam bezorgde haar weer een brok in haar keel. Door het adequate optreden van Noa, Dorba en Tibor leefde ze nog. Toen ze uiteindelijk weer in de haven van Krk hadden aangelegd, had Dorba Milou voor de zekerheid meegenomen naar een arts om te checken of ze toch niet onverhoopt iets had overgehouden aan haar duik. Gelukkig was ze met de schrik vrijgekomen en volledig gezond verklaard. 'Zo gezond als een vis,' had ze opgelucht ge-sms't.

'Alleen kunnen vissen beter zwemmen,' had Noa scherp gereageerd in een groepsbericht.

Er werd op de deur geklopt. Het was Branco. 'Ben je klaar? Tibor is er over vijf minuten.'

'Geef me nog een minuutje.' Ze sloot de deur en bekeek zichzelf nog een keer goedkeurend in de spiegel. Dit zou een topavond worden zonder gedoe en ongemakkelijke situaties. Tibor had een valse start gemaakt bij haar vriendinnen en dat zou vanavond helemaal rechtgetrokken worden. Ze stak haar hand met de verlovingsring voor zich uit en bewonderde de glinsterende diamanten. De opgewonden kriebels in haar buik omdat ze Tibor zo weer zou zien, namen toe. Ze kon zich niet voorstellen dat dat ooit minder zou worden. Ze had hem de afgelopen dagen veel te weinig gezien.

11

Het geluid van een sms klonk. Noa pakte haar telefoon. Bericht van Fleur. *We staan voor de deur! X*

Komen er aan! X

Noa pakte haar tas, sloot haar kamer af en gaf een roffel op de deur van Sanne en Milou. Sannes deur vloog meteen open, alsof ze erachter had staan wachten. Milou liet wat langer op zich wachten, maar volgde uiteindelijk ook. Ze zag er een stuk beter uit dan een paar uur geleden. Gedrieën liepen ze naar de uitgang van het hotel waar een verlengde roze limousine klaarstond. Fleur stond ernaast en zwaaide enthousiast.

'Nou, nou, we gaan op stand,' zei Noa terwijl ze de limo bekeek.

'O, ik heb altijd al eens in zo'n auto willen zitten.' Sanne liet met een plechtige blik haar hand over de glimmende lak gaan. 'Wauw.'

'Het is maar een auto hoor, mensen.'

'Hè, Noa, kun jij dat nuchtere gen van je nou nooit eens even uitschakelen en je helemaal laten gaan? Natuurlijk is het "maar" een auto, maar wat voor een! Wanneer krijg je nou de kans om in zo'n gaaf ding te zitten?'

'Ik vind hem ook retechic hoor Fleur, en laat Noa maar lullen.' Milou sloeg een arm om Fleur heen. 'En by the way, wat zie je er zelf trouwens ook weer prachtig uit.'

'Daar heeft Milou absoluut een punt. Die auto valt gewoon in het niet bij jouw verschijning,' probeerde Noa Fleur weer een beetje te paaien. De opmerking over de auto was er uitgefloept voordat ze er erg in had. Ze was nou eenmaal te nuchter voor dit soort materiële weldaad, maar ze wist dat Fleur en Sanne er wel gevoelig voor waren. Zelfs Milou bezondigde zich vandaag aan enig materialisme. Noa wenste nu dat ze haar woorden had ingeslikt. Ze wilde niet overkomen als een zuurpruim. Maar aan de gelukzalige blik op Fleurs gezicht te zien, had ze zich weinig van de opmerking aangetrokken.

Branco, die samen met Tibor in de auto zat waarmee ze van het vliegveld waren gehaald, schraapte luidruchtig zijn keel. Fleur gaf met een elegante armzwaai aan dat haar vriendinnen in de limousine moesten instappen. Dorba sloot de deuren achter hen en nam zelf plaats naast de chauffeur.

'Ik moet toegeven dat het bijzonder ergonomische stoelen zijn.' Noa klikte haar gordel vast.

'De bar!' Sanne dook er enthousiast op af.

'Ik kan je alleen maar vloeibare zoetigheid aanbieden,' wees Fleur op de shooters die naast de champagnekoeler stonden.

'O, nou ja, doe dat dan maar.' Sanne pakte de rood gekleurde shooter van haar aan en tikte hem in een keer achterover. 'Mmm, lekker.' Ze hield het flesje voor zich uit. 'Kijk nou, er zit een etiket op met "Fleur hartje Tibor".'

'Laat zien!' Milou griste het flesje uit haar handen, bekeek het zelf en hield het toen Noa voor. '*Love is in the air*, wat jij?' De limo begon te rijden en de wagen met Tibor en Branco reed er vlak achter. Milou keek door de geblindeerde ruiten naar buiten. 'Ik voel me net een popster!'

'Hier Lady Gaga,' Fleur stak haar een shooter toe en pakte er ook een voor Noa. Noa wilde het haar toegestoken flesje alweer beleefd weigeren en schudde haar hoofd.

'Zo makkelijk kom je er deze keer niet van af, speciaal voor jou een alcoholvrije,' lachte Fleur. Met een zuinig gezicht nam Noa een klein slokje. 'Snel gaf ze het flesje door aan Sanne. 'Get, ik krijg dit echt niet weg, sorry. Mijn tanden vallen bijna spontaan uit mijn mond, zo zoet is het.'

'Nou, mijn gebit is ijzersterk. Kom maar op met dat goedje.' Sanne dronk het flesje in een teug leeg.

'Heb je voor mij ook zo'n alcoholvrije? Dat flesje van net hakt er meteen aardig in. Denk dat ik me tot vanavond in de club beter even rustig kan houden.' Fleur gaf Milou een flesje aan. Voor ze er erg in hadden, stopte de auto en deed Dorba de deur open. Tibor en Branco hadden hun auto al geparkeerd en waren al uitgestapt. Gearmd liep Fleur met haar vriendinnen het restaurant binnen. Tibor mompelde nog wat tegen Dorba en Branco voordat hij ook naar binnen kwam. De kleerkasten posteerden zich als twee lijfwachten voor de ingang van het restaurant.

'Goh, zelfs bewaking bij het eten?' merkte Noa langs haar neus weg op.

'Tibor heeft nou eenmaal heel veel geld en is daardoor altijd interessant voor mensen die het minder goed hebben.'

'Je bedoelt eigenlijk dat het gevaar van ontvoering permanent op de loer ligt?'

'Zou kunnen,' mompelde Fleur.

'Dat betekent dus dat jij een doelwit kunt zijn. Mensen die losgeld willen, ontvoeren meestal een dierbare van degene met de zak vol geld, of niet soms?'

Fleur ging steeds ongemakkelijker kijken. 'Ik heb toch bewaking. Als ik te veel over dat soort dingen ga nadenken dan word ik gek. Ik weet niet beter dan dat Dorba of Branco, of beiden, altijd in de buurt zijn.' Tibor passeerde hen en trok Fleur achter zich aan. Een ober kwam aansnellen en schudde hen eerbiedig de hand. Noa zag een briefje van vijftig euro bij de handdruk van eigenaar wisselen. De ober stopte het discreet in zijn zak.

Fleur kon zich dan misschien wel veilig voelen met die kleerkasten om zich heen, maar op Noa had het een averechts effect.

12

Ze zaten weer in de limousine en waren op weg naar Club Boa. Het etentje was onverwacht gezellig verlopen. Tibor had zich uiterst charmant en geïnteresseerd gedragen. Hij gaf Fleur het ene na het andere complimentje en bleek ook nog de nodige humor te hebben. Naarmate de fles *Rakija* op tafel leger werd, werden zijn grappen wel wat flauwer, maar vooruit. De zoete, fruitige brandewijn bevatte zo'n 20 procent alcohol volgens het etiket, dus dat verklaarde een hoop.

Voor het eerst kon Noa zich een wat completer beeld vormen van de man waar een van haar beste vriendinnen mee ging trouwen. Fleur kwijlde bijna als ze Tibor aankeek. Even was Noa jaloers. Zou zij ook ooit zo hoteldebotel van een man zijn? Haar kritische inslag maakte het bijna onmogelijk om ergens onbevangen voor te gaan. Ze was er zelf nog niet uit wat voor type man nou eigenlijk het beste bij haar paste. Zolang ze dat zelf niet wist, vond ze het beter om zich helemaal niet op het liefdespad te wagen.

Uit een van Milous tarotleggingen was naar voren gekomen dat ze zich open moest stellen voor nieuwe dingen en haar gevoel meer moest volgen. Ze had het uiteraard weggelachen en afgedaan als onzin. Ze geloofde niet in die kaartentrekkerij. Al dat semispirituele gedoe bestond altijd alleen maar uit open deuren die iedereen met een beetje verstand zelf kon intrappen. Daar kwamen geen hogere machten aan te pas. Ze was blij dat Milou inderdaad woord had gehouden en niet meer over de kaartlegging was begonnen die ze voor Fleur had gedaan. Bij die onzin was niemand gebaat en Fleur op dit moment al helemaal niet.

'*Penny for your thoughts, dear.*' Noa schrok op. Sanne en Milou waren al uit de auto gestapt. Fleur pakte haar hand. 'Je kijkt zo ernstig, alles goed?'

'Keek ik ernstig? Dat had ik helemaal niet in de gaten. Niks aan de hand, ik ben gewoon een beetje moe.'

'Het was inderdaad een enerverend dagje met Milou en zo,' beaamde Fleur. 'Tijd om alles eens lekker van ons af te dansen, wat jij?'

'Goed plan.' Noa volgde haar vriendinnen de auto uit en de club in. Eenmaal binnen werden ze meteen opgevangen door een personeelslid. Zijn bovenlichaam was ontbloot en hij droeg slechts een zwarte broek en stropdas. Zelfs Noa moest toegeven dat het een heel knappe man was. De man leidde hen naar een comfortabel zitje in een beschut hoekje. Achter en tegenover hen waren meer van dergelijke zitjes waar mensen zich even konden terugtrekken uit de drukte. Een fles roze champagne en een fles water stonden al klaar in een cooler naast een paar glazen. Uit alles bleek dat Boa een hippe club was die goed bezocht werd. Opzwepende muziek klonk van de overvolle dansvloer waar vrouwen in voornamelijk strakke jurkjes om hitsige mannen heen kronkelden. Alles zag er tiptop uit. De muren waren strak afgewerkt, de kussens in de stoelen waren schoon en van de roodgeverfde bar schilferde nog geen millimeter verf. Alles blonk en schitterde.

Haar oog viel op een grote man met een grof gezicht en grijs haar die een sexy gekleed meisje meetroonde. Het kind leek amper achttien jaar. Hij had zijn arm over haar schouders heen geslagen en zijn kolossale hand kneedde brutaal haar borst. Het meisje keek angstig en maakte allerminst de indruk dat ze het prettig vond. Toch deed ze geen enkele moeite om de man tot de orde te roepen of zich los te maken uit zijn greep.

Het koppel liep langs hen heen en ging in een leeg zitje tegenover hen zitten. Noa probeerde oogcontact met het meisje te maken. De man trok zijn scharrel ruw op zijn schoot en legde zijn handen op haar billen terwijl hij haar ongegeneerd begon te tongzoenen. Het meisje beantwoordde de zoen, maar er straalde geen enkele passie of wellust van haar af. Noa zag dat Fleur het stel ook had opgemerkt. Ze had een harde blik in haar ogen.

Tibor kwam aanlopen en legde zijn hand op de schouder van de man. Ze schudden elkaar de hand alsof ze oude bekenden waren. Tibor fluisterde hem wat in het oor en de man praatte terug. Vervolgens sprak Tibor het meisje aan terwijl hij kort zijn hand in haar nek legde. Daarna stortte het meisje zich vol overgave op de man die haar op schoot had genomen.

Tibor kwam hun kant op en Noa wendde haar blik af van de man en het meisje. Tibor gaf Fleur een gepassioneerde zoen en gebaarde vervolgens naar de man met ontbloot bovenlichaam dat hij de glazen moest vullen. Tibor stak zijn glas in de lucht. 'Ik wil graag een toost uitbrengen op de mooiste vrouw van de wereld, die over een paar dagen helemaal van mij is.' Een grote glimlach verscheen op Fleurs gezicht. Vol enthousiasme tikte ze haar glas tegen dat van haar aanstaande en nam een grote slok. Sanne en Milou volgden haar voorbeeld en wierpen het aanstaande bruidspaar gelukwensen toe. Noa proostte met water. Uit haar ooghoek zag ze de man en het meisje vertrekken. Het meisje keek naar Fleur toen ze langsliep. Er flakkerde iets in haar ogen, maar Fleur had het niet in de gaten.

Noa probeerde het beeld van de man en het meisje van zich af te dansen en dat lukte aardig. Fleur danste enthousiast om haar heen en ook Sanne en Milou gingen helemaal op in de opzwepende muziek. Branco en Tibor hadden zich de hele avond niet meer laten zien. Toen Noa aan Fleur vroeg waar haar waakhonden gebleven waren, had haar vriendin geantwoord dat ze vanavond deurdienst hadden. Noa was er niet rouwig om. Ze vond het heel vervelend om geen stap te kunnen zetten zonder die twee mannen in haar kielzog. Voor Fleur mocht het dan de normaalste zaak van de wereld zijn geworden, maar Noa zou niet graag met haar willen ruilen. Ze was erg gehecht aan haar vrijheid en het gedrag van de mannen beklemde haar.

Hoewel ze Kroatië een prachtig land vond op basis van wat ze er tot nu toe van gezien had, verlangde ze naar Nederland. Ze miste haar dagelijkse leven in de sportschool waar zij de baas was en met niemand rekening hoefde te houden. Haar vaste leef- en eetpatroon was de afgelopen dagen behoorlijk door elkaar geschud. Ze hield van vroeg opstaan en op tijd gaan slapen en dat ritme was hier niet te handhaven. Ze keek op haar horloge. Het was inmiddels twee uur 's nachts. Ze zou er heel wat voor geven als ze nu in haar bed kon liggen maar ze probeerde de vermoeidheid in haar lijf te negeren. Ze wilde geen spelbreker zijn. De overgave waarmee haar vriendinnen rondhupsten op de dansvloer gaf aan dat ze nog lang niet wegwilden.

Ondanks haar belofte om minder te drinken had Milou hem weer flink geraakt. Haar bewegingen werden steeds ongecontroleerder en ook Sanne en Fleur zagen eruit alsof ze geen recht lijntje meer konden lopen. Alle drie hadden ze felrode konen en waterige ogen en ze begonnen steeds harder te praten. Tibor stond bij de bar en bekeek het allemaal van een afstandje. De paar keer dat hij zich kort bij Fleur op de dansvloer had gewaagd, waren mensen uiteen geweken om hem door te laten. Het was duidelijk dat ze de eigenaar geen strobreed in de weg wilden leggen. Het viel Noa op dat er geen man was die zich in de buurt van Fleur waagde, terwijl ze er werkelijk oogverblindend uitzag. Het leek een ongeschreven wet dat je met je vingers van het meisje van de baas afbleef.

Fleur liep op haar af en wenkte Sanne en Milou. 'Zullen we even een luchtje scheppen?'

'Wat moeten we scheppen?' Milou stond te wankelen op haar benen en praatte met dubbele tong. Noa kon nog net voorkomen dat ze omviel. Sanne die zelf ook niet meer helemaal helder was, nam haar over. 'Neem jij Fleur maar onder je hoede.' Noa stak uitnodigend haar arm uit naar Fleur en ze haakte meteen in.

'Moet je nog tegen Tibor zeggen dat we even naar buiten gaan?' Fleur keek naar de bar waar Tibor druk in gesprek was met een of andere kerel.

'Eh, nee, ik wil Tibor even niet storen. We zijn alweer terug voordat hij doorheeft dat we weg zijn. Ik meld het wel bij Branco of Dorba.'

'Oké, wat jij wilt.'

13

De straat was op een paar mensen na verlaten en werd verlicht door lantaarns. Gearmd slenterden ze met z'n vieren over de stoep. Branco liep een paar meter achter hen. Hij had zijn zonnebril af en voor het eerst toonde hij zijn volledige gezicht. Noa wilde dat hij zijn bril op had gehouden. De kille blik in zijn ogen was geen pretje om naar te kijken. Ook Milou leek haar interesse in hem verloren te hebben. Ze kwebbelde nu de hele tijd over Dorba. 'Het schept toch een heel bijzondere band als iemand je leven heeft gered.'

'Als je het niet erg vindt, dan wil ik het graag bij vriendschap houden,' grapte Noa.

'Ja, jou ben ik natuurlijk ook eeuwig dankbaar,' lispelde Milou. Fleur rukte zich los en rende zwalkend een stukje vooruit. Ze spreidde haar armen en draaide een rondje. 'Wat is het leven toch mooi!' Even leek ze haar evenwicht te verliezen, maar ze herstelde zich. Weer rende ze een stukje vooruit. Noa lachte hoofdschuddend.

Een auto kwam over de verder verlaten weg aanrijden en passeerde hen langzaam. Noa bedankte de bestuurder in gedachten dat hij voorzichtig langs haar dronken vriendinnen reed. Naast wegpiraten waren hier blijkbaar ook nog attente chauffeurs. Ze ontspande en genoot van de nachtelijke wandeling en de blije Fleur die zingend voor hen uit huppelde.

De auto reed inmiddels naast Fleur. Ineens ging er een deur open en een man met een bivakmuts greep haar bij haar middel en sleurde haar de auto in. Er viel iets op straat. Het ging allemaal zo snel dat de auto al met piepende banden wegspoot voordat het goed en wel tot Noa doordrong wat er gebeurde. Branco brulde en sprintte langs haar heen. Ze zette het ook op een lopen achter hem aan. '*They took Fleur, do something!*' Sanne en Milou gilden hysterisch. Branco haalde een wapen uit zijn binnenzak en richtte het op de wegscheurende auto.

'Idioot,' schreeuwde Noa tegen Branco. 'Straks raak je Fleur!' Ze gaf hem een duw tegen zijn armen en hij raakte uit zijn evenwicht. Er klonk een schot. Milou liet zich in een reflex plat voorover op de stoep vallen en Sanne begon nog harder te krijsen. Branco wierp Noa een vernietigende blik toe en begon driftig te bellen. De auto was inmiddels volledig uit het zicht verdwenen. Noa rende naar Milou toe die nog steeds plat op de stoep lag. 'Lou, alles goed?'

Milou tilde haar hoofd op. 'Ik proef bloed en alles doet pijn.' Noa nam de schade op.

'Tand door je lip en een paar blauwe plekken, dat overleef je wel.' Sanne stond nog steeds te gillen. Noa liep naar haar toe en gaf haar een tik tegen haar wang. 'Even rustig worden nou.' Sanne ontwaakte uit haar shocktoestand en liet zich huilend naast Milou op de stoep zakken.

Er naderde een slingerende auto met hoge snelheid. Noa schoot overeind. De auto stopte met piepende remmen naast hen. Daarachter stopte een tweede. Tibor sprong met een verhit gezicht uit de voorste auto en Branco rende ernaartoe. Hij nam zijn plek achter het stuur in en Tibor rende om de auto heen om aan de andere kant weer in te stappen. Branco duwde het gas al in voordat hij goed en wel zat en Tibors been nog uit de auto hing. De auto slingerde de straat door en nam aan het einde dezelfde bocht die Fleurs ontvoerders hadden genomen.

'In de auto jullie!' Dorba pakte Milou en Sanne bij een arm en trok ze overeind. 'Jij ook!' schreeuwde hij naar Noa.

'Dorba, we moeten de politie bellen!'

'Geen politie.'

'Maar ze hebben Fleur! Ze is in gevaar!'

'Bedaar. Het is maar een geintje.'

'Een geintje? Wat bedoel je?'

'In Kroatië is het een traditie dat de vrienden van de bruidegom de bruid een paar dagen voor het huwelijk ontvoeren. De bruidegom moet zijn aanstaande dan op basis van aanwijzingen op tijd zien terug te vinden.'

'Een soort speurtocht bedoel je?'

'Inderdaad. Ik denk dat de eerste hint elk moment naar Tibor gestuurd kan worden.'

'Ik geloof geen klap van deze onzin. Dit is geen spelletje. Waarom zou Branco anders zijn wapen hebben getrokken?'

'Heeft ie dat gedaan?' Dorba lachte. 'Losse flodders. Allemaal onderdeel van het spel.'

'Je staat me ontzettend in de zeik te nemen, klootzak. Haal Fleur terug!'

'Ga in de auto zitten. Ik breng jullie terug naar het hotel.'

In plaats van te gehoorzamen liep Noa bij hem vandaan naar de plek waar Fleur de onbekende auto in was gesleurd.

'Instappen. Nu!' riep Dorba haar na. Ze stak haar middelvinger naar hem op en bukte zich alsof ze een veter moest strikken van haar sleehak gympen. De echte reden dat ze bukte was het zwarte voorwerp dat tegen de stoeprand aan lag. Dat moest het ding zijn dat ze op straat zag vallen toen de man met de bivakmuts Fleur de auto in sleurde. Het was een beschadigde BlackBerry. De batterij was eruit gevallen en er zat een barst in het scherm en in de behuizing. De simkaart zat er nog in. Ze betwijfelde of het toestel met wat knip- en plakwerk weer in elkaar gezet kon worden, laat staan dat ze het aan de praat zou krijgen, maar het was het proberen waard. Ze raapte het ding op en stopte het in haar handtas. Het kon een link zijn naar Fleurs ontvoerders.

Dorba was inmiddels ingestapt en toeterde ongeduldig. Ze

liep naar de auto en stapte met een verbeten gezicht in. Sanne en Milou hielden elkaar vast en huilden nog steeds.

'We moeten Fleur terugvinden, Noa. Dit is geen leuk spelletje. De pot op met die rare traditie.' Milou keek haar met betraande ogen aan. Haar make-up was volledig doorgelopen en dat gaf haar samen met haar bloedende lip een lugubere aanblik. Noa pakte een zakdoekje uit haar tas en begon voorzichtig de mascara van haar gezicht te poetsen. 'Kom hier, je ziet er niet uit.'

'Zie je wel. De kaarten voorspelden het al, niets dan doem en verderf.' Milous stem trilde en af en toe klonk er een ongecontroleerde snik in door. 'Dit is niet goed hoor.'

'Nee, dit is zeker niet goed. Ik geloof ook geen reet van die onzin die Dorba beweert, maar dat kan ik op logisch verstand wel beredeneren. Daar heb ik die kaarten van jou niet bij nodig. We moeten onze kop erbij houden, Milou. Dus laat je niet meeslepen door die hocuspocus.' Noa pakte Milou bij haar kin en keek haar recht in de ogen. 'Beloof je dat? Alleen feiten en logisch verstand.' Milou sloeg haar ogen neer en knikte. Noa draaide zich om naar Sanne. 'Kom hier, ik zal jou ook even oppoetsen. De mascara zit tot op je kin.' Voordat Noa de kans kreeg om de daad bij het woord te voegen, griste Sanne het papieren zakdoekje uit haar hand en snoot luidruchtig haar neus.

14

Dorba liep met hen mee naar hun hotelkamers. 'Even verzamelen op de mijne,' fluisterde Noa. '*We'll be fine*,' bitste ze Dorba toe.

'Wat heb je op de straat gevonden?'

Shit, hij had gezien dat ze iets in haar tas had gestopt.

'Gaat je niks aan.'

Samen met Sanne en Milou verdween Noa haar kamer in en sloeg de deur voor Dorba's neus dicht. Ze wachtte een paar minuten en deed de deur toen voorzichtig een stukje open. Ze zag door de kier dat Dorba nog steeds op dezelfde plek stond en zich niet verroerd leek te hebben. Hij zag haar loeren en stak zijn hand uit.

'Geef het aan me.' Noa schudde vastberaden haar hoofd. 'Als je nu niet heel snel naar de lobby gaat dan ga ik gillen. En geloof me, dat wil je niet.'

'Blijf in je kamer totdat ik je toestemming geef eruit te komen.' Dorba gaf het op, draaide zich zonder verder nog iets te zeggen om en verdween.

'Wie denkt hij wel dat hij is?' Noa gaf een gefrustreerde trap tegen haar kamerdeur die met een klap weer dichtviel. Haar vriendinnen keken haar vragend aan.

'Wat?' schreeuwde Noa. Sanne en Milou schrokken van haar agressieve houding.

'Niks, we zijn het gewoon niet gewend dat jij je kalmte verliest.'

'Ik ben ook maar een mens,' verontschuldigde Noa zich.

Moedeloos zakte ze neer op het grote tweepersoonsbed in de kamer en sloeg een paar keer met haar vuisten op het matras.

'Wat wil die Dorba nou steeds van je hebben?'

'Toen Fleur die auto in werd gesleurd, liet een van die mannen iets op straat vallen. Dat heb ik opgeraapt en meegenomen.'

'Maar wat is het dan?' vroeg Sanne.

'Een mobiele telefoon.'

'Echt waar?' riep Milou uit.

'Ja. Beschadigd van het vallen, dus ik weet niet of we hem nog aan de praat krijgen, maar het is de enige aanwijzing die we op dit moment hebben die naar Fleur kan leiden.'

'Ik vind dat we de politie moeten bellen. Ik geloof geen klap van wat die Dorba ons probeert wijs te maken, jullie?' zei Sanne.

'Mijn intuïtie...' begon Milou maar ze staakte haar zin toen Noa haar een vernietigende blik toewierp.

'Ja, ik vind ook dat we de politie moeten bellen,' deed ze een nieuwe poging.

'Mee eens,' reageerde Noa. 'Je weet wat ze altijd zeggen bij ontvoeringen: de eerste vierentwintig uur zijn cruciaal. Daarna wordt de kans dat je iemand levend terugvindt steeds kleiner.'

Milou begon weer te huilen. Sanne en Noa sloegen troostend een arm om haar heen maar hielden het zelf ook niet droog. Het idee dat iemand op dit moment misschien vreselijke dingen met Fleur uithaalde of haar zelfs probeerde te doden, was meer dan ze aankonden en iets waar ze niet te veel bij na wilden denken. 'We gaan haar terugvinden. Ik weet niet hoe, maar het gaat ons lukken en dan nemen we haar mee naar Nederland, de enige plek waar ze echt thuishoort.' De vastberadenheid in Noa's stem sloeg over op de anderen. Milou veegde de tranen uit haar ogen en haalde haar neus op. Sanne rechtte haar rug. 'We bellen de politie.' Ze pakte haar telefoon en gaf hem aan Noa. 'Aan jou de eer.'

Noa liep naar het mapje met reispapieren en landinformatie dat op haar nachtkastje lag. Vlug scande ze de informatie. 'Ah, 112 werkt hier ook.' Milou wierp Sanne uit macht der gewoonte een zak chips toe. Ze weerde hem af en de zak viel op de grond. 'Geen trek.'

15

'Ze komen eraan.' Noa ontspande zichtbaar. 'Ze vonden mijn verhaal overtuigend genoeg.'

'Ja, me dunkt dat het voldoende is om uit te rukken. Fleur is voor onze ogen ontvoerd!' De irritatie was duidelijk in Milous stem te horen. Ze had zichzelf weer bij elkaar geraapt en kwam strijdbaar over.

'Denk je dat die Dorba hier nog ergens rondloopt? Die gaat natuurlijk helemaal flippen als hij erachter komt dat we de politie toch hebben gewaarschuwd.' De angst viel van Sannes gezicht af te lezen.

'Die Dorba kan wat mij betreft in de stront zakken. Ik ben niet bang voor hem,' reageerde Noa.

'Zullen we maar vast naar de lobby gaan? Kunnen we daar de politie meteen opvangen als ze het hotel binnenkomen.' Milou stond al bij de deur.

'Nog even dit veiligstellen.' Noa haalde de gevonden telefoon uit haar tas en stopte hem in de kluis.

'Moeten we die niet aan de politie geven als bewijsmateriaal?'

'Eerst maar eens kijken of de politie hier te vertrouwen is. Voordat ik dat zeker weet, ga ik de enige link die ons naar Fleur kan leiden niet afgeven.'

'Gelijk heb je.' Sanne gaf haar een goedkeurende klap op haar schouder. 'Als we geen hulp krijgen van de politie gaan we zelf wel op zoek naar Fleur.'

'Eerst praten met de politie en dan gaan we kijken of we die telefoon weer in elkaar kunnen zetten en aan de gang krijgen.' Noa sloot de kamer af en gedrieën namen ze de trap naar beneden.

'Shit, Dorba zit in de lobby.'

'Had je anders verwacht, San?'

'Nee, maar wel gehoopt.'

'We gaan gewoon buiten op het terras zitten om een drankje te doen. Dat kan hij ons moeilijk verbieden.' Milou liep kordaat voorop en groette Dorba nonchalant in het voorbijgaan. Dorba sprong meteen op en greep Sanne, die op dat moment langs hem liep, bij de arm.

'Raak me niet aan, engerd.' Ze probeerde zich los te rukken.

'Had ik niet gezegd dat jullie in je kamer moesten blijven?'

'Behandel ons niet als gevangenen,' siste Noa hem toe. 'We zijn vrij om te gaan en staan waar we willen.'

'De politie!' riep Milou opgelucht. Dorba liet Sanne verschrikt los, maar herstelde zich meteen weer. 'Heb je de politie gebeld?'

'Ja, dat heb ik.' Ze keek hem triomfantelijk aan. Milou hield de deur open en twee agenten stapten de receptieruimte binnen. Noa liep meteen naar hen toe en stak haar hand uit. '*Hi, I'm Noa van den Berg and I was the one who called about the dissapearance...*' De agenten liepen langs haar heen en togen rechtstreeks naar Dorba die stond te wenken.

'Nou ja, waar slaat dit nou weer op?' Een van de agenten reageerde op de beledigde toon in haar stem en draaide zich om. Noa viel abrupt stil van de blik in zijn ogen. De agent keerde zich van haar af en richtte zich net als zijn collega weer op Dorba die hen meenam wat verder de lobby in. Ze voerden een fluisterend gesprek in hun moedertaal. Dorba haalde iets uit zijn broekzak en gaf het aan de agenten. Noa volgde het tafereel op de voet. 'Niet te geloven, hij geeft die gasten geld,' fluisterde ze tegen haar vriendinnen.

'Hij staat ze gewoon om te kopen bedoel je?!' Milou keek

vol afschuw naar de man die ze als haar redder had gezien.

'Sst, niet zo hard. Als de politie hier corrupt is, kunnen we ons maar beter gedeisd houden. Of in elk geval doen alsof.' Het gesprek tussen Dorba en de agenten leek beëindigd. Noa stapte al naar voren in de veronderstelling dat ze nu naar haar verhaal zouden luisteren, maar een van de agenten maakte een afwerend gebaar en schudde zijn hoofd.

'Bel ons niet meer voor die onzin. De volgende keer krijg je een boete.'

'Pardon?'

'Ik handel het verder wel af,' liet Dorba de agenten weten.

'Waag het niet om te vertrekken! Onze vriendin is gekidnapt!' schreeuwde Milou.

De receptioniste keek verschrikt op, maar concentreerde zich weer op haar computer toen Dorba dreigend een stap in haar richting zette. Een van de agenten keek geërgerd om naar Milou. Noa greep haar vast en legde een hand op haar mond. 'Stil, straks pakken ze je op. Gelazer met corrupte politieagenten is het laatste wat we nu kunnen gebruiken en Fleur krijgen we er al helemaal niet mee terug.'

De agent draaide zich weer om en verliet samen met zijn collega het hotel. Sanne haalde opgelucht adem. Dorba kwam dreigend op hen aflopen. De woede spatte van zijn gezicht en hij knakte zijn vingers een voor een alsof hij zich opmaakte voor een gevecht. Milou kroop tegen Noa aan en Sanne schraapte nerveus haar keel. Noa probeerde zich niet te laten intimideren, maar het kostte haar grote moeite om haar angst voor de grote sterke man te verbloemen.

Het geratel van de computer achter de receptie was het enige geluid dat de ijzige stilte verbrak. De geladen spanning die in de lucht hing was duidelijk voelbaar.

'Kom, we gaan naar onze kamers en sluiten ons daar op tot we een goed strijdplan hebben bedacht.' Noa wilde langs Dorba lopen maar hij greep haar in haar nek. Zijn vingers drukten pijnlijk in haar spieren. Met zijn krachtige hand was hij makkelijk in staat om in een fractie van een seconde haar nek te breken. Ze verstijfde en durfde geen stap meer te verzetten. 'Ga naar jullie kamer en laat Fleur aan ons over. Voor de laatste keer, het is een traditioneel spelletje, niet meer en niet minder.'

'Oké, ik geloof je,' siste Noa. Dorba gaf haar een zet in de richting van de lift. 'Wegwezen nu, ik ben hier totdat Tibor terugkomt. Eén advies, maak hem niet boos.' Zonder zich verder nog te verzetten gehoorzaamde Noa. Milou en Sanne volgden en wachtten samen met haar op de lift. Dorba draaide zich pas om toen ze erin stapten en de deuren dichtgingen. Noa sloot haar ogen en ontspande haar schouders.

'Je gelooft hem toch niet echt?' vroeg Sanne.

'Nee, natuurlijk niet, maar het leek me veiliger om te doen alsof hij me had overtuigd. Die knijpende hand in mijn nek was niet echt een pretje.'

De lift was op hun verdieping aangekomen en opende zijn deuren. Noa duwde Milou de lift uit. 'We gaan naar mijn kamer. Vanaf nu blijven we bij elkaar. Eén verdwenen vriendin is meer dan genoeg.'

16

Noa toetste de veiligheidscode van de kluis in. Met een klik ging het deurtje open. Ze pakte de onderdelen van de gevonden mobiele telefoon eruit en ging ermee op het bed zitten. Milou en Sanne keken gespannen toe hoe ze het ding vlotjes in elkaar zette.

'Pak eens wat plakband uit mijn toilettas als je wilt.' Milou sprong op en liep naar de badkamer. 'Auw,' klonk het. Daarna het geluid van toiletspullen die in een wasbak werden gegooid.

'Wat doe je?'

'Mijn vinger opengehaald aan een scheermesje in je toilettas.'

'Er zit ook een pakje pleisters in.'

'Die heb ik al gevonden.' Met een bepleisterde middelvinger en een rol plakband kwam Milou weer uit de badkamer. 'Hier, vangen.' Ze gooide de tape naar Noa en draaide zich weer om. 'Even de boel opruimen.'

Noa plakte het kapotte klepje dat onder normale omstandigheden de batterij op zijn plek moest houden vast met de doorzichtige tape. 'Zo, die kan geen kant meer op.' Bezorgd streek ze met haar vinger over de grote barst in het scherm. 'Nu nog zien dat we dat ding aan de praat krijgen en hopen dat de batterij nog vol genoeg is. Ik heb geen oplader die op deze telefoon past.'

'Tijd geleden dat ik zo'n ouderwets knoppentoestel heb gezien,' merkte Sanne op. 'Ik durf te wedden dat er ook geen internet op zit.'

'Zal wel voor de veiligheid zijn. Die moderne dingen zijn veel makkelijker te traceren dan dit oude beestje.'

Noa pakte het toestel en legde aarzelend haar vinger op de aan-knop. Ze hield haar adem in en drukte op de knop. Er gebeurde niets. '*Fuck.*'

Milou had de badkamer inmiddels verlaten en griste het ding uit haar hand. Ze kneep haar ogen zo hard dicht dat haar gezicht ervan vertrok en deed een nieuwe poging. Even bleef het stil maar toen klonk de jingle van het toestel. Noa slaakte een verheugde kreet. 'Geef hier!' Ze probeerde Milou het toestel afhandig te maken. Milou weerde haar hand af. 'Je moet zo'n ding met liefde behandelen, Noa.'

'*Cut the crap* en geef dat ding hier.'

Milou legde het toestel voorzichtig in Noa's hand. 'Shit, hij vraagt om een pincode.'

'Dat is meestal gewoon vier keer nul of een, twee, drie, vier,' wist Sanne. 'Of de geboortedatum van de eigenaar, maar die weten we sowieso niet.'

Met een trillende vinger toetste Noa vier keer nul in. De pincode werd niet geaccepteerd. Nog twee pogingen over. 'Wat nu? Een, twee, drie, vier proberen?'

Sanne keek bedenkelijk. 'Ik kan me bijna niet voorstellen dat iemand die tot ontvoering in staat is zijn telefoon niet meer dan standaard beveiligd heeft. In dat geval kan het alles zijn en komen we er nooit achter voordat de boel blokkeert.'

'Ik ga toch maar een poging wagen met een, twee, drie, vier, wie weet hebben we mazzel.' Noa drukte de toetsencombinatie in terwijl Sanne als een idioot stond te duimen dat het wat zou opleveren.

'Weer niet goed,' reageerde Noa teleurgesteld. 'Nog maar één poging over voordat de boel wordt geblokkeerd.'

Milou pakte het toestel vliegensvlug uit Noa's handen en begon als een idioot het plakband dat het toestel bij elkaar hield los te peuteren.

‘Wat doe je nou, idioot?’ Noa keek haar verschrikt aan.

‘Laat me maar even, ik weet wat ik doe.’ Milou ging onverstoorbaar verder tot ze het klepje dat de batterij op zijn plaats hield los kon halen. Ze draaide het om en bestudeerde het zorgvuldig. Vervolgens knutselde ze het toestel weer in elkaar, tapete het vast en zette het aan. ‘Bidden,’ commandeerde ze terwijl ze vier cijfers intoetste. Triomfantelijk gaf ze het toestel terug aan Noa. ‘*All yours, dear.*’ Vol ongeloof pakte Noa de telefoon van haar aan. ‘Je hebt de juiste pincode ingetoetst.’

‘Wat was het nou?’ Sanne gaf Milou een te harde maar goedbedoelde klap op haar schouder.

Met een pijnlijke uitdrukking op haar gezicht gaf ze antwoord: ‘7985.’

‘Maar hoe kom je er nou bij om die getallen in te toetsen? Ik begin bijna te geloven dat je echt kunt toveren.’

‘Ik zou willen dat dat waar was,’ grinnikte Milou, ‘maar nee, dit was gewoon een kwestie van logisch redeneren. Ik heb ooit eens een film gezien, vraag me niet welke, waarin iemand de pincode van zijn telefoon aan de binnenkant van het batterijklepje opschreef om hem niet te vergeten. Drie keer raden wat er op het klepje van deze telefoon stond...’

‘Milou, ik neem alles wat ik ooit over je gezegd heb terug, je bent briljant.’ Sanne plette haar bijna in een overenthousiaste omhelzing.

Noa scrolde ondertussen door de lijst met gebelde nummers heen. Er stond maar één nummer in de lijst maar het was wel ruim tien keer gebeld. ‘Proberen?’

Milou en Sanne knikten gespannen.

‘Pff, ik krijg er buikpijn van.’

‘Niet denken maar doen,’ fluisterde Milou haar toe. Noa voegde de daad bij het woord en belde het nummer. Het toestel ging over maar werd niet meteen opgenomen.

‘Volhouden,’ prevelde Sanne.

De kiestoon bleef overgaan. Net voordat Noa het op wilde geven, klonk er een klik gevolgd door geruis. Een zware stem klonk en alle kleur trok weg uit Noa's gezicht. In een reflex verbrak ze de verbinding.

'Wat is er? Wie was het?'

Noa slikte hoorbaar voordat ze antwoord gaf. 'Het was Dorba.'

17

'Je maakt een grap.' Sanne keek Noa vol ongeloof aan.

'Zie ik eruit alsof ik een grap maak?'

'Nee, niet bepaald.'

'Dit deugt van geen kant. Dorba weet meer van Fleurs verdwijning, dat kan niet anders.'

'Zou het dan toch waar zijn wat hij zegt, dat het allemaal een spel is?'

'Lieve Milou, zeg eens eerlijk, komt dit alles op jou over als een spelletje?'

'Nou, ik moet zeggen dat ze het wel overtuigend spelen, maar het kan toch? Hebben jullie de film *The Game* gezien met Michael Douglas? Het gaat over een investeringsbankier die een vreemd cadeau voor zijn verjaardag krijgt; deelname aan een spel waarin hijzelf de hoofdrol speelt. Al gauw neemt "het spel" het leven van de bankier over en komt hij meerdere keren in gevaarlijke situaties terecht en wordt hij zelfs bijna vermoord.'

'Misschien is de ontvoering van Fleur een Kroatische variant op *The Game*?' viel Sanne Milou bij.

'Moet ik echt naar deze onzin luisteren? Sanne, het leven is geen film en Milou, het is ook geen spelletje. Jullie kakelen als kippen zonder koppen.' Noa kon haar irritatie niet verbergen.

'Maar hoe wil je Dorba's betrokkenheid dan anders uitleggen?' vroeg Milou.

'Lou, alsjeblieft. Dit hele zaakje stinkt als een beerput. Waar blijf je nou met die intuïtie van je? Bij mij staan alle seinen op rood. Het kan bijna niet anders dan dat die Tibor en zijn mannen zich met louche zaakjes bezighouden waar Fleur nu de dupe van is geworden.'

'Ik geloof nou eenmaal dat elk mens iets goeds in zich heeft,' antwoordde Milou. 'Ik kan gewoon niet geloven dat Dorba Fleur echt kwaad wil doen.'

'Word eens wakker! Terwijl jij Dorba het voordeel van de twijfel geeft, doet iemand Fleur op dit moment misschien wel pijn of erger, besef je dat wel? Misschien moet je eens aan die tarotkaarten van je vragen hoe het ervoor staat.'

'Is het een idee om het Dorba op de man af te vragen? Ja, ik roep ook maar wat...' probeerde Sanne.

'Veel te gevaarlijk. Dat durf ik echt niet aan.' Noa schudde vastberaden haar hoofd.

De ringtone van de telefoon klonk door de kamer. Geschrokken keken ze alle drie naar het toestel dat op het bed lag.

'Moeten we opnemen of niet?' vroeg Sanne aarzelend. Het gerinkel ging door. Noa dook naar het toestel. 'Hallo?'

Aan de andere kant van de lijn klonk gehijg maar er werd niets gezegd. 'Hallo?' zei Noa nogmaals. Weer die ademhaling en toen een versnelde kiestoon. De verbinding was verbroken.

'Wie was het?' Sanne hield haar hand op haar hart en had rode konen van de spanning.

'Ik weet het niet. Anoniem nummer. Ik hoorde alleen wat geadem en verder niets.'

'Man of vrouw?'

'Man denk ik.'

Er werd stevig op de deur gebonkt. Milou sprong op van schrik en Sanne trok wit weg. 'Opendoen?'

Noa verstopte snel de telefoon onder haar kussen en liep naar de deur. Ze legde haar hand op de klink maar besloot uiteindelijk niet zomaar open te doen. 'Wie is daar?' sprak ze met stemverheffing.

'Tibor,' was het antwoord. Noa trok de deur met een ruk open. 'Is Fleur veilig?' Tibor liep met een verhit hoofd de kamer binnen en Branco volgde. Sanne deinsde angstig achteruit.

'Fleur is morgen weer thuis,' was Tibors korte antwoord.

'Hoezo morgen? Waarom niet nu? Heb je haar gevonden of niet?'

'Zo goed als.'

'Dat is geen antwoord. Ja of nee?' Nog een klop op de deur en Dorba kwam binnen.

'Morgen is ze weer thuis, geloof me,' herhaalde Tibor. Deze keer klonk zijn stem vriendelijker. Met een schuin oog keek Noa naar Dorba, maar die vertrok geen spier.

'Het is zes uur in de ochtend, probeer nog maar even wat te slapen. Over vier uur ontbijten we op de boot.'

Een telefoon rinkelde. Milou keek verschrikt op. Tibor liet zijn blik door de kamer gaan om te kijken waar het geluid vandaan kwam. Zijn ogen bleven rusten op het hoofdkussen waar het geluid onder vandaan kwam. 'Moet je niet opnemen?' Zijn stem had een vreemde ondertoon gekregen. Het zweet brak Noa uit. 'Nee, dat is mijn moeder waarschijnlijk, die belt later wel terug,' hakkelde ze. Dorba kneep zijn ogen tot spleetjes en bewoog de spieren in zijn kaken. De telefoon hield op met rinkelen. Wie het ook geweest was, Dorba kon het in elk geval niet zijn. Noa bad dat de onbekende beller niet nog een poging zou doen terwijl de drie mannen in hun kamer stonden.

'We gaan.' Tibor wenkte Dorba en Branco hem te volgen. 'Dorba blijft in de lobby,' deelde hij hen mee voor hij de kamer verliet. Noa liet zichzelf met een zachte kreet op bed vallen toen de deur in het slot viel en ze weer met z'n drieën waren.

'Ik dacht echt even dat ik erin bleef toen dat ding afging.' Milou plofte naast haar neer. Sanne had zich nog niet bewogen sinds de mannen de kamer hadden verlaten. Noa viste de mobiele telefoon onder het hoofdkussen uit. Wederom was er gebeld met een anoniem nummer. 'De batterij begint een beetje leeg te raken geloof ik.' Met een zorgelijk gezicht keek ze naar het scherm. 'Misschien kunnen we hem beter uitzetten en zo snel mogelijk een oplader gaan scoren.'

'Goed idee,' beaamde Milou. 'Fleur belt toch niet naar dit nummer.'

Noa zette het toestel uit en borg het weer veilig op in de kluis.

Door het open raam klonk het geluid van verontwaardigde vrouwenstemmen. Noa liep naar het raam en keek of ze kon zien waar de commotie vandaan kwam. Op de wandelpromenade voor het hotel stonden drie schaars geklede vrouwen op extreem hoge hakken. Ze leken daardoor volwassen maar Noa betwijfelde of ze wel ouder dan achttien waren. Hun felgekleurde rokjes bedekten amper hun billen en over hun borsten droegen ze slechts een piepklein kanten topje. 'Het lijken wel hoeren,' mompelde Noa in zichzelf.

Tibor en Branco waren in een verhitte discussie met de vrouwen verwikkeld. Een van de vrouwen probeerde Tibor in zijn gezicht te krabben met haar lange roodgelakte nagels, maar hij wist haar op tijd bij haar smalle polsen te grijpen. Aan de pijnlijke grimas op haar gezicht was te zien dat hij niet zachtzinnig met haar omging. Met zijn andere hand greep hij een pluk van haar lange loshangende haren beet en trok haar hoofd ruw achterover terwijl hij iets in haar oor leek te fluisteren. Van de bravoure van de vrouw was niets meer over en ze knikte angstig. De andere twee vrouwen werden door Branco in bedwang gehouden. Ze protesteerden niet eens. Tibor liet de vrouw die hij in de houdgreep had los en gaf haar een zet. Ze verloor haar evenwicht en viel op straat. Zo snel als ze kon probeerde ze bij hem weg te kruipen. Tibor gaf haar een trap tegen haar kont en riep haar nog iets na. De andere twee vrouwen volgden haar zodra Branco ze had losgelaten. Toen ze op veilige afstand van Tibor en zijn maat waren, stak de dapperste van het stel haar middelvinger in de lucht. Tibor maakte een obsceen gebaar terug.

Noa had het tafereel met open mond staan bekijken. Wat had dit nou weer te betekenen? Ook Milou en Sanne, die zich bij haar hadden gevoegd, stonden met verbazing te kijken.

'Hoe kan Fleur nou met een man willen trouwen die zo met vrouwen omgaat?' mompelde Sanne verbaasd.

'Misschien is hij tegen haar wel heel lief en weet ze niet hoe hij andere vrouwen behandelt? Misschien is hij een soort Dr. Jekyll en Mr. Hyde?'

'Maar Fleur is toch ook niet helemaal achterlijk?'

'Nou, ze is wel kampioen kop-in-het-zand-steken als het haar uitkomt.' Noa onderbrak de discussie tussen Sanne en Milou. 'Ik denk dat we er meer aan hebben als we nu proberen nog een paar uurtjes slaap te pakken. We moeten op de been blijven om Fleur te kunnen helpen. Op dit moment kunnen we toch niks doen en straks maken we een nieuw plan.'

'Je hebt gelijk, maar onder één voorwaarde: dat we bij jou in bed mogen kruipen. Ik ga voor geen goud in mijn eentje op een kamer liggen.'

'Nou, vooruit dan maar.' Noa kroop met haar kleren aan onder het laken. Milou dook ernaast. Sanne trok eerst haar jurkje uit en kroop er in haar onderbroek bij. 'Schuif eens op, ik pas er amper naast.' Noa en Milou kropen nog wat dichter tegen elkaar aan. 'Dat scheelt nauwelijks, wat een klein bed,' klaagde Sanne.

Noa gooide het laken van zich af. 'Pff, ik krijg het warm van jullie.'

18

Er werd stevig op de deur geklopt. In eerste instantie reageerde niemand. Bij een tweede roffel op de deur stapte Sanne slaapdronken uit bed. Ondanks alle stress en commotie waren ze van uitputting alle drie als een blok in slaap gevallen. Sanne waggelde op de tast naar de deur. De dikke gordijnen lieten geen enkel daglicht door. 'Wie is daar?' vroeg ze.

'Roomservice.'

Zonder verder na te denken trok Sanne de deur open. Ze slaakte een korte gil toen ze bruut aan de kant werd geduwd en op de grond viel. Een persoon drong de kamer binnen en deed razendsnel de deur achter zich dicht en op slot. Vervolgens ramde hij op de knop naast de deur en zette de kamer vol in het licht. Noa en Milou waren inmiddels wakker geworden door Sannes kreet en zaten rechtop in bed terwijl ze hun ogen tot spleetjes knepen tegen het felle licht. In de kamer stond een man met een bivakmuts. Hij hield een pistool in zijn gehandschoende hand en zwaaide daar dreigend mee in het rond. Sanne wilde weer gillen, maar bedacht zich toen de loop van het pistool op haar hoofd werd gericht.

'Ga bij hun zitten.' De man wuifde met zijn vrije hand in de richting van het bed. Sanne kwam struikelend overeind en ging bibberend bij haar vriendinnen zitten. Milou pakte de hand van haar vriendinnen.

'Geef me de telefoon,' blafte de man.

'Welke telefoon?' reageerde Noa met trillende stem. De man trok de ontspanner van zijn pistool naar achteren en na het geluid van de mechanische klik liep hij op Noa af. Ze dook weg toen hij haar vastgreep en het pistool tegen haar hoofd hield. Sanne begon te hyperventileren.

'Geef me de telefoon,' herhaalde de man.

'Doe wat ie zegt, Noa.' Milou klonk ijzig kalm.

'Ik weet niet wat u bedoelt,' hield Noa stug vol. 'Ik kan u deze telefoon geven.' Ze pakte haar eigen toestel van haar nachtkastje en hield het hem voor. In een woedend gebaar sloeg de man het uit haar handen. Noa keek hem met grote onschuldige ogen aan. Hij greep haar beet en sleurde haar uit bed. Sanne begon weer te gillen.

'Hou je bek, bitch!' De ogen van de man schoten vliegensvlug heen en weer tussen Sanne en Milou terwijl hij Noa hard tegen de muur duwde. De lucht werd uit haar borstkas geduwd en ze kreunde van de pijn in haar ribben.

'Ik vraag het nog één keer: geef me de telefoon.'

'Noa, als jij dat ding niet aan die vent geeft, doe ik het.' Sanne deed een poging om uit bed te komen, maar verstijfde toen de man het pistool op haar richtte. In een reflex stak ze haar handen in de lucht. 'Ik wilde alleen maar die verdomde telefoon voor je pakken,' sprak ze verbolgen.

'Dus jij weet wel waar ik het over heb.' De woede klonk door in zijn stem terwijl hij Noa nogmaals hardhandig tegen de muur duwde. Hij gaf Sanne een hoofdknik om aan te geven dat ze uit bed mocht komen om de telefoon te pakken.

'En probeer niet de held uit te hangen, want dan zal een van je vriendinnen het bezuren.' Hij zette het pistool weer tegen Noa's slaap om zijn woorden kracht bij te zetten.

'Nee, alsjeblieft, doe haar niks. Ik zal me niets in mijn hoofd halen.' Sanne struikelde van de stress over haar eigen voeten en kroop het laatste stuk naar de kluis. 'Code?'

'Geboortedatum,' kreunde Noa met opeengeklemde kaken. Haar ribben deden ontzettend veel pijn van de klappen die ze had geïncasseerd en de houdgreep waarin ze werd gehouden maakte ademen bijna onmogelijk. Ze hoorde Sanne hardop vloeken.

'Lukt het?' vroeg Milou. Ze zat op bed met haar armen om haar opgetrokken knieën heen geslagen. Ze zag bleek en haar haren zaten in de war.

'Mijn vingers trillen zo erg dat ik een verkeerd knopje heb ingetoetst.'

'Ik kom eraan.' Milou klonk vastberaden. 'Ik moet haar helpen,' liet ze de indringer weten terwijl ze zijn reactie peilde. De man gaf Milou toestemming om naar Sanne toe te lopen. 'Geen geintjes.' Zijn kraalogen volgden elke stap die ze zette. Even later klonk een piep en de kluisdeur sprong met een klik open. Milou pakte het gevonden toestel eruit en gooide het naar de man toe. In een reflex probeerde hij het te vangen en verslapte zijn greep op Noa. Ze maakte meteen gebruik van het moment en zoog zo veel mogelijk lucht in haar longen. De man greep mis en de telefoon viel op de grond. Hij dook ernaartoe en stopte het toestel in de binnenzak van zijn jas. Noa liet zich op de grond zakken nu ze helemaal bevrijd was uit zijn verstikkende houdgreep.

'Waag het niet om hier met iemand over te praten. Ik houd jullie in de gaten,' dreigde de man terwijl hij hen een voor een aankeek. Sanne, die nu pas door scheen te hebben dat ze slechts gehuld in haar onderbroek op de vloer zat, probeerde haar borsten te verbergen.

'Bespaar je de moeite, ik ben niet geïnteresseerd,' blafte de man haar toe. Hij liep naar de deur terwijl hij hen onder schot bleef houden. Vlak voordat hij de deur opende, stopte hij het pistool in zijn broeksband en ritste zijn jas dicht. Vliegensvlug glipte hij de kamer uit. Zodra hij verdwenen was, begon Noa te huilen. Milou sprintte naar de deur en draaide hem op slot. Sanne zat nog steeds op de grond met een krijtwit gezicht.

'Ik was echt bang dat hij me dood zou schieten.' Noa begon

nog harder te huilen en Milou probeerde haar zo goed en zo kwaad als het ging te kalmeren.

'Hoe zit het met die Dorba die zogenaamd in de lobby zit om ons te bewaken? Hoe kan hij die vent hebben laten passeren?' Sanne kwam overeind en liep naar haar vriendinnen toe.

'Goed punt. Weer een aanwijzing dat hij niet te vertrouwen is.' Noa's verdriet sloeg om in woede. 'En nu zijn we ook nog de enige aanwijzing naar Fleur kwijt. Op de een of andere manier is die telefoon heel belangrijk voor iemand. De vraag is voor wie en hoe komen we daarachter?'

'Ik denk dat ik eens even een kijkje in de lobby ga nemen. Ik heb ineens een onbedwingbare behoefte om Dorba verrot te schelden.'

'Hier blijven, Milou, straks loopt die vent nog beneden rond.' Milou aarzelde zichtbaar door Sannes waarschuwing. Besluiteloos bleef ze staan.

'We gaan met z'n drieën naar beneden. Mocht die vent er nog zijn dan kan ik me niet voorstellen dat hij ons midden in de lobby iets aan probeert te doen.' Noa hees zichzelf overeind en kreunde toen haar beurse lijf protesteerde. 'Misschien moet je even iets aantrekken, Sanne, dan plens ik wat water in mijn gezicht. Op trillende benen liep Noa naar de badkamer, terwijl Sanne zich in de kleren hees die ze een paar uur geleden achteloos in een hoek van de kamer had gegooid.

'Als jullie maar opschieten,' Milou stond al ongeduldig bij de deur. 'Ik moet mijn woede uiten.'

19

De liftdeuren gingen open en Noa stapte als eerste naar buiten. Haar oog viel meteen op Dorba. Tegenover hem zat een kerel die ze, voor zover ze dat kon beoordelen, nog niet eerder hadden gezien. Ze zaten samenzweerderig voorovergebogen. Hun hoofden raakten elkaar bijna.

'Tss, die Dorba zit gewoon een theekransje te houden terwijl wij boven bijna in onze eigen kamer vermoord werden.'

'Dat meen je niet,' reageerde Milou vol ongeloof. Ze duwde Noa aan de kant en liep luidkeels haar keel schrapend op Dorba af. Geërgerd draaide hij zich om in de richting van het geluid. Noa nam de man met wie Dorba zat te praten in zich op. Hoewel ze zeker wist dat ze hem nog nooit gezien had, had hij iets bekends over zich. Hij was volledig in het zwart gekleed en had in tegenstelling tot Dorba wat langer, donkerblond golvend haar. Hij keek haar net te lang aan met zijn priemende ogen. Er was iets met die ogen, maar ze kon er geen vat op krijgen wat dat dan was. Het liefste zou ze rechtsomkeert maken naar de lift, als het maar weg was van hier. Maar waarom? De man had absoluut geen onvriendelijk gezicht.

'Zou je ons niet eens even voorstellen aan je vriend?' Milou stak haar hand uit naar de vreemde man. Dorba schoof wat heen en weer op zijn stoel. 'Andrej.'

'*Hi Andrej, bye Andrej*. Wij moeten Dorba even onder vier ogen spreken, dus misschien kun je een andere keer terugkomen.'

'Lou,' siste Sanne. 'Hou je mond.'

'Ik hou helemaal mijn mond niet. Waarom zou ik? Doordat hij hier gezellig met Dorba zit te kletsen waren wij bijna dood.' Noa stapte naar voren en bemoeide zich ermee.

'Dorba, terwijl jij hier zit bij te praten met je vriend, zijn wij net door een gewapende man overvallen in onze kamer. Je hebt toevallig niemand het hotel uit zien vluchten? Lange vent, volledig in het zwart gekleed...' Ze nam Andrej nog eens goed op. 'Beetje zoals hij. Alleen had onze belager een bivakmuts op en een leren jas aan.'

Dorba leek niet echt onder de indruk van Milous verhaal en reageerde uiterst kalm. 'Ik heb niemand gezien de afgelopen uren. Op Andrej na dan.'

'Ik geloof hem niet,' mompelde Milou.

'Laat Noa maar even.' Sanne legde een hand op Milous schouder. Milou schudde hem van zich af. 'Waarom reageert hij zo rustig? Hij moet zich toch als zogenaamde bodyguard om ons bekommeren?'

Hoewel Dorba's vriend niets verstond van wat Milou zei, kon de verontwaardiging in haar stem hem niet ontgaan zijn. Hij knikte naar Dorba en stond op. Zijn zwarte blouse hing nonchalant over zijn broek en verhulde zijn taille. Nu pas zag Noa de zwarte leren jas waar hij tegenaan had gezeten en die door zijn grote lichaam aan het zicht onttrokken was geweest. Met grote ogen staarde ze ernaar. De man pakte de jas, hing hem over zijn schouder en slenterde richting uitgang. 'Ik denk dat dat hem is,' fluisterde ze.

'Wat zeg je?'

'Laat maar, ik vertel het straks wel.' Milou wilde doorzeuren maar Noa schudde waarschuwend haar hoofd. 'Straks.'

'Wat is er Noa, voel je je wel goed?' Sanne sloeg beschermend een arm om Noa heen. Dorba keek haar onderzoekend aan en ze deinsde terug. 'We gaan nog even terug naar onze kamer.' Ze liep naar de lift en wenkte haar vriendinnen. Dorba liep mee.

'We redden ons wel hoor,' zei ze met een geforceerde glimlach in zijn richting.

'Ik ga mee en blijf de wacht houden voor jullie kamers. Om ongenode gasten tegen te houden.' Resoluut stapte hij samen met hen in de lift voordat ze konden protesteren. Noa balde haar handen tot vuisten. Haar nagels sneden pijnlijk in haar huid.

'Daar hebben jullie vast geen bezwaar tegen, toch?'

'Nee, natuurlijk niet,' antwoordde Sanne met schrille stem.

'Mooi, stel dat die man terugkomt en ik ben er niet...'

'Nou, de vorige keer hebben we ons ook zonder jou gered hoor,' bitste Milou. Noa gaf haar een waarschuwende por. 'Maak hem nou niet boos, dat is niet verstandig.'

'Ja, het is toch zo? Je hebt toch helemaal niks aan die vent.'

'Milou, geen stampij maken in een kleine ruimte, please.' Het zweet brak Noa uit.

De liftdeuren sloten zich.

20

‘Dus jij denkt dat die Andrej weleens de man zou kunnen zijn die ons heeft overvallen?’

‘Ik weet het niet, maar hij had dezelfde jas en er was iets met zijn ogen. Ik kreeg het er enorm van op mijn heupen.’

‘Maar Noa, als hij het echt zou zijn, dan gaat hij toch niet met Dorba in de lobby zitten keuvelen? Dan zou hij toch als de wiedeweerga het hotel hebben verlaten voordat iemand hem opmerkte? Die Andrej was trouwens ook veel te relaxed voor iemand die net met een pistool heeft lopen zwaaien.’

‘Er zijn vast meer mannen op Krk die ook zo’n jas hebben. Toch?’ De opmerking kwam Sanne op een geïrriteerde blik van Noa te staan.

‘Daar heeft ze een punt hoor. Dit zijn we niet gewend van jou, Noa, dat je je zo laat meeslepen op basis van een gevoel. Want zeg nou zelf, keihard bewijs heb je niet.’

Noa wierp haar armen in de lucht in een moedeloos gebaar. ‘Het is toch meer dan duidelijk dat er iets raars aan de hand is? Dat die Dorba er op de een of andere manier mee te maken heeft. Hoe kan hij die vent nou gemist hebben toen hij in de lobby zat? Het enige wat hij hoefde te doen was uit zijn doppen kijken.’

‘Misschien is hij even in slaap gevallen? En wie zegt er dat die vent via de gewone route het hotel heeft verlaten? Voor hetzelfde geld is hij via de brandtrap naar buiten gesneakt.’

‘Of hij was zo druk in gesprek met die Andrej dat hij even

niet oplette. Een mens kan niet vierentwintig uur per dag op scherp staan.'

'Kom op nou, wat mankeert jullie? In plaats van toe te geven dat die vent gefaald heeft, gaan jullie hem zitten verdedigen.'

'Het kan misschien ook zo zijn dat Dorba onze belager wel heeft gezien, maar een oogje heeft dichtgeknepen omdat hij erbij betrokken is. Dat zou stroken met jouw vermoedens, Noa.' Milou trok een bedenkelijk gezicht.

'Hoe dan ook, we hebben Fleur nog steeds niet terug. Door al dit gedoe hebben we weer een paar uur voorbij laten gaan en zijn we geen steek verder gekomen.' Noa haalde gefrustreerd haar handen door haar haren.

21

Het was halftien en ze zaten met z'n drieën een beetje wezenloos op bed.

'Ik voel me zo machteloos,' zuchtte Noa. 'Ik wil Fleur zoeken, maar ik weet niet waar ik moet beginnen. Intussen tikt de tijd door.'

'Ik weet precies wat je bedoelt. Over een halfuur zien we Tibor. Hopelijk heeft hij nieuws en zo niet, dan proberen we erachter te komen wat hij weet.'

'Dat wordt dus nog een halfuur duimen draaien. Kunnen we niet alvast naar die boot gaan?'

'Het lijkt me geen goed plan om zonder Dorba over straat te gaan.'

'Pff, alsof we ons bij Dorba zo veilig moeten voelen. Die man is er op de een of andere manier bij betrokken, ik weet het zeker.'

'In plaats van een halfuur duimen draaien kunnen we ons ook even opfrissen. Ik zou eigenlijk wel even willen douchen als jullie het niet erg vinden. Met een deo-douche kan ik de geur van angstzweet niet meer verbloemen, vrees ik.' Sanne wapperde met haar armen en trok een vies gezicht. 'En deze kleren zijn ook ernstig aan vervanging toe.'

'Ik spring er ook even onder.' Milou kwam overeind.

'Ieder in zijn eigen badkamer? Dat scheelt weer tijd.'

Sanne en Milou vertrokken en Noa liep naar haar eigen badkamer. Ze zette de douche aan en rilde toen het warme water even later haar beurse huid raakte. Ze sloot haar ogen en ging zitten, probeerde even helemaal te ontspannen en alle zorgen van zich af te laten glijden. Haar pijnlijke ribben en stijve middel maakten dat onmogelijk.

Zuchtend kwam ze weer overeind en begon zich te wassen. Ze kon de vingerafdrukken van haar belager nog op haar huid voelen. Met de spons die in de douche lag boende ze zichzelf op alle plekken waar hij haar had aangeraakt tot haar huid schrijnde en rood was. Bij de gedachte aan Fleur begon ze te huilen. Waar was ze en hoe vonden ze haar ooit weer heelhuids terug? In haar ooghoek zag ze iets bewegen en ze slaakte een gil.

'Ik ben het maar, niet schrikken.' Noa was zo in gedachten geweest dat ze niet doorhad dat Milou de badkamer in was gelopen.

'Ik had de sleutel van jouw kamer bij me in plaats van die van mezelf.' Zonder aarzelen stapte Milou met haar kleren aan bij Noa in de douche en greep haar vast tot ze ophield met trillen en huilen. Noa, die ruim een kop groter was dan Milou, liet haar gezicht rusten in Milous haren terwijl ze nog wat nasnotterde.

'Geen probleem hoor, ik moet mijn haar toch nog wassen.'

Noa liet haar los en trok een grimas. Er werd op de deur gebonkt en Sannes stem klonk. Milou liep druipend naar de deur. Sanne keek verbaasd. 'Eh, als je me je kamersleutel geeft dan haal ik even een setje droge kleren voor je.'

Milou wees naar de sleutels die op het bed lagen. Voordat Sanne weer op pad kon gaan, klonk er hard geklop op de deur.

'Ik ga niet opendoen hoor, geen denken aan, straks is het weer mijn schuld dat er zo'n engerd in de kamer staat.' Sanne maakte een afwerend gebaar met haar handen.

Noa liep naar de deur en keek door het kijkgaatje. 'Het is Dorba,' fluisterde ze. De stress sloeg weer in alle hevigheid toe. Ze wist gewoon zeker dat Dorba's 'vriend' degene was die hun met geweld de telefoon had afgenomen. Zijn jas, zijn kleding, maar vooral die ogen. Ze had in die ogen gekeken toen ze in doodsangst was en ze zou die harde priemende blik nooit meer vergeten. Het waren de ogen van een professional die niet terugschrok voor het inzetten van geweld om daarmee zijn zin te krijgen.

Er werd weer op de deur gebonkt, deze keer ongeduldiger. 'Tibor wacht op jullie met het ontbijt, ik ga jullie naar de boot brengen.'

'Wat zullen we doen, meegaan of niet?'

'Ik zie niet veel andere opties dan meegaan eigenlijk,' reageerde Sanne. 'Jullie?'

'Nee. Als we Tibor willen spreken zullen we naar zijn boot moeten.'

'We komen eraan,' riep Noa door de deur. Dorba gromde.

De zon scheen volop toen ze Dorba naar buiten volgden. Ze liepen dicht tegen elkaar aan en Noa kon het niet laten om steeds achterom te kijken om te zien of ze niet gevolgd werden. Ze zou zich niet nog een keer zo laten verrassen als gisternacht. Ook Sanne en Milou keken onrustig om zich heen. Dorba had er stevig de pas in.

'Hé, kan het wat langzamer,' schreeuwde Noa naar Dorba. Hij keek geërgerd om, maar paste zijn snelheid wel aan. In de verte zagen ze de boot van Tibor al liggen. De zon weerkaatste fel op de reling. Het lege dek maakte Fleurs afwezigheid maar weer eens pijnlijk duidelijk. Amper vierentwintig uur geleden had ze hen vanaf datzelfde dek nog enthousiast toegezwaaid en was er nog niks aan de hand geweest. Niemand had kunnen vermoeden dat ze nog diezelfde avond voor hun ogen ontvoerd zou worden.

Een kramp van ellende trok door Noa's buik. Ze was van plan Tibor tijdens het ontbijt eens even flink aan de tand te voelen. De tijd van spelletjes was voorbij. Ze hadden er recht op om te weten waarom Fleur was meegenomen en wie erachter zat. En belangrijker nog, hoe ze haar ongedeerd en zo snel mogelijk weer in hun midden konden hebben.

Aleksander verscheen op het dek en zwijgend hielp hij hen aan boord. Dorba sloot de rij. De bootjongen verdween benedendeks en even later klom Tibor omhoog om zich bij hen te voegen. Hij zag eruit alsof hij de hele nacht geen oog had dichtgedaan. Ondanks zijn gebruinde huid waren de wallen onder zijn ogen duidelijk te zien.

'Zou hij die aambeiencrème al eens geprobeerd hebben? Werkt heel goed tegen wallen.'

Sanne proestte binnensmonds en ook Noa kon een glimlach niet onderdrukken.

'Ik meen het serieus hoor,' reageerde Milou, 'zelfs mannen gebruiken het.'

'Misschien een leuk huwelijkscadeau, een jaar lang gratis Sperti.' Sanne stootte een hoge lach uit.

Noa's gezicht verstrakte weer. 'Nog nieuws over Fleur?' vroeg ze Tibor. Hij schudde ontkennend zijn hoofd. 'De regel is dat als de bruidegom zijn aanstaande bruid niet binnen achtenveertig uur vindt, ze weer veilig en wel wordt afgeleverd op haar thuisadres.'

'Dus we moeten volgens jou nog vierentwintig uur in spanning zitten of alles goed met haar gaat?'

'Geen stress, het komt allemaal goed.'

'Ja, vast. Je ziet er zelf ook niet bepaald relaxed uit. We geloven geen bal van wat jullie ons wijs proberen te maken. Ik denk dat jij je bezighoudt met allerlei louche zaakjes en dat Fleur daar nu de dupe van is geworden.' Noa prikte met haar wijsvinger in Tibors borstkas. Hij omklemde haar pols met zijn grote hand.

'Auw, je doet me pijn. Laat me los.'

'Fleur is oké, begrepen?' siste Tibor. De blik in zijn ogen was angstaanjagend. Van de charme die hij de afgelopen dagen had getoond was niets meer over. Was dit zijn ware gezicht?

Noa draaide zich om naar Dorba. 'Heb je hem verteld wat ons vannacht is overkomen? Dat we zijn overvallen door een gewapende man in onze kamer?'

Tibor keek Dorba aan.

'Waar heeft ze het over?'

Dorba haalde onverschillig zijn schouders op. 'Het was niks. Ik heb het opgelost.'

'Opgelost? Je hebt helemaal niks opgelost. Die vent had ons wel dood kunnen schieten terwijl jij met die vage vriend van je zat te keuvelen in de lobby,' bemoeide Milou zich ermee. Tibor keek Dorba woedend aan en even leek Dorba onzeker te worden, maar hij herstelde zich meteen.

'Ik ga even kotsen hoor, ik voel me niet zo lekker.' Sanne onderbrak het gesprek. 'De spanning wordt me te veel.' Met een spierwit gezicht en haar hand voor haar mond liep ze naar de reling. Milou liep met haar mee ter ondersteuning. Voordat Noa haar gesprek kon voortzetten, werden ze opgeschrikt door een ijselijke gil.

'O god nee, o nee!' Milou stond in blinde paniek met haar benen te trappelen en met haar handen te zwaaien terwijl Sanne met een hoop kabaal het dek volspuugde.

'Wat is er aan de hand?' Noa spurtte naar haar vriendinnen toe, gevolgd door Tibor en Dorba. Milou wees alleen maar naar het water en kon niets uitbrengen. Noa volgde haar hand en moest zich vasthouden aan de reling om niet flauw te vallen. 'Fleur!' gilde ze. 'O nee, Fleur.' Tibor duwde haar aan de kant en werd lijkbleek. Vastgebonden aan een van de boeien die in het water dreven, zat een lichaam. Het dobberde mee op de kleine rimpelingen van de golven met het gezicht naar beneden en de handen in een wanhoopsgebaar vooruitgestrekt. Het lange blonde haar was uitgewaaierd om het hoofd. Het lichaam was overduidelijk van een vrouw en ze droeg de jurk die Fleur had aangehad voordat ze door de gemaskerde man de auto in was gesleurd.

22

Er klonk een plons. Dorba was van de boot gesprongen en zwom naar het lichaam. Hij was de enige die in staat was te handelen. Tibor stond als versteend op het dek en kneep de reling bijna fijn. Zijn handen waren wit van de krachtsinspanning. Noa, Milou en Sanne hielden elkaar bibberend vast terwijl ze Dorba's bewegingen nauwlettend volgden. Sanne rilde zo hard dat het geklapper van haar gebit duidelijk was te horen.

Dorba had het lichaam inmiddels bereikt en pakte het vast. Voorzichtig draaide hij het om. Sanne jammerde luidkeels toen het blonde haar losliet van het hoofd en een stukje wegdreef. Milou sloeg haar handen voor haar ogen en keek tussen de spleten van haar vingers door. Dorba ontnam hun met zijn grote lijf het zicht en voorkwam dat ze het gezicht van Fleur konden zien.

'Het is haar niet, het is een pop!' schreeuwde hij ineens. Met een wild gebaar tilde hij het lichaam zo hoog mogelijk op om het hen te laten zien. Milou draaide zich met een ruk om en Sannes maag keerde zich weer om van de spanning. Alleen Noa bleef het tafereel op de voet volgen. Haar blik was gefocust op Dorba en het 'lichaam' dat hij vasthield. Ze sloeg haar hand voor haar mond en de kreun die ontsnapte werd gesmoord. Met grote ogen staarde ze naar het hoofd met de scheefhangende blonde pruik. Het was inderdaad een pop. Op het voorhoofd stond in slordige rode letters het woord *kurva* en de keel van de pop was ontsierd met een rafelige snee van oor tot oor die was aangedikt met rood alsof er bloed uit stroomde. Tibor slaakte een hardgrondige vloek en sprong zonder na te denken het water in. In no time was hij bij Dorba en nam de pop van hem over. Hij keek er goed naar en wierp hem toen met een dierlijke kreet van zich af. Met een plons kwam het ding vlak naast hem weer in het water neer doordat het touw, waarmee de pop aan de boei was gebonden, niet veel ruimte bood. Milou draaide zich geschrokken om. Noa pakte haar meteen vast. 'Het is een pop, het is een pop,' bleef ze maar herhalen. 'Het is niet Fleur.' Sanne, die op het dek was gaan zitten, wierp zich snikkend op haar vriendinnen en stikte bijna in haar huilbui.

'Ademhalen, Sanne.' Noa legde haar hand op Sannes buik om haar weer wat rustiger te krijgen, maar ze bleef ongecontroleerd hijgen.

Tibor klom druipend aan boord en brulde iets tegen Dorba. Die pakte vervolgens de pop weer vast en sneed hem los van de boot. De pruik had inmiddels helemaal losgelaten en dreef nog in het water toen Dorba met de pop naar de boot zwom. Tibor pakte het ding van hem aan en smeet het op het dek. Sanne en Milou keken vol afgrijzen naar de verminkingen die waren toegebracht en het rafelige, losgesneden stukje touw dat nog om de enkel zat.

'Wat betekent kurva?' vroeg Noa aan Tibor. Hij gaf geen antwoord en maakte slechts een gebaar alsof hij een lastige vlieg wegsloeg. Toen pakte hij zijn telefoon en begon te bellen. Noa verstond geen bal van het gesprek, maar ving wel de naam Branco op. Ze nam aan dat Tibor Branco aan de lijn had. De man had zich sinds gisternacht niet meer laten zien. Tibor snauwde wat korte bevelen en hing met een verhit gezicht op. Nog steeds beantwoordde hij Noa's vragende blikken niet. Hij wenkte Dorba, die onmiddellijk gehoor gaf aan het verzoek van zijn baas. Als twee verzopen katten stonden ze verderop op het dek druk te overleggen.

Noa's blik werd weer naar de pop getrokken. Zonder de blonde pruik zag het ding er helemaal angstaanjagend uit. Welke gek deed zoiets? Dan was je toch ziek in je hoofd? Ze was er al van overtuigd dat er niets klopte van de verhalen die Tibor en zijn mannen hun op de mouw hadden gespeld, maar nu was er echt geen andere conclusie mogelijk. Dit was geen spielerei, dit was bloedserieus. De mensen die dit op hun geweten hadden, moesten een ongelofelijke hekel aan Tibor hebben. De drang om te weten waarom dat was, werd met de minuut groter. Ze vermoedde echter dat Tibor het haar niet vrijwillig zou vertellen. En zoals vannacht was gebleken, hoefden ze ook niet op de politie te rekenen. Ze stonden er helemaal alleen voor. Noa had zich nog niet eerder in haar leven zo verward gevoeld. Teruggaan naar huis was geen optie zolang ze niet wisten wat er met Fleur was gebeurd.

Een beeld van Fleur zonder jurk verscheen op haar netvlies. Ze hoopte maar dat ze Fleur niets hadden aangedaan. Ze probeerde de brok in haar keel weg te slikken en te kalmeren. Alleen al de gedachte dat iemand met zijn poten aan Fleur had gezeten maakte haar razend. Haar hart kromp ineen door het gemis en de bezorgdheid om haar leven. Ze zakte door haar knieën en ging naast de pop zitten. Met haar hand streelde ze voorzichtig de stof van Fleurs jurk alsof ze zo een beetje contact met haar kon maken. Ze duwde haar neus in de stof in de hoop nog een beetje van Fleurs parfum op te vangen. Maar de jurk rook naar ziltige zee en er was met de beste wil van de wereld geen vleugje menselijke geur meer aan te ontdekken.

Ze snikte. Een zachte hand werd op haar schouder gelegd en met betraand gezicht draaide ze zich om. Milou stond achter haar en pakte haar vast. Noa brak. Ze jankte haar ogen uit haar kop terwijl Milou zachtjes over haar hoofd streelde en haar daarna stevig vasthield. Noa liet het gebeuren en hing gebroken tegen haar vriendin aan. Sanne kroop over het dek naar hen toe en sloeg haar armen om Noa en Milou heen. Zwijgend bleven ze zitten terwijl Tibor en Dorba op de achtergrond nog steeds druk in gesprek waren en de golven zachtjes tegen de boot klotsten. De doodse blik van de pop was op de wolkeloze hemel gericht.

Noa keek omhoog. Fleur, als je daar bent, geef dan een teken, dacht ze.

23

Voetstappen naderden. 'Van de boot af,' klonk Tibors zware stem.

'Wat gaan we doen?' Noa raapte zichzelf weer bij elkaar en stond op.

'Dorba brengt jullie naar mijn huis. Het hotel is niet meer veilig.'

'Niet meer veilig? Het was toch allemaal een spelletje?' Uitdagend keek ze Tibor aan.

'Wordt het niet eens tijd dat je ons gaat vertellen wat er nou echt aan de hand is? Wie heeft Fleur ontvoerd en waarom?'

'Er zijn wat zakelijke problemen met een concurrent, maar dat ga ik oplossen. Meer hoef je niet te weten.'

'En daar kom je nu mee? Wat zijn dat dan voor zaakjes?' ging Noa stug door.

'Mijn zaakjes. We vertrekken nu.' Hij knikte naar Dorba en die voerde hen met zachte dwang weg van het dek. Toen ze weer met hun voeten op de vaste wal stonden, kwam er een auto aan scheuren. Een tweede auto volgde langzamer en bleef verderop staan. Noa keek verschrikt op en Milou en Sanne maakten meteen rechtsomkeert om beschutting op de boot te gaan zoeken.

'Niks aan de hand, dat is Branco,' stelde Dorba hen gerust terwijl hij de weg naar de boot blokkeerde met zijn grote lijf. Noa geloofde hem niet op zijn woord en checkte eerst zelf wie er achter het stuur zat voordat ze weer een beetje ontspande. De afgelopen dagen kostten haar minstens tien jaar van haar leven. Tibor stoof hen voorbij en sprong in de auto. Hij maakte woedende gebaren naar Branco en zijn gescheld was buiten te horen. Branco's gezicht stond verbeten en met piepende banden scheurde hij weg.

'Wat gaan ze doen?' vroeg Noa aan Dorba.

'Even orde op zaken stellen.'

'En wat houdt dat in?'

'Soms is het beter om zo min mogelijk te weten.'

'Vind je niet dat we al lang genoeg in het ongewisse zijn gelaten? Ik verzet geen stap meer tot ik weet wat er aan de hand is.' Demonstratief voegde ze de daad bij het woord. Sanne en Milou liepen aarzelend een paar stappen door en bleven toen ook stilstaan. Dorba trok een geërgerd gezicht en liep naar Noa toe. Plompverloren pakte hij haar hand en sleurde haar mee. Ze verzette zich hevig maar Dorba gaf geen krimp en liep in stevig tempo door. Toen Sanne en Milou niet direct volgden draaide hij zich om en keek hen dreigend aan. Dat was voldoende om hen in beweging te krijgen. Zonder protesteren liepen ze achter hem aan naar de auto die verderop blijkbaar voor hen klaarstond. Er zat een man achter het stuur die ze nog niet eerder hadden gezien. Hij droeg geen gordel en deed qua postuur en grimmige uitstraling niet onder voor Branco. Dorba wachtte tot ze alle drie in de auto zaten voordat hij zelf instapte. Hij groette de chauffeur met een hoofdknik. '*Do kuće*,' commandeerde hij vervolgens.

'Wat betekent dat?' zat Noa er meteen bovenop.

'Dat hij ons naar Tibors huis moet brengen.' Dorba antwoordde zonder om te kijken. De chauffeur gaf gas en liet een harde boer. Een muffe alcohollucht verspreidde zich door de auto.

'Gadverdamme, wat stinkt die vent uit zijn bek.' Milou trok een vies gezicht en Sanne, die amper was bekomen van haar misselijkheid, sloeg haar hand voor haar mond. Dorba trok het handschoenenvakje open en haalde er met een woedend gezicht een fles *slivovitz* uit. Hij gaf de man naast hem een harde stomp op zijn bovenarm en opende het raam. Met een krachtige zwaai gooide hij de fles uit de auto terwijl hij de chauffeur de huid volschold. De fles miste op een haar na een scooter die achter hen reed en spatte vervolgens op straat uiteen. De scooterrijder stak zijn middelvinger op toen hij zijn voertuig weer onder controle had. Dorba gaf hem de vinger terug en richtte zich weer op de chauffeur naast zich. De man trok wit weg en begon acuut te zweten. Hij kromp ineen alsof hij elk moment een klap verwachtte en focuste zich meer op Dorba dan op de weg.

'Stoppen!' schreeuwde Noa toen ze een rood stoplicht naderden. De man remde net op tijd en voorkwam dat ze doorschoten en midden op de kruising tot stilstand kwamen.

'Eruit.' Dorba gaf de man een duw en stapte toen zelf uit. Met een verhit gezicht liep hij om de auto heen. De chauffeur zat verstijfd achter het stuur en maakte geen aanstalten om uit te stappen of weg te rijden. Van zijn bravourehouding was niets meer over. Dorba maakte de portiersdeur open en trok de man met een ruk naar buiten.

'Kijk nou wat hij doet, hij gooit die vent gewoon op straat.' Milou volgde het tafereel ademloos. De auto's achter hen begonnen ongeduldig te toeteren toen het verkeerslicht op groen sprong. De chauffeur krabbelde haastig overeind en bracht zichzelf met onvaste pas in veiligheid op de nabijgelegen stoep. Daar bleef hij hulpeloos staan terwijl Dorba er met zijn auto vandoor ging.

Noa was opgelucht dat de dronkenlap niet meer achter het stuur zat. Ze nam zichzelf voor om een autootje te gaan huren zodat ze niet meer afhankelijk was van de stuurmanskunsten van Branco, Dorba of wie dan ook. Het werd tijd dat ze de controle voor zo ver mogelijk weer in eigen handen nam.

Dorba reed stevig door. Noa probeerde de route in zich op te nemen zodat ze de weg naar de haven terug kon vinden, mocht dat nodig zijn. Ze hield er niet van om haar oriëntatie kwijt te zijn. Het raam naast de passagiersstoel stond nog steeds open en een verzengende droge warmte mengde zich met de koele luchtstroom van de airco.

'Mag het raam dicht?' vroeg ze Dorba. 'Het lijkt wel een sauna in de auto.' Zonder om te kijken drukte Dorba op het knopje voor het elektrische raam. Met een zacht zoemgeluid ging het dicht. Al snel werd de ruimte weer koeler. Langzaam nam het zweten af. Ze trok haar plakkerige shirt los van haar rug en bleef wat voorover zitten om het op te laten drogen. Milou en Sanne zaten stilletjes naast haar.

24

Tibor sloeg woedend met zijn vuist tegen het dashboard tot zijn knokkels rauw aanvoelden.

'Pas op dat de airbag niet geactiveerd wordt,' was de enige reactie die Branco gaf. Tibor negeerde de opmerking en sloeg door. Hij zou het ze betaald zetten. Wie dachten ze wel dat ze waren? Een beetje zijn land binnendringen, zijn handel dwarszitten en zijn verloofde ontvoeren. Tot nu toe had hij niet al te veel tegengas gegeven, maar dat geintje met die pop was de limiet. Hij zou voor eens en voor altijd duidelijk maken dat er met hem niet te spotten viel en dat het in hun eigen belang was om Fleur te laten gaan. Hij staakte het rammen op het dashboard om zijn vuisten te sparen. Hij zou ze zo nog nodig hebben. Hij controleerde zijn wapens. Streelde het koude staal van het pistool in zijn broeksband. Het maakte hem rustig. Het kleine handwapen om zijn enkel zat verscholen onder zijn broekspijp. Uit zijn zak haalde hij een stiletto, drukte op de knop en het lemmet schoot naar buiten. Hij grijnsde met een tevreden gezicht naar de vlijmscherpe punt waar het zonlicht in weerkaatste.

Hij liet het mes rondgaan in zijn hand, bekeek het uitvoerig en haalde zijn wijsvinger zachtjes langs het lemmet. Het sneed door zijn huid als papier. De snee bloedde zachtjes en hij likte met zijn tong langs zijn vinger. Nu proefde hij nog zijn eigen bloed, maar straks zou hij dat van zijn tegenstander proeven. Branco scheurde hard door een scherpe bocht en had moeite de auto weer recht te trekken. Tibor klapte het mes in en borg het weer op in zijn broekzak. Hij sloot zijn ogen om zich voor te bereiden.

25

Branco had de auto amper geparkeerd bij een woonhuis met een loods of Tibor was al buiten. Het terrein leek verlaten. Branco liet de autodeuren open staan en volgde zijn baas naar het woonhuis. Bij de deur aangekomen nam hij het voortouw. Met getrokken pistool verschanste hij zich tegen de muur naast de voordeur en belde aan. Binnen klonk het gejank van een baby. De deur bleef gesloten. Hij belde nogmaals aan en schoot vrijwel meteen daarna het slot kapot. De demper op zijn pistool zorgde ervoor dat alleen het verbrijzelen van het slot te horen was. De baby krijste inmiddels zo hard dat de bewoners van het huis niet door leken te hebben dat er indringers waren. Niemand nam in elk geval de moeite om eens poolshoogte te gaan nemen.

Branco sloop door de gang en Tibor volgde hem op de voet. Ineens stonden ze oog in oog met een peuter. Het kind droeg slechts een luier, keek hen met grote ogen aan maar gaf verder geen kik. Branco trok hem aan de kant en nog steeds was het kind muisstil. Ineengekrompen liet het zich op de grond vallen en deed zijn armpjes beschermend voor zijn gezicht. Het kind zat vol blauwe plekken en kleine wondjes. Zijn luier zat duidelijk vol met uitwerpselen. Tibor haalde zijn neus op. Branco sloeg rechts af richting woonkamer en nam het tafereel in zich op. Een vrouw zat op haar knieën met de rug naar hen toe en verschoonde een luier van een spartelende baby. Ze had nog steeds niet in de gaten dat er indringers waren.

Tibor stopte zijn pistool weg achter zijn broeksband en pakte het mes. Hij liep geruisloos naar de vrouw toe en voordat ze doorhad wat er gaande was, deed hij zijn hand voor haar mond en zette hij het mes tegen haar keel. Haar lijf verstijfde kort van de schrik en werd daarna slap en meegaand, alsof dergelijk geweld haar dagelijks overkwam. Tibor sleurde haar overeind. 'Waar is hij?' De vrouw maakte wat onverstaanbare jammergeluiden. 'Als je gaat gillen snijd ik je strot door, begrepen?' De vrouw knikte. Tibor haalde zijn hand van haar mond. 'Waar is hij?'

'Dat weet ik niet.' Tibor duwde het mes steviger tegen haar keel. De punt stak in haar huid en een klein straaltje bloed liep langs haar hals naar beneden. 'Ik weet het echt niet,' kermde de vrouw.

'Doorzoek het huis,' commandeerde Tibor Branco. 'Ik vermaak me wel even met haar.' Hij trok de vrouw ruw naar achteren en gooide haar op haar rug op de grond. Voor ze de kans kreeg overeind te krabbelen zat hij al bovenop haar. Haar armen lagen onder hem en werden door zijn gewicht tegen de grond gedrukt. Ze kon geen kant op.

'Nee, alsjeblieft.'

'Kop houden tenzij ik zeg dat je mag spreken.' Dreigend hief hij het mes. 'Waar houdt hij Fleur gevangen?'

'Wie is Fleur?'

'Oké, nu ben ik dat onnozele gedoe zat. Laatste kans.'

'Ik ken geen Fleur.'

Tibor pakte het mes en liet het langzaam naar haar voorhoofd gaan. De vrouw begon ongecontroleerd te ademen en haar ogen werden groot van angst. Tibor zette de punt van het mes op haar voorhoofd. Het drong moeiteloos door haar dunne huid heen. Met een snelle beweging trok hij een verticale streep. De vrouw slaakte een kreet en de tranen sprongen in haar ogen. Ze probeerde zich los te worstelen maar maakte geen enkele kans. Tibor negeerde haar verzet en trok nog twee bloederige strepen in haar huid. 'Fleur, waar is ze?'

'Ik weet het niet,' gilde de vrouw.

'Dan moet je het zelf maar weten.' Weer kerfde hij iets in haar voorhoofd. Deze keer liet hij het mes nog dieper doordringen. Een straaltje bloed liep in haar oog. Toen hij klaar was keek hij de vrouw aan. 'Nou?'

'Hij vertelt me nooit iets,' was haar paniekerige reactie.

'Dat is heel jammer voor je.' Stoïcijns sneed hij verder in haar voorhoofd.

'Alsjeblieft, laat me gaan. Ik weet niks.' Tibor ging stug door. De vrouw probeerde haar armen te bevrijden en hij sloeg haar hard in het gezicht. 'Stil liggen, ik ben nog niet klaar.'

'Niemand in het huis,' klonk de stem van Branco achter hem.

'Ik ben bijna zover.' Met een verbeten gezicht maakte Tibor zijn klus af. De baby had al die tijd naast hen op de grond gelegen en zich verder muisstil gehouden. Slim kind. Tibor kwam overeind en bekeek de vrouw met een peinzend gezicht alsof hij een kunstwerk stond te bewonderen. 'Netjes schrijven is nooit mijn ding geweest.' Branco grinnikte. De vrouw lag verstijfd van angst op de grond en verroerde geen vin hoewel ze Tibors zware gewicht niet meer op zich had. In haar voorhoofd was een woord gekerfd dat door het bloed uit de wond moeilijk te lezen was. Branco kneep zijn ogen tot spleetjes en begon te lachen. 'Kurva.'

Met de woorden 'Doe je vriendje de groeten' verlieten ze de woonkamer. Ze passeerden de peuter die nog steeds ineengedoken in de gang zat. In zijn troebele oogjes lag een afwezige blik, alsof zijn bewustzijn zijn lichaam had verlaten en was vertrokken naar betere oorden.

26

'Ik wil nog even in die loods kijken.' Tibor sloeg de voordeur met een klap dicht en gaf er nog een trap tegenaan omdat hij niet goed sloot door het gehavende slot. Branco liep voorop naar de loods, zijn pistool nog steeds in de aanslag. Aan de deur hing een groot hangslot. Branco rammelde eraan. Zonder aarzelen zette hij zijn pistool ertegenaan en schoot het kapot. Hij gooide het slot achteloos over zijn schouder en opende de deur. Fel zonlicht drong door in de donkere ruimte en een muffe geur kwam vrij. Branco liep naar binnen en Tibor volgde, met in zijn hand het bebloede mes. Tegen de verste muur zaten vier ineengedoken vrouwen dicht tegen elkaar aan. Tibor zag in een oogopslag dat Fleur er niet bij zat en hij vloekte gefrustreerd. De kleren die de vrouwen droegen hadden hun beste tijd gehad. Twee van hen staarden met grote ogen van angst naar de twee mannen die hun richting op kwamen lopen. Hoe dichter ze bij de vrouwen in de buurt kwamen hoe erger de stank werd. Oud zweet vermengd met de lucht van ontlasting en urine. Tibor sloeg zijn hand voor zijn neus. Branco leek niet onder de indruk.

Tibor nam de ruimte in zich op. Een rij vieze matrassen lag langs de andere wand en in een hoek stonden een paar emmers met uitwerpselen naast jerrycans met heldere vloeistof. Waarschijnlijk water. Verder was de betonnen vloer leeg. Ondanks zijn afkeer van de stank liep Tibor naar de vrouwen toe en bekeek ze een voor een. Drie van hen schatte hij ergens begin twintig maar de vierde was nog maar een kind, nauwelijks een puber. Haar lichaam was wel volwassen. Goed ontwikkelde strakke borsten. Met een handgebaar gaf hij aan dat ze op moest staan. Ze gehoorzaamde, maar de brutale blik in haar ogen gaf aan dat ze strijdbaar was, in tegenstelling tot de ogen van haar drie lotgenoten waar alleen angst en berusting in te lezen viel. Tibor beval het meisje rond te draaien zodat hij haar goed kon bekijken. Langzaam draaide ze om haar as en toen ze weer recht voor hem stond was de uitdagende blik in haar ogen nog steeds niet verdwenen. Hij hield van vrouwen met pit. Ze waren niet altijd goed te vermarkten, maar met de juiste begeleiding kreeg hij ze altijd waar hij ze hebben wilde. Gedienstig aan zijn klanten.

Hij bekeek het meisje nogmaals. Blond haar met uitgroei hing in vieze slierten langs haar gezicht. Als je goed keek kon je zien dat het van origine donker was. Goed wassen, nieuw kleurtje en kort knippen zodat haar mooie kaaklijn werd geaccentueerd. De vegen van aangekoekt vuil op haar huid wegboenen en ze was een plaatje. Gezien haar jonge leeftijd kon ze makkelijk onder de dekmantel van au pair Europa ingestuurd worden. Een goede klant uit Den Haag zou weleens heel blij van haar kunnen worden. Hij grijnsde. Als zijn klanten tevreden waren, was hij dat ook. 'We nemen haar mee,' liet hij Branco weten.

'En de anderen?'

'Die mag hij houden. Te verlopen om nog iets van te maken. Als hij zo met die wijven omgaat zal hij het nooit van me winnen. Een succesvolle zakenman koestert zijn handelswaar, want dat is zijn kapitaal.'

Branco pakte het meisje bij haar arm en sleurde haar mee. Ze verzette zich hevig en begon te gillen. Hij legde zijn hand over haar mond en tilde haar op. Haar geschop werd niet minder. Plotseling begon hij hartgrondig te vloeken. 'Die trut heeft me gebeten.' Hij gaf het meisje een keiharde klap tegen haar achterhoofd. Ze staakte haar gespartel en haar lichaam hing slap in zijn armen. 'Die heeft straks hoofdpijn.'

'Voorzichtig met haar gezicht,' waarschuwde Tibor. Branco knikte en bracht het meisje naar de auto. Tibor ging naast haar zitten terwijl Branco achter het stuur kroop. Vanuit het huis klonk gekerm door de kapotte voordeur. De baby had het ook weer op een krijsen gezet. Branco gaf gas en met slippende banden reden ze weg bij het huis. De vrouwen uit de loods hadden hun kans inmiddels gegrepen en waren door de openstaande deur naar buiten gekomen. Hun ogen samengeknepen tegen het felle zonlicht dat ze al te lang niet gezien hadden. Ze renden weg bij het huis. Tibor gokte dat ze niet ver zouden komen.

Hij keek naar het meisje dat naast hem op de achterbank lag en kreunend haar hand naar haar hoofd bracht. Ondanks deze onverwachte meevaller had hij Fleur nog steeds niet terug. Hij had verwacht haar in het huis of de loods aan te treffen en haar met veel bombarie te bevrijden en in zijn armen te sluiten. Hij begon zich nu toch echt zorgen te maken over zijn meisje.

De eerste achtenveertig uur had woede overheerst. Hoe durfden ze zich te bemoeien met zijn privéleven? Zakelijke conflicten loste je in eerste instantie zakelijk op. Dat was een etiquette waar hij zichzelf in elk geval aan hield. Hij had klasse, net als Fleur. Daarom pasten ze ook zo goed bij elkaar. Pas in uiterste nood ging je een stap verder, zoals hij vandaag had gedaan door naar het huis van zijn nieuwe concurrent te rijden en diens vrouw een lesje te leren. Hij was dé man hier en hij duldde geen gerommel in zijn zorgvuldig opgebouwde netwerk. Het prutswerk van die nieuweling straalde ook af op hem en daar had hij dus geen zin in. Maar dat was niet zijn enige probleem. Hij zat ook nog met die vriendinnen van Fleur die zich overal mee bemoeiden en steeds meer vragen gingen stellen. Niet geheel onterecht natuurlijk. Als het goed was, had Dorba ze inmiddels naar zijn huis gebracht. Fleur zou het hem nooit vergeven als haar vriendinnen iets zou overkomen, daarom was het veiliger hen op zijn eigen terrein onder te brengen.

En er was nog een reden om ze binnen zijn eigen hekken te halen. Die meiden waren ongeleide projectielen. Als ze in het hotel bleven had hij geen zicht op wat ze deden, laat staan dat hij er controle over had. Vooral die Noa, daar moest hij mee uitkijken. Veel te bijdehand en nieuwsgierig.

27

Noa stond op het balkon dat grensde aan de kamer die Dorba haar had gewezen. Met betraande ogen staarde ze naar buiten. In de verte lag de zee er rustig bij. Een licht briesje bracht wat verkoeling en liet de palmbomen in de tuin zachtjes ritselen. Een brommend geluid dat steeds luider werd onderbrak haar sombere gedachten. Ze draaide haar hoofd iets om het geluid beter te kunnen horen. Het klonk als een auto die naderde. Ze rekte zich uit over het balkon en speurde de weg langs het huis af. Voorbij een bocht verderop verscheen een donkere auto. Er schoot een steek door Noa's buik. Waren dat Tibor en Branco? Hadden ze Fleur gevonden?

De auto naderde snel en ze begon weer een beetje hoop te krijgen. Ze kruiste haar armen over haar buik. Het elektrische hek dat toegang gaf tot het terrein opende langzaam en de auto reed naar binnen. Automatisch ging het dek weer dicht. De portiersdeur ging open en Branco stapte uit. Noa hing gespannen over het balkon. Waar bleef Tibor? Branco liep om de auto heen en opende nog een deur. Hij boog zich naar voren en kwam met iets in zijn armen overeind. Noa strekte haar nek zo ver mogelijk uit. Hoewel Branco met zijn rug naar haar toe stond ving ze een glimp op van een pluk lang blond haar die langs zijn arm naar beneden hing. Noa slaakte een gil. 'Fleur!' Zonder na te denken rende ze van het balkon de kamer in, trok de deur met een ongecontroleerde zwaai open en denderde de trap af met twee treden tegelijk. Milou en Sanne kwamen met verschrikte gezichten hun kamer uit door Noa's gil en de harde klap van de deur die tegen de muur vloog.

'Wat is er aan de hand?' schreeuwde Milou haar na.

'Fleur, ze hebben Fleur gevonden,' brulde Noa zonder om te kijken of haar tempo te vertragen.

'Wat?!' Milou kwam haar in volle vaart achterna en ook Sanne volgde zo snel ze kon. Noa vloog door naar de voordeur en rukte hem open. Ze ving nog net een glimp op van Branco die met het lichaam in zijn armen door een zijdeur het huis in liep. Noa wilde hem achterna rennen maar Tibor, die inmiddels ook was uitgestapt, hield haar tegen.

'Laat me los, ik moet naar Fleur toe.' Ze vocht als een leeuwin om los te komen. Milou rende langs haar heen naar de deur waar Branco achter was verdwenen en bonkte keihard op de deur terwijl ze Fleurs naam onafgebroken schreeuwde.

'Het is Fleur niet.' Tibor schudde Noa flink door elkaar. 'Rustig nu. Het is Fleur niet,' herhaalde hij.

'Maar ik zag het toch zelf. Ik zag haar blonde haar.'

'Er zijn meer mensen met blond haar op deze wereld.'

'Ik geloof je niet. Wie zou het anders moeten zijn dan Fleur?'

'Op de plek waar ik Fleur hoopte te vinden, troffen we een ander meisje aan. Ze werd daar gevangengehouden en zag er sterk verwaarloosd uit. Ik heb haar bevrijd en meegenomen zodat ze een beetje tot zichzelf kan komen.'

'Hoe nobel van je,' zei Noa cynisch. 'Laat me haar dan maar zien. Ik wil met eigen ogen zien dat het Fleur niet is.'

'Waarom geloof je me niet? Waarom zou ik Fleur bij jullie weghouden?'

'Weet ik veel. Er zijn zoveel rare dingen gebeurd de laatste dagen dat ik op dit moment niemand meer vertrouw.'

'Het meisje heeft rust nodig. Je krijgt haar niet te zien.' Tibors greep op Noa verstevigde en de blik in zijn ogen was waarschuwend. Dorba was inmiddels ook op alle commotie afgekomen en tilde Milou met een soepele armbeweging weg bij de zijdeur. Met gemak hield hij haar spartelende lijf in bedwang terwijl hij naar Tibor toe liep. Sanne stond er als een standbeeld bij en zei helemaal niks. Dikke tranen drupten uit haar ogen.

'Waar is Fleur?' siste Noa tegen Tibor. Ze bracht haar gezicht zo dicht naar het zijne dat hun neuzen elkaar bijna raakten.

'Als ik dat wist, had ik haar allang naar huis gehaald,' reageerde hij onbewogen.

28

Fleur zat geblinddoekt achter in de laadruimte van een bestelbusje. Ze droeg de blinddoek al een paar dagen. Haar handen en voeten waren niet langer gekneveld. Maar dat waren ze wel geweest. Haar polsen en enkels schrijnden nog na van de plastic tie-wraps. De kleren die ze droeg roken muf en waren veel te groot. Haar huid voelde plakkerig en klam. Ze zou heel wat geven voor een goede wasbeurt.

Honger en dorst had ze niet. In dat opzicht was ze niets tekortgekomen. Haar hoofdhuid jeukte en haar blonde haar hing in vettige slierten langs haar gezicht. Ze durfde het nauwelijks aan te raken. Ze zat met haar benen opgetrokken en steunde met haar handen op de vieze vloer van de laadruimte. Haar billen deden pijn van de harde ondergrond en ze voelde zand en iets grindachtigs onder haar vingers.

Uit het gehobbel van het busje en het getril van de motor maakte ze op dat er stevig werd doorgereden door de chauffeur. In de bochten moest ze zich schrap zetten om niet door de laadruimte geslingerd te worden. Ze kroop op de tast naar een hoek om wat steun te vinden. De blinddoek afdoen was geen optie, ze was namelijk niet alleen. Af en toe hoorde ze wat geschuifel en gekuch. Het geluid van een aansteker klonk vlak bij haar oor. Automatisch kromp ze ineen. Ze voelde dat de hete vlam aan haar oorlel likte. De geur van verschroeide haartjes drong haar neus binnen en toen was de hitte weer weg.

Een walm van sigarettenrook vulde de ruimte om haar

heen. Sinds ze zelf gestopt was met roken kon ze de geur nauwelijks meer verdragen. Vragen of haar gezelschap de sigaret wilde doven, durfde ze niet. Haar heldhaftigheid had ze al snel laten varen toen bleek dat ze niet met de eersten de besten te maken had.

De afgelopen dagen hadden niets dan duisternis gebracht. Ze stond stijf van de emoties. Angst en woede wisselden elkaar in razend tempo af en maakten haar gek. Nog niet eerder in haar leven had ze voor zo'n grote uitdaging gestaan. Daardoor kon ze de consequenties ook nog steeds niet overzien. Ze had zich de afgelopen dagen suf gepiekerd tot ze er hoofdpijn van kreeg, maar het had niet voldoende opgeleverd. Daarom probeerde ze nu zo min mogelijk na te denken, hoe lastig dat ook was. Ze schoot er toch niets mee op. Ze was voor het blok gezet en ze moest meewerken. Niet van harte, maar soms zette het leven of de mensen die je daarin tegenkwam, je voor voldongen feiten. Want waar ze ook naartoe probeerde te vluchten, overal zou ze tegen dat voldongen feit aan lopen. Ze zag geen andere uitweg dan tegemoetkomen aan de eisen die aan haar waren gesteld. Het was nodig om haar eigen hachje te redden en haar eigen hachje stond voorop. Er vormde zich een brok in haar keel en haar kaken deden pijn van het ingehouden verdriet. Kon ze de tijd maar terugdraaien. Al was het maar een paar dagen. Toen was alles nog behapbaar en overzichtelijk geweest, nu was het een grote puinhoop waarbij linksom of rechtsom mensen geofferd zouden worden. Ze kreeg er buikpijn van. Maar welke kant het ook op zou gaan, haar geloof in mensen had voorgoed een onherstelbare deuk opgelopen. Het vertrouwen dat ze door Tibor langzaam terug had gekregen, was verwoest.

Het busje remde stevig af en kwam tot stilstand. Ze zocht steun, maar er was niets om zich aan vast te grijpen. Ze schoot vooruit en viel met een klap tegen iets hards aan. Haar pijnkreet slikte ze in. Deuren werden ontgrendeld en twee handen duwden haar hardhandig naar buiten. Ze kwam ongelukkig terecht op haar voet, die opzij klapte. Tranen sprongen in haar ogen, maar nog steeds gaf ze geen kik. Ze voelde zandgrond onder haar handen en er prikte een scherp takje door haar veel te ruime broek heen. Ze ging wat verzitten maar deed geen poging om op te staan.

'Tel tot duizend. Pas als je bij duizend bent, mag je je blinddoek afdoen. Ik hoef je niet uit te leggen wat er gebeurt als je niet gehoorzaamt, hè?' Driftig schudde ze haar hoofd.

'Mooi.'

Ze dacht wat geschuifel te horen. Ze hoestte van de stinkende diesellucht die het busje uitstootte. Deuren klapten dicht en vlak daarna klonk het geluid van slippende banden. Een hap stof vloog haar mond binnen en verergerde haar hoestbui. Het geluid van de ronkende motor klonk steeds verder weg terwijl ze weer op adem probeerde te komen. Ze tastte met haar handen de grond om zich heen af om zeker te weten dat ze niet op de rand van een weg zat. De zandgrond en de stilte om haar heen bevestigden dat. De angst om geschept te worden door een passerende auto kon ze laten varen, maar meteen kwam daar een nieuwe angst voor in de plaats. Waar was ze? Haar blinddoek durfde ze niet af te doen. Het dreigement van de man had serieus geklonken en misschien hadden ze wel een mannetje achtergelaten om in te grijpen als ze zich niet aan de afspraak hield. Ze begon hardop te tellen. 'Eén, twee, drie...'

29

Noa en Tibor stonden nog steeds als twee kemphanen tegenover elkaar. De situatie werd steeds ongemakkelijker. Dorba stond naast Tibor maar greep niet in. Milou had al een poging gedaan Noa bij Tibor weg te trekken, maar ze had haar venijnig afgeweerd. Het was duidelijk dat het niet lang meer duurde voordat de boel escaleerde. Terwijl Noa haar lijf nog eens extra aanspande klonk er een telefoon. Tibor keek verstoord op en haalde het ding uit zijn broekzak. Terwijl hij op het scherm keek werden zijn ogen groter en gehaast nam hij op. '*Baby, where are you, are you allright*?' Een harde, huilende stem gaf antwoord. Noa spitste haar oren. Nu wist ze het zeker. Het was Fleur! Ze sprong op Tibor af en probeerde de telefoon uit zijn hand te grissen. Dorba greep onmiddellijk in en trok haar bij hem vandaan.

'Fleur, Fleur!' schreeuwde ze. Tibor stak geïrriteerd zijn hand op en ging een paar meter verderop staan.

'Stil,' waarschuwde Dorba Noa. 'Hij kan haar niet verstaan als je zo krijst.' Noa rukte zich los en ging bij haar vriendinnen staan. Ze pakten elkaars hand stevig vast. 'Ze is niet dood,' snikte Sanne.

'Waar ben je?' Tibor ging steeds harder praten. 'Ik kom met Branco naar je toe.' Gefrustreerd gooide hij zijn toestel op de grond. 'Haar batterij is leeg.' Hij beende naar de zij-ingang van het huis zonder zijn telefoon op te rapen. Hij bonkte stevig met zijn vuisten op de deur en brulde iets onverstaanbaars in zijn moedertaal. Snel daarna zwaaide de deur open en kwam

Branco met vastberaden blik naar buiten. In looppas liep hij samen met Tibor naar de auto die nog op het terrein stond. Dorba had inmiddels Tibors telefoon opgeraapt en gaf hem in het voorbijgaan aan hem terug.

'Ik wil mee.' Noa rende achter Tibor en Branco aan.

'Geen denken aan.'

'Is alles goed met haar? Wat zei ze?' Noa greep Tibors shirt vast in de hoop hem te stoppen. Ze voelde zijn gespierde schouder onder haar klauwende vingers. Abrupt draaide hij zich om.

'Ik weet net zoveel als jij. Ze leeft. Hoe ze eraan toe is, ga ik nu met Branco beoordelen. Hoe langer jij moeilijk blijft doen, hoe langer Fleur langs de weg ligt. Aan jou de keuze.' Vervolgens wendde hij zich tot Dorba. 'Hou de boel hier onder controle.' Hij stapte in de auto en sloeg met een harde klap de deur dicht. Het elektronische toegangshek schoof open en Branco stuurde de auto in volle vaart de poort uit. Noa wierp in een hulpeloos gebaar haar armen in de lucht. Meer dan afwachten tot Tibor met Fleur terugkwam konden ze niet doen. Hoe moesten ze in godsnaam de tijd doorkomen?

IJsberend liep ze door de tuin maar staakte haar gedrentel al snel. Ze schoot er niets mee op en de tijd ging er niet sneller door. De zon brandde fel op haar blote schouders en ze kreeg het opeens ontzettend warm. Milou was naast haar komen staan en pakte haar hand. 'Kom, we gaan naar binnen.' Sanne stond al bij de deur en probeerde hem tevergeefs open te maken. Het ding was blijkbaar in het slot gevallen toen ze de tuin in waren gelopen. 'Maak eens open alsjeblieft.' Dorba haalde een sleutelbos uit zijn broekzak en ontgrendelde de deur. 'Ik roep jullie wel als Tibor terug is met Fleur.'

'Nou, nou, hoe attent,' mopperde Noa terwijl ze als laatste langs hem liep. Dorba sloot de deur achter haar en draaide hem vanbinnen met de sleutel op slot.

'Waarom doe je dat?' vroeg Noa vijandig. 'Ik hou er niet van om opgesloten te zitten.' Dorba gaf geen verklaring en wees omhoog naar de trap. 'Naar jullie kamers. Je hoort het als je ervanaf kunt komen.'

Voordat Noa verder kon tegensputteren, sprak Milou haar aan. 'Kom, laten we maar doen wat hij zegt. Wat moeten we anders? We moeten klaarstaan voor Fleur als ze zo terugkomt. Wie weet wat voor vreselijke dingen ze de afgelopen dagen allemaal heeft moeten doorstaan.' Milou stak haar hand uit en Noa pakte hem vast. Hand in hand liepen ze de brede trap op naar de verdieping waar hun kamers zich bevonden. Dorba volgde.

Milou liep rechtstreeks door naar haar kamer en nodigde haar vriendinnen uit haar te volgen. Ze plofte op bed en Sanne sloot de deur. Noa bleef midden in de kamer staan en staarde wezenloos voor zich uit. Niemand zei iets. Het geluid van een sleutel die werd omgedraaid in een slot verbrak de stilte. Noa draaide zich als door een wesp gestoken om en liep naar de deur. Ze duwde de klink naar beneden en de deur ging niet open. 'Hij heeft ons gewoon opgesloten!' Ze bonkte en schopte als een razende tegen de deur. 'Laat ons eruit, eikel! Wie denk je wel dat je bent.' Woest bewoog ze de klink heen en weer. Aan de andere kant van de deur bleef het stil. Als een gekooide tijger liep ze door de kamer, op zoek naar een uitweg. Ze trok de deuren naar het balkon open. 'We kunnen naar buiten klimmen.'

'Noa, wat denk je zelf? Jij bent misschien atletisch en zo, maar ik zie mezelf niet naar beneden klimmen zonder mijn nek te breken.' Milou viel Sanne bij. 'Slecht plan Noa, laten we zorgen dat we onszelf heel houden voor Fleur. Ze zal ons straks hard nodig hebben, gok ik zo.'

'Hoe haalt hij het in zijn hoofd om ons op te sluiten!'

'Ik ben er ook niet blij mee, maar dat is nu eenmaal even de situatie.'

'Dat mag ik hopen ja, dat het even is. Anders klim ik alsnog naar beneden.'

Milou kwam naast haar staan en sloeg een arm om haar heen. Samen keken ze uit over de grote tuin met palmbomen en paarse bougainvilles terwijl de zon onverminderd haar warmte afgaf en de wereld in een gouden gloed zette.

30

Fleurs ogen deden nog steeds pijn van het felle zonlicht. Voor de zekerheid had ze tot tweeduizend geteld voordat ze de blinddoek af had durven doen. Niemand had haar gezegd hoe snel ze moest tellen. Duizend tellen voor haar, waren misschien maar vijfhonderd tellen voor haar ontvoerders. Ze had geen enkel risico willen nemen. De duisternis verruilen voor licht was in eerste instantie een enorme verademing geweest. Maar de opluchting had niet lang geduurd. Toen ze nog geblinddoekt was kon ze zichzelf tijdens de momenten dat ze met rust werd gelaten af en toe nog wijsmaken dat het allemaal een boze droom was. Dat het allemaal niet echt gebeurde en ze elk moment kon ontwaken uit een nachtmerrie. Nu, in het felle daglicht, was daar geen sprake meer van.

Wat was ze bang geweest toen haar kleren haar werden afgenomen en ze haar naakt achterlieten in een ruimte die ze niet kende. Ze had zich voor zover dat kon al mentaal voorbereid op een verkrachting of erger, maar tot haar verbazing werd ze fysiek met rust gelaten. Psychisch was een ander verhaal: onophoudelijk werd er met woorden op haar ingebeukt waardoor ze ineenkromp. Op een gegeven moment verlangde ze zelfs bijna naar fysieke pijn omdat ze zich daar voor haar gevoel nog enigszins schrap tegen kon zetten. Tegen die waterval van woorden was ze niet bestand geweest. Ze verzoop erin.

Ze liet haar hand in haar broekzak glijden en pakte haar telefoon. Ze had hem vlak voordat ze uit het busje werd geworpen teruggekregen. In het eerste uur na haar ontvoering hadden ze haar al gedwongen om de pincode van het toestel prijs te geven. Haar angst was groter geweest dan haar verzet en ze had gehoorzaamd. Nu had ze haar telefoon weer terug, maar of ze daar blij mee moest zijn... Ze liet haar vingers over de roze iPhone glijden. Op het scherm zat een kras die er nog niet op had gezeten.

Het toestel stond uit. Ze aarzelde even, maar zette het toen toch aan. Aan de lopende band kwamen berichten en meldingen van voicemails binnen. Ze hoefde ze niet eens te bekijken om te weten van wie ze waren. Ze moest Tibor bellen, maar dat zou het begin zijn van een onomkeerbaar proces. Het liefste zou ze van de aardbodem verdwijnen en ter plekke in het niets oplossen. De telefoon leek te branden in haar hand alsof het ding haar wilde dwingen om verstandig te zijn en te bellen. Ze zou ook verstandig zijn, ze had geen keus. Dat was haar meer dan duidelijk gemaakt. Maar een paar minuten extra respijt kon geen kwaad toch?

Het weerzien met haar vriendinnen baarde haar zorgen. Vooral Noa met haar scherpe blik zou meteen doorhebben dat er meer aan de hand was dan ze kon vertellen. Het liefst zou ze de waarheid uitschreeuwen, maar ze kon het niet over haar hart verkrijgen om de mensen om haar heen nog verder in gevaar te brengen. Daarom moest ze een verhaal verzinnen en zwijgen over de ware toedracht van haar ontvoering. Ze wist niet of ze het kon, of ze de druk aankon die op haar uitgeoefend zou worden door Tibor en haar vriendinnen om elke seconde van haar verdwijning gereconstrueerd te krijgen.

Ze vreesde Tibors woede. Ze wist dat hij volledig uit zijn plaat kon gaan als iemand haar met een vinger aanraakte. Ze was van hem en hij schroomde niet om dat te laten weten aan de wereld. Was ze in staat om een geloofwaardig verhaal te vertellen zonder dat dat zou leiden tot slachtoffers onder mensen die niets met de zaak van doen hadden? Ze dacht aan Tibor en hoe verliefd ze op hem was toen hij haar ten huwelijk vroeg. Kon ze iemand van wie ze zoveel had gehouden zo bedriegen als ze nu moest doen? Ze wist dat hij geen lieverdje was, maar zolang hij goed was voor haar had ze haar ogen er zo veel mogelijk voor gesloten.

De afgelopen dagen was er een knop omgegaan en kon ze haar wegkijkgedrag ineens niet meer goed aan zichzelf verantwoorden. Ze wist dat ze in principe een goed mens was, maar sinds Reggie was ze steeds meer van zichzelf vervreemd. Toen Tibor haar uit zijn klauwen bevrijdde, stond ze volledig in de overleefstand en voelde ze zich een zombie. Maar ze was hem zo ontzettend dankbaar geweest, en nog. Daarom kon ze hem niet haten. Wat hij ook deed, er zou altijd een deel van haar zijn dat van hem bleef houden. Tibor was haar redder, maar ook haar ondergang. Uiteindelijk bleef ze met lege handen achter, zoveel was haar na de afgelopen dagen wel duidelijk geworden. Ze hoopte dat ze hem nog recht in zijn ogen kon kijken.

De batterij op haar scherm gaf aan dat haar telefoon bijna leeg was. Ze kon het bellen niet langer uitstellen. Met een trillende vinger ging ze naar haar recente oproepen en drukte op Tibors nummer. De telefoon ging een paar keer over voordat hij opnam. Bij het horen van zijn stem verloor ze de controle en barstte radeloos in snikken uit. Op de achtergrond hoorde ze Noa haar naam schreeuwen en dat maakte nog meer emoties bij haar los. Met moeite vertelde ze Tibor waar ze was en of hij haar alsjeblieft kwam halen. Zijn antwoord hoorde ze niet meer, want haar telefoon hield ermee op.

31

Ze was wat verder in de berm gaan zitten. Bij elke auto die ze hoorde naderen, keek ze in eerste instantie hoopvol op. Om vervolgens haar blik weer op de grond te richten met een gevoel dat tegen opluchting aan schuurde omdat het weerzien met Tibor nog even werd uitgesteld.

Ze klauwde met haar vingers in de zanderige droge grond in een gebaar van onmacht. In het losgewoelde zand tekende ze met haar wijsvinger een hart om het vervolgens met een paar gefrustreerde halen weer teniet te doen. Ze klopte haar handen af en probeerde het zand onder haar vuile nagels vandaan te pulken. Het werd er niet beter op.

Het geluid van een snel naderende auto deed haar weer opkijken. Haar hart begon sneller te bonken. Ze herkende de auto uit duizenden. Een zenuwenkramp trok door haar buik en ze werd spontaan misselijk. Langzaam kwam ze overeind. Al haar spieren protesteerden en ze werd licht in haar hoofd. Het slaapgebrek begon duidelijk zijn tol te eisen. Ze greep een tak vast van de struik naast haar, in de hoop dat die voldoende steun zou bieden om overeind te blijven. De auto was inmiddels nog maar een paar meter van haar verwijderd en kwam slippend tot stilstand. Een deur werd opengeworpen en Tibor sprong naar buiten. Wankelend zette ze een paar stappen in zijn richting. Hij rende naar haar toe en kon haar nog net opvangen. Slap hing ze in zijn armen terwijl hij haar overlaadde met kusjes en zoete woordjes. Het werd zwart voor haar ogen.

Er werd op haar wang getikt. Eerst zachtjes, toen wat harder. Iemand schreeuwde haar naam. Langzaam kwam ze weer bij bewustzijn en opende haar vermoeide ogen. Tibors gezicht hing boven het hare en hij streelde haar wang. Zijn ogen waren groot van bezorgdheid en zijn stem trilde lichtjes. '*Sweety, are you allright*?' Ze knikte en gaf aan dat ze overeind geholpen wilde worden. Tibor tilde haar op en zette haar achter in de auto. Hij kroop naast haar en legde zijn arm om haar heen terwijl hij een commando naar Branco snauwde. Ze liet haar hoofd rusten tegen zijn gespierde borst.

'Wie waren het?' vroeg hij afgemeten. Ze haalde haar schouders op. 'Weet ik niet.'

'Hebben ze...' Hij sprak de zin niet verder uit maar Fleur wist precies wat hij wilde weten.

'Nee, ik ben niet verkracht,' fluisterde ze. Hij slaakte een hoorbare zucht van verlichting. 'Wat hebben ze dan met je gedaan?'

'Ik wil er niet over praten. Misschien later, maar nu kan ik het nog niet.'

'Maar ik moet weten wie dit gedaan heeft om gepaste maatregelen te kunnen nemen.'

'Ik wil er niet over praten,' herhaalde ze nogmaals.

Ze voelde zijn lijf verstrakken. Zijn rechterhand, die eerst rustig op de bank rustte, balde zich tot een vuist. Ze sloeg haar arm om hem heen en klampte zich aan hem vast. 'Laat het gaan. Ik leef nog en ik denk niet dat het nog eens zal gebeuren. Ik wil de afgelopen dagen zo snel mogelijk vergeten, oké?' Ze probeerde haar emoties onder controle te houden en zo zelfverzekerd mogelijk te klinken.

'Ik kan het niet laten gaan, Fleur, zo steek ik niet in elkaar. Als iemand mij of mijn naasten iets aandoet, betaal ik met gelijke munt terug.'

'Doe het voor mij?' Ze keek hem smekend aan. Ze zag even een aarzeling in zijn ogen, maar toen verhardde zijn blik weer. 'Zeg me in elk geval hoe ze eruitzagen.'

'Ik was al die tijd geblinddoekt,' was haar resolute antwoord. 'Laat het gaan.'

Tibor zweeg.

'Ik denk dat we de bruiloft even moeten uitstellen. Ik denk dat ik eerst even bij moet komen.'

Ze strekte zich uit en gaf hem een zoen op zijn mond. Hij beantwoordde haar kus en trok haar stevig tegen zich aan. 'Please?' fluisterde ze in zijn oor.

'Geen denken aan,' gromde hij zachtjes. 'We trouwen op de afgesproken datum.' Ze keek hem teleurgesteld aan. 'Maar als dat nou belangrijk voor me is?'

'Stil nu, we hebben het er niet meer over.'

Hij smoorde haar commentaar met een kus en streelde haar liefdevol. Zijn hand gleed af naar haar borst en hij kneep er zachtjes in. Onmiddellijk haalde ze zijn hand weg. 'We zijn niet alleen.' Ze knikte in de richting van Branco.

'Hij moet op de weg letten.' Tibor legde zijn hand weer op haar borst. Het klamme zweet brak haar uit. Ze moest hoe dan ook voorkomen dat hij zou ontdekken wat ze in haar beha verborgen hield.

Ze pakte zijn hand en gaf er een kus op. 'Later, schatje. Ik ben te vies om aan te pakken. Ik wil thuis eerst douchen en mezelf een beetje opknappen voor je.' Ze probeerde ondeugend te kijken en de paniek die door haar lichaam gierde te onderdrukken. Tibor protesteerde nog even, maar gaf het vervolgens op. Haar hartslag werd weer wat rustiger en haar ademhaling wat dieper. Branco keek haar onheilspellend aan via de achteruitkijkspiegel. Ze rilde.

32

Fleur lag met gesloten ogen in Tibors armen. Het zachte constante gezoem van de auto had haar slaperig gemaakt. Ze was te uitgeput om verzet te bieden tegen het lome gevoel. Ze probeerde zich voor te stellen dat er niets aan de hand was. Dat ze een heerlijke dag had gehad met Tibor en dat ze nu samen op weg naar huis waren. Hoe vaak had ze de afgelopen jaren dat soort dagen niet gehad? Tibor ging veel zijn eigen gang en was ook vaak op pad voor *business as usual* zoals hij zelf altijd zei, maar hij compenseerde zijn afwezigheid met mooie cadeaus en verrassingstripjes waarbij kosten noch moeite werd gespaard. Ze was verkikkerd op de luxe die hij haar bood en kon zich een paar weken geleden nog geen leven zonder hem voorstellen. Sterker nog, ze had er nog nooit over nagedacht. Het was voor haar altijd vanzelfsprekend geweest dat ze oud zou worden met Tibor. Nu die vanzelfsprekendheid in de afgelopen dagen onder haar vandaan was geschopt, voelde ze zich volledig ontheemd. Dat nam ze hen nog het meeste kwalijk. Dat ze haar haar leven hadden afgepakt en dwongen een koers te varen vol onzekerheden en gevaar. Wat was je leven nog waard als je er zelf niets meer over te zeggen had?

Tibor kneep zachtjes in haar schouder. 'We zijn er bijna, schatje, wakker worden.' Met tegenzin opende ze haar ogen en rekte zich uit. Haar spieren voelden pijnlijk en stram aan en ze kreunde.

'Heb je pijn?' vroeg Tibor bezorgd.

In mijn hart ja, schoot het door haar hoofd, maar dat kan

ik jou niet vertellen. 'Niks ernstigs,' antwoordde ze en ze probeerde een geruststellende klank in haar stem te leggen.

Tibor leek haar antwoord te accepteren. 'Ik laat zo een bad voor je vollopen, daar knap je vast van op. En misschien kruip ik er zelf ook wel bij...' Ze verstijfde licht bij zijn woorden. Hij mocht haar niet naakt zien. Ze moest eerst dat ding uit haar beha halen. 'Als je het niet erg vindt ga ik liever even alleen in bad. Ik ben zo smerig, ik wil niet dat je in dat vieze water zit. Geef me even de tijd om rustig bij te komen en dan gaan we vanavond lekker met z'n tweetjes.'

'Doe wat je niet laten kunt,' was de verongelijkte reactie. Het toegangshek bij het huis doemde op. Branco drukte op de knop van de afstandsbediening en de auto reed stapvoets naar binnen. De knoop in haar maag trok strakker. 'Waar zijn mijn vriendinnen?' Het stelde haar enigszins teleur dat ze niet krijsend en huilend naar beneden kwamen denderen om haar in hun armen te sluiten. Het kon niet anders dan dat ze zich grote zorgen om haar hadden gemaakt.

'Je vriendinnen waren zo overstuur toen je opbelde dat ze even een afkoelingsperiode nodig hadden.'

'Wat bedoel je daarmee?'

'Ik heb ze door Dorba in een kamer laten zetten en hem de opdracht gegeven ze er pas uit te laten als ik je veilig terug had gebracht.'

'Je hebt ze opgesloten? Ben je nou helemaal gek geworden?' Ze maakte zich onmiddellijk los uit zijn armen en sprong de auto uit. Zo snel ze kon rende ze door de openstaande voordeur het huis in. Ze nam de trap met twee treden tegelijk en stormde op Dorba af die voor een deur stond waar tegenaan werd gebonkt.

'Ik ben weer terug!'

'Fleur!' klonk het aan de andere kant.

'*Open that fucking door*!' Fleur stompte Dorba tegen zijn borst om haar woorden kracht bij te zetten. Hij ging niet over tot actie en keek over haar heen. Fleur draaide zich om en zag Tibor staan, die knikte naar Dorba. Pas toen draaide de grote man zich om en ontgrendelde hij de deur. Fleur stormde naar binnen en werd bijna onder de voet gelopen door haar vriendinnen die als een bezetene de kamer uit probeerden te komen. Huilend vielen ze elkaar in de armen en Fleur werd bedolven onder de knuffels en kreten van opluchting.

Toen de eerste euforie was verdwenen liet Noa haar als eerste los en stapte achteruit. Ze maande Milou en Sanne hetzelfde te doen. Onderzoekend keek Noa Fleur aan. 'Hoe is het met je, lieve schat?' vroeg ze zachtjes. Tibor en Dorba stonden nog steeds in de gang. Fleur wierp ze een vernietigende blik toe en sloot de kamerdeur achter zich. Even liet ze haar schouders hangen en toen keek ze Noa dapper aan.

'Naar omstandigheden gaat het goed met me.'

'O, we werden echt gek van ongerustheid. We waren zo bang dat we je nooit meer terug zouden zien. En die aanstaande van je probeerde ons maar wijs te maken dat het allemaal onderdeel was van een traditioneel Kroatisch vrijgezellending waarbij de aanstaande bruid wordt "ontvoerd" door de vrienden van de bruidegom...'

'Zei hij dat?' Fleurs hersens werkten op volle toeren. Er werd haar een uitvlucht voor haar voeten geworpen die haar een hoop vragen zou besparen.

'Ja, belachelijk. Hoe dom denkt hij dat we zijn?' bemoeide Milou zich ermee.

'Het is waar,' flapte Fleur eruit. Haar vriendinnen keken haar aan alsof ze gek was geworden.

'Het is echt waar,' herhaalde ze nogmaals, nu met meer overtuiging. Ze moest nu doorpakken. 'Ik ben inderdaad meegenomen door Tibors vrienden. Het overviel mij ook, moet ik eerlijk zeggen. Tibor had me weleens verteld over die rare traditie, maar ik was het eigenlijk al vergeten omdat ik het niet serieus nam. Had ik beter wel kunnen doen.' Fleur probeerde gekscherend te lachen maar het klonk niet overtuigend.

'Ik geloof er geen reet van. Tibor maakte zich uiteindelijk net zoveel zorgen als wij en we zijn overvallen in onze hotelkamer door een gewapende man. Hij was op zoek naar een telefoon die een van je ontvoerders had verloren en die ik had gevonden. Hoe verklaar je dat dan?' Fleur wist even niet wat ze moest antwoorden maar Noa was zo op stoom dat ze daar ook niet eens de kans toe kreeg.

'Het laatste nummer dat met die telefoon gebeld was, was van niemand minder dan Dorba trouwens.'

Fleur was even van haar à propos maar had zichzelf weer snel onder controle. Ze moest wel. Als Dorba iets te maken had met haar ontvoerders dan kon dat toch eigenlijk maar één ding betekenen? Hij was onderdeel van hun groep. Dat was een verrassing waar ze totaal niet op had gerekend. Dat betekende ook dat hij haar in de gaten zou houden. Dat kon goed of fout voor haar uitpakken. Ze was zo in gedachten dat ze niet doorhad dat Noa was stilgevallen en haar net als Sanne en Milou vragend aankeek.

'In Kroatië nemen ze tradities nou eenmaal serieuzer dan in Nederland. Er wordt een heel circus omheen gebouwd om het spel zo geloofwaardig mogelijk te spelen.' Fleur hoorde zelf ook wel dat het niet bepaald overtuigend klonk. 'Als jullie het niet erg vinden ga ik even een bad nemen en een beetje bijslapen. Ik voel me vies en de afgelopen dagen waren nogal uitputtend.'

'O, heb je niet genoten van het "spelletje"?' Het cynisme droop van Noa's woorden af. Fleur keek alsof ze een klap in haar gezicht had gekregen. Bij het zien van haar ontdane gezichtje ontdooide Noa. 'Sorry, schat.' Ze liep naar Fleur toe en knuffelde haar. 'Het lijkt me inderdaad beter dat je even een bad gaat nemen. We hebben het er later wel over, oké? Het belangrijkste is dat je weer heelhuids thuis bent.' Fleur knuffelde haar opgelucht terug en liet Noa toen los. Sanne gaf Fleur een kus en Milou pakte haar hand en kneep er bemoedigend in.

Fleur draaide zich om en probeerde haar opluchting nog even te verbergen tot ze echt alleen was. Ze glipte de kamer uit. Het gevoel van opluchting was ze kwijt zodra ze de gang op liep. Ze mocht dan haar vriendinnen even op afstand kunnen houden, het volgende probleem stond alweer voor haar neus. Tibor.

33

Tibor stak zijn hand naar haar uit en ze pakte hem aarzelend vast. In het voorbijgaan zocht ze oogcontact met Dorba die nog steeds op de gang stond. Hij beantwoordde haar blik maar vertrok verder geen spier. Er viel niet aan hem af te lezen of hij meer wist over het complot waar ze de afgelopen dagen tegen haar wil in verzeild was geraakt. Teleurgesteld wendde ze haar blik af. Te lang naar Dorba kijken zou ongetwijfeld vragen en irritatie bij Tibor oproepen en dat moest ze voorkomen.

Ze liep met hem mee naar de slaapkamer. Ze hoorde het water stromen in de badkamer en suite en rook een zoete bloemengeur. De pot met haar favoriete parelmoerkleurige badparels stond op de rand van het bubbelbad dat al tot halverwege gevuld was. Tibor ging achter haar staan en sloeg zijn armen om haar heen. Hij kuste haar zachtjes in haar nek. Ze liet hem begaan. Als ze te afwijzend zou doen, zou het te veel opvallen. Zijn handen zochten hun weg over haar ranke taille en verdwenen onder haar T-shirt. Ze kreeg kippenvel toen zijn gretige vingers in contact kwamen met haar blote huid. Toen hij aan haar shirt begon te trekken in een poging het uit te doen greep ze in. Ze pakte zijn handen vast. ‘Ik wil mezelf graag even alleen opfrissen, schatje. Ik heb even een moment voor mezelf nodig.’

Ze draaide zich om en keek hem recht aan. Zijn blik boorde zich in de hare en ze moest alles op alles zetten om niet weg te kijken. Kon hij in haar ogen zien dat er iets veranderd was?

Hij pakte haar bij haar kin en ze verstijfde licht. Hij drukte zijn lippen ruw op de hare en drong met zijn tong haar mond binnen. Ze liet hem begaan om geen argwaan te wekken. Ze werd misselijk toen zijn speeksel zich vermengde met het hare maar liet haar tong onverminderd rondjes draaien om die van hem. Een steek ging door haar hart om alles wat was geweest en nooit meer zou zijn. Ze begon licht te zweten en de lucht in de kamer voelde stroperig aan. Ademhalen leek moeilijker te gaan en ze had behoefte aan frisse lucht. Even plotseling als hij was begonnen met zoenen, hield hij er weer mee op en duwde haar van zich af. Ze wankelde even voordat ze haar evenwicht weer hervonden had.

'Fris jezelf op.' Zijn stem klonk hees en afgemeten. 'Ik zet Dorba voor de deur om de boel in de gaten te houden. Vanaf nu wil ik elke seconde weten waar je bent en wat je doet. Het zal me niet nog eens gebeuren dat die idioten, wie het dan ook geweest zijn, je te pakken krijgen.' Hij draaide zich om en verliet de kamer.

Fleur slaakte een zucht van verlichting. Eindelijk alleen. Ze wachtte even om zeker te weten dat Tibor op afstand was en liep toen op haar tenen naar de deur. Langzaam en zo geruisloos mogelijk draaide ze hem op slot. Haar hele lijf was klam van het zweet. Met gesloten ogen leunde ze even tegen de deur. Ze gunde zichzelf niet lang de tijd om bij te komen. Die tijd was er niet. Ze haalde haar telefoon uit haar broekzak en legde hem aan de oplader die steevast naast haar bed lag. Het was belangrijk dat dat ding zo snel mogelijk weer bruikbaar was.

Snel trok ze haar smerige kleren uit en liet ze in een prop op de grond vallen. Haar ondergoed hield ze nog even aan. Hoewel ze het warm had, trok een koude rilling door haar lichaam. Ze liep naar de kluis naast Tibors bed die fungeerde als nachtkastje. Ze voelde aan het deurtje. Op slot. Ze liep naar de boekenkast tegenover het bed. Zonder te aarzelen pakte ze het vierde boek van links op de derde plank. Op het eerste gezicht leek het een boek als alle andere, hooguit dikker. Ze sloeg het open en glimlachte toen ze het bruine doosje zag dat in een uitsnede van de pagina's verstopt zat. Ze streelde het zachte suède dat in de loop der jaren steeds donkerder was geworden en haalde het doosje voorzichtig uit het boek.

Tibor had haar nooit verteld dat hij de sleutel van zijn kluis en de wachtwoorden van zijn computer daar bewaarde. Ze was er zelf een keer achter gekomen toen hij dacht dat ze sliep. In eerste instantie was ze wakker geworden van zijn zacht trillende telefoon die midden in de nacht oplichtte en de kamer in een blauwige gloed zette. Muisstil was ze in bed blijven liggen toen hij de kamer uit sloop om zijn telefoon aan te nemen. Ze kon niet verstaan waar het gesprek over ging, maar gezien het tijdstip van het telefoontje kon ze wel nagaan dat er iets aan de hand moest zijn. Iets in haar zei haar dat ze zich slapend moest houden en Tibor vooral niet moest vragen wat er aan de hand was.

Vlug had ze zich omgedraaid in bed zodat ze niet meer met haar rug naar zijn kant lag. Toen Tibor de kamer weer inkwam had ze snel haar ogen gesloten en haar diepe ademhaling weer aangenomen. Toen hij niet meteen in bed kwam liggen had ze door de spleetjes van haar ogen gekeken en zag ze hem naar de boekenkast lopen en een boek pakken. Vol verbazing zag ze hem een kistje uit het boek halen waar hij een sleutel uit pakte waarmee hij naar de kluis aan zijn kant van het bed liep. Voordat hij bij de kluis neerhurkte had hij een korte onderzoekende blik op haar geworpen. Ze had zich niet bewogen en zich geconcentreerd op haar ademhaling. Al snel had hij zijn blik weer van haar afgewend en zich weer geconcentreerd op de kluis. Met een zachte klik was het ding opengesprongen nadat hij de sleutel erin had gestoken en een pincode had ingetoetst. Aan de beweging van zijn hand had ze kunnen afleiden welke cijfers nodig waren om de kluis te ontgrendelen. Ze had ze als een mantra in haar hoofd herhaald totdat ze ze blind kon opdreunen. Vanaf dat moment had ze zo nu en dan eens een kijkje in de kluis genomen.

De eerste keer dat ze de inhoud had gecheckt was ze behoorlijk geschrokken van het pistool met het setje kogels. Ze durfde het er niet uit te pakken, bang dat het wapen op scherp stond en ze zichzelf zou verwonden. Het leek een beetje op het wapen waar Reggie destijds op een avond mee thuis was gekomen. Vanaf dat moment had hij het regelmatig tegen haar hoofd gehouden onder begeleiding van verbale dreigingen. Ze was er altijd van uitgegaan dat het bij dreigen bleef. Ze moest wel, anders werd ze gek.

In die periode had ze geleerd om een knop om te zetten en haar ogen te sluiten voor de realiteit. Vanaf dat moment maakte ze haar eigen werkelijkheid als de waarheid te confronterend was. Ze had altijd geweten dat Tibor geheimen had, maar zolang hij goed voor haar was en haar beschermde, maakte ze zichzelf wijs dat het geen probleem was. Als je er niet naar vroeg, was het er ook niet, was sinds Reggie altijd haar overlevingsstrategie geweest, maar helaas ging die nu niet meer op. Er was geen enkele ontsnapping meer mogelijk, hoe ze het ook wendde of keerde. Tibors geheimen hadden haar ingehaald en waren een onneembare hindernis geworden naar een gezamenlijke toekomst.

Haar angst voor het pistool in de kluis had haar er in eerste instantie van weerhouden om de andere dingen die erin lagen te bekijken. Het had een tijdje geduurd voordat ze zich daaroverheen had gezet. Pas toen had ze met grote regelmaat de paspoorten gevonden. Over het algemeen van jong ogende meisjes met een ongelukkige lege blik in hun ogen. Het was alsof ze in een spiegel keek. Ze herkende die blik uit duizenden, ze had hem zelf ook ooit gehad.

De aanblik van de paspoorten had haar in eerste instantie flinke buikpijn bezorgd en ze was in conflict geraakt met zichzelf. Haar geweten zei dat ze iets moest doen voor die meisjes, maar haar angst en oerdrift tot zelfbehoud, hadden haar tot nu toe altijd tegengehouden. Het kon toch ook zijn dat ze het mis had? De paspoorten konden ook zijn van meisjes die gewoon werkten in Tibors clubs. De doorstroom van zijn personeel was vrij hoog, dus dat kon de wisselende stroom aan paspoorten verklaren. Met deze gedachtegang had ze haar geweten altijd kunnen sussen, maar nu lukte dat niet meer.

Schuldgevoel overmande haar. Ze had iets moeten doen voor die meisjes. Maar wat had ze kunnen doen? Ze was in haar eentje niet opgewassen tegen het onrecht dat hun werd aangedaan. Tibor er rechtstreeks op aanspreken durfde ze niet. Bang als ze was voor zijn reactie en de mogelijke gevolgen.

Toen ze nog in Nederland woonde en Tibor haar daar regelmatig opzocht, wist ze niet beter dan dat hij zijn geld verdiende in de horeca in combinatie met de opbrengsten uit zijn bezittingen. Ze kon toen niet vermoeden dat zijn horecazaken een dekmantel waren voor heel andere dingen en dat zijn bezittingen voornamelijk uit levende have bestonden in plaats van uit vastgoed. Nu ze hier bij hem in Kroatië woonde, waren haar veel meer dingen duidelijk geworden.

Hoewel Tibor haar zo veel mogelijk afschermde van de buitenwereld en haar volledig buiten zijn werk trachtte te houden, bleven bepaalde dingen toch niet onzichtbaar. Ze was natuurlijk ook niet helemaal achterlijk. Maar ze had er nog nooit met Tibor over gepraat. Zo'n relatie hadden ze überhaupt niet. Tibor was geen prater. Als ze iets wilde weten moest ze het er echt uit sleuren. Vaak had ze daar de puf niet voor.

Ze had tot nu toe altijd genoegen genomen met de gepassioneerde momenten die ze samen hadden en het gevoel van veiligheid dat hij haar gaf. Ze was er altijd van overtuigd geweest dat niemand haar wat kon doen zolang Tibor voor haar zorgde. Die zeepbel was sinds haar ontvoering uiteengespat. Tibor was niet zo machtig en slim als ze altijd had gedacht en ze was de afgelopen dagen op een heel andere manier naar hem gaan kijken. Het zou nooit meer worden zoals het was geweest. Haar ogen vulden zich met tranen van wanhoop en frustratie.

Ineens kreeg ze de zenuwen. Ze moest aan de slag! Tibor zou haar wel even wat tijd voor zichzelf gunnen, maar hem kennende stond hij in no time weer voor haar neus.

Snel pakte ze de kluissleutel uit het doosje en stopte hem in het slot. Ze toetste de code in en zuchtte bij het horen van de vertrouwde klik. Ze negeerde alle dingen die in de kluis lagen op één ding na, Tibors laptop. Overdag lag het ding meestal veilig opgeborgen in de kluis. Op de club had hij een vaste computer staan en de laptop gebruikte hij grotendeels alleen vanuit huis. Ook gebruikte hij hem als back-up van zijn administratie, had hij haar een keer verteld toen ze ernaar vroeg.

Ze pakte de laptop uit de kluis en zette hem aan. Ze kromp ineen bij het geluid van de opstartdeun en hoopte maar dat het op de gang niet was te horen. Hoewel ze de kamerdeur op slot had gedaan, was ze doodsbenauwd dat er iemand binnen zou komen. Ze deed de deur normaliter nooit op slot dus ze moest een goede verklaring verzinnen waarom dat nu wel het geval was.

Ze deed haar beha uit en ving de keylogger softwarestick op die ze erin verstopt had. Ze plugde hem in de daarvoor bestemde poort aan de zijkant van de laptop. De computer vroeg inmiddels om een wachtwoord en ze typte de letters en cijfers over die op het papiertje stonden dat ze uit het doosje had gehaald. Tot haar opluchting klopte het wachtwoord nog steeds en kreeg ze toegang tot de computer. Ze voerde de handelingen uit om het programmaatje te installeren dat vanaf nu onopvallend toetsaanslagen en screenshots zou maken en ook in staat was de harde schijf te lezen. Het was inderdaad simpel en snel gedaan zoals de mensen die haar hiertoe dwongen haar hadden verzekerd.

Het programma vroeg om een e-mailadres waar de rapporten naartoe moesten worden gestuurd en ze typte het in. Vervolgens controleerde ze of ze geen typefouten had gemaakt voordat ze met een druk op de knop de installatie liet voortgaan. De balk die de voortgang toonde, gaf aan dat het bijna klaar was. Nog even en ze had haar eerste opdracht probleemloos voltooid. Tijd om overmoedig te worden, was haar niet gegund.

Gerammel aan de deur, iemand probeerde de kamer binnen te komen. Fleurs hart sloeg een slag over en even raakte ze volledig in paniek. De installatiebalk vulde zich verder. Tergend langzaam leek het ineens.

'*Fleur, open the door*.' Tibors stem klonk ongeduldig en hij bonkte op de deur.

'Een moment, ik zit nog in bad,' antwoordde ze terwijl ze alles op alles zette om haar stem normaal te laten klinken. Nerveus keek ze weer naar het computerscherm. Gelukkig, de installatie van het programma was klaar en zonder moeilijkheden verlopen. Vlug trok ze de stick uit de laptop en sloot het ding af. Ze stopte hem in de beschermhoes en legde hem weer terug in de kluis zoals ze hem gevonden had. Zo stil mogelijk deed ze de kluis op slot.

Tibor bonkte weer op de deur. Harder nu. Shit. Haar handen trilden zo van de stress dat het kluissleuteltje uit haar hand viel voordat ze het veilig in het doosje had opgeborgen. Ze liet zich op haar knieën vallen en zocht koortsachtig het hoogpolige tapijt af totdat ze hem weer gevonden had. Voor haar gevoel duurde het een eeuwigheid voordat het ding veilig in het kistje zat en het boek weer in de kast stond. Ze rende naar de badkamer en griste de stick mee van het bed. Ze stopte hem in een halfleeg doosje tampons dat in de kast onder de wastafel stond. Daar had Tibor niks te zoeken en hij zou er nooit kijken. Op een veilig moment zou ze het ding daar wel weer weghalen. Ze dook het bad in en liet zichzelf een moment volledig onder water verdwijnen. Ze moest druipend voor Tibor staan anders zou hij argwaan krijgen.

'Fleur, als je nu niet opendoet dan ram ik de deur in!'

'Ik kom eraan!'

Ze sprong uit bad en had toen pas door dat ze in haar haast was vergeten dat ze haar onderbroek nog aanhad. Ze trok het kletsnatte ding uit en gooide hem in de wasmand terwijl ze haar badjas van het haakje griste en zichzelf erin wurmde. Struikelend over haar eigen voeten rende ze naar de deur en haalde hem van het slot. Tibor drong briesend de kamer binnen. 'Waarom duurde dat zo lang en waarom had je de deur op slot?'

Ze begon te huilen en hoefde niet eens haar best te doen om overtuigend over te komen. Er was immers genoeg reden om te janken. 'Ik was gewoon bang na alles wat er gebeurd is en ik voelde me prettiger door de deur op slot te doen. Ik heb gewoon even tijd nodig om alles te verwerken Tib, dat begrijp je toch wel?' Tibor ontdooide wat en nam haar in zijn armen. Ineens tilde hij haar met een zwaai op en liep met haar naar het bed. In haar ooghoek zag ze een wit papiertje liggen bij de poot. Ze werd spontaan misselijk toen ze zich realiseerde wat het was. Het papiertje met het wachtwoord van Tibors computer, hoe kon ze nou niet in de gaten hebben gehad dat het ontbrak in het doosje? Ze had in haar haast niet eens doorgehad dat het op de grond was gevallen.

'Wat kijk je verschrikt, wat is er aan de hand?' vroeg Tibor argwanend. Onmiddellijk zette ze haar mond op die van hem en begon hem wild te zoenen. Het was het enige wat ze kon verzinnen om zijn blik weg te leiden van de grond. Tot haar opluchting beantwoordde hij haar zoen met genoeglijk gekreun. Hij legde haar op bed en trok haar badjas open. Toen aarzelde hij. 'Weet je het zeker?' Ze knikte. Hij streelde haar borsten en likte een waterdruppel van haar buik terwijl hij op zijn knieën tussen haar benen zat. Met een verlangende blik in zijn samengeknepen ogen keek hij haar aan terwijl hij de riem van zijn broek losmaakte. Ze probeerde verleidelijk te lachen terwijl hij zijn weg zocht tussen haar benen. Ze sloot haar ogen toen hij bij haar binnendrong. Ze kon dit. Een paar dagen geleden was seks met Tibor nog de normaalste zaak van de wereld geweest.

34

Noa liep in haar eentje door de tuin. Nadat ze had aangegeven wat tijd voor zichzelf nodig te hebben, waren Sanne en Milou op hun kamers gebleven. Ze had behoefte aan een frisse neus en wilde de wirwar aan gedachten in haar hoofd wat proberen te ordenen. Het gras van het gazon kriebelde aan haar blote voeten die in slippers waren gestoken. De vijgenbomen op het terrein gaven een zoetige geur af. Weelderige witte en roze oleanders en paarse bougainvilles aan de erfafscheiding ontnamen haar een gedeelte van de vrije blik op de weg en maakten van de tuin tegelijkertijd een kleurrijk geheel. Her en der stonden grote dichte struiken met tropische bloemen. De goed onderhouden palmbomen torenden aan weerszijden hoog uit boven het toegangshek en een strakblauwe lucht en stralende zon maakten het helemaal af. Normaliter zou deze setting het ultieme vakantiegevoel bij Noa oproepen maar vandaag kreeg ze het niet voor elkaar om echt te genieten.

Het weerzien met Fleur was enigszins teleurstellend geweest. De blijdschap om hun vriendin weer in levenden lijve terug te zien, was al snel omgeslagen in bezorgdheid en frustratie. Toen Noa Fleur weer in de armen sloot, had ze even geen enkele twijfel gehad aan de oprechtheid van haar vriendin, maar nog voor ze haar had losgelaten begon er iets te knagen. Ze kon er de vinger niet op leggen, maar het viel ook niet te negeren. Terwijl ze Fleur vasthield voelde ze haar verstrakken. Daarna was Fleur ineens luchtig gaan doen, alsof het gebeurde niets voorstelde en inderdaad onderdeel was van een traditioneel spel. Hoewel ze moest toegeven dat Fleur overtuigend was overgekomen en zich relaxed had gedragen voor iemand die ontvoerd was geweest, geloofde Noa toch niets van Fleurs beweringen. Er was meer aan de hand en linksom of rechtsom, ze zou erachter komen wat dat was. Want als het echt een spelletje was geweest zoals Fleur beweerde, waarom zag ze er dan zo vuil en moe uit? Het leek alsof ze de volledige tijd van haar afwezigheid geen minuut had geslapen. Als 'vrienden' van Tibor dit inderdaad op hun geweten hadden, dan zouden ze haar toch wel beter verzorgd hebben? Je bent toch zuinig op de aanstaande van een kameraad en zorgt toch in ieder geval dat ze niets tekortkomt?

Wat Fleur hun ook probeerde wijs te maken, het was geen pleziertripje geweest. De manier waarop ze in die auto was gesleurd had er allerminst vriendschappelijk uitgezien. En waarom wilde de man met de bivakmuts die hun kamer was binnengedrongen koste wat het kost de telefoon buitmaken die een van de 'ontvoerders' was verloren? Voor hem was het terugkrijgen van die telefoon bloedserieus geweest en geen grap. Die gek had haar nota bene met de dood bedreigd!

Dorba speelde ook een dubieuze rol. Waarom had ze hem aan de lijn gekregen toen ze met de gevonden telefoon het meest recente nummer in de telefoon had gebeld? En dan die zogenaamde vriend van hem, Andrej, waar ze de kriebels van kreeg. Dan had ze het nog niet eens gehad over het meisje met wie Tibor en Branco vanmiddag terug waren gekomen, na hun zoveelste vergeefse zoektocht naar Fleur. Waar kwam dat kind vandaan en was Tibor echt van plan om goed voor haar te zorgen en haar daarna weer te laten gaan?

Hoe meer ze erover nadacht, hoe bozer ze werd. Wat iedereen haar ook wijs probeerde te maken, er was iets heel vreemds aan de hand. Ze moest Fleur zo snel mogelijk apart zien te krijgen om een indringend gesprek met haar te voeren. Ze vermoedde dat dat nog niet zo makkelijk te realiseren was omdat Tibor haar meteen had opgeëist en niet de indruk gaf haar voorlopig ook maar een seconde uit het oog te willen verliezen. Hij had Fleur amper de tijd gegeven om haar vriendinnen te knuffelen. Hoewel Tibor niet mee hun kamer in was gekomen, was zijn dominante aanwezigheid door de deur heen te voelen. Dat had zeker invloed gehad op Fleurs korte verblijf bij haar vriendinnen. Het laatste moment van hun samenzijn had zelfs afgeraffeld aangevoeld alsof Fleur zich zo snel mogelijk uit de voeten wilde maken. Onbegrijpelijk.

Er waren de afgelopen dagen een paar momenten geweest dat ze Tibor bijna aardig was gaan vinden. Tijdens hun gezamenlijke etentje voor het bezoek aan de club had hij zich uiterst charmant gedragen, was hij lief voor Fleur en ze moest toegeven dat hij ook nog humor bleek te hebben. Die aardige houding had hij echter snel laten varen toen Fleur spoorloos was. Noa kon zich niet aan de indruk onttrekken dat de norse intimiderende houding die hij vanaf dat moment had niet alleen voortkwam uit de ongerustheid om zijn aanstaande. Het voelde ook als de aard van het beestje. Ze had er een gruwelijke hekel aan als iemand twee gezichten had. Ze wilde weten waar ze aan toe was met mensen en wat ze aan ze had en bij Tibor had ze geen idee. Het zat haar helemaal niet lekker dat ze Fleur voorgoed in de handen van zo'n man moest achterlaten met alle gevolgen van dien. Het was haar vriendins eigen keuze en uiteindelijk was het aan haar om te beslissen hoe, waar en vooral met wie ze de rest van haar leven wilde doorbrengen. Ze zou Fleurs beslissing moeten respecteren, maar dat zou ze pas doen als ze haar stevig aan de tand had gevoeld en er zeker van was dat Fleurs keuze om zich door een huwelijk aan Tibor te laten verbinden, een vrijwillige was. Als ze merkte dat er ook maar enige dwang aan te pas kwam dan zou ze ingrijpen, ongeacht wat Fleur of wie dan ook daarvan vond. Sommige mensen moest je tegen zichzelf beschermen en Fleur behoorde voor Noa vanaf nu tot die categorie.

35

Tibor was na de seks meteen in slaap gevallen. Fleur luisterde naar zijn zachte gesnurk terwijl ze hem bestudeerde. Hij oogde ontspannen en zag er onschuldig uit. Zijn gesloten oogleden verborgen de felle blik die ze zo goed van hem kende. Zijn lippen weken een beetje uiteen bij elke uitademing en het was bijna ondenkbaar dat er soms zoveel lelijks uit zijn welgevormde mond kwam. Ze wilde dat ze hem voor altijd slapend kon houden. Het zou zoveel problemen oplossen. Tibor had niet doorgehad dat haar gekreun en gekir geacteerd waren en haar orgasme gefaket.

Voorheen ergerde ze zich er weleens aan dat Tibor tijdens hun vrijpartijen erg op zichzelf gefocust was, maar nu kwam het haar extreem goed uit. Ze had geen enkele moeite gedaan om hem te corrigeren en hem volledig zijn gang laten gaan. De beelden uit haar verleden die zich onherroepelijk opdrongen had ze zo veel mogelijk proberen te negeren. Zo ontspannen als Tibor was, zo strak stond ze zelf. Tibor was bevangen geweest door lust en had het papiertje met het wachtwoord van zijn computer daardoor niet op de grond zien liggen. Maar als hij zo wakker werd dan kon ze er donder op zeggen dat zijn oog erop zou vallen. Voorzichtig schoof ze een stukje bij hem vandaan en bestudeerde hem grondig. Geen reactie. In etappes schoof ze door naar de rand van het bed. Het bed kraakte en ze hield haar adem in. Pas toen ze zag dat Tibor gewoon doorsliep blies ze haar adem zachtjes uit. Langzaam kwam ze overeind en ging ze op de rand van het bed zitten. Ze plantte haar voeten stevig in het tapijt voordat ze ging staan. Nog steeds geen reactie van Tibor. Op haar tenen sloop ze naar het papiertje en griste het van de grond. Ze verborg het in haar gebalde vuist. Wat nu? Ze durfde het niet terug te leggen in het kistje zolang Tibor in de kamer aanwezig was. Het risico dat hij wakker zou worden en haar zou betrappen was veel te groot. De gevolgen zouden niet te overzien zijn. In een opwelling liep ze naar de badkamer. Ze moest in elk geval uit zijn blikveld zijn. Even bleef ze besluiteloos staan. Ze moest het briefje verbergen tot een veilig moment om het terug te leggen en bidden en hopen dat Tibor niet eerder dan dat moment zijn kluissleutel nodig had. Er bestond geen twijfel over dat hij meteen zou zien dat het briefje ontbrak als hij zijn geheime kistje opende.

Ze liep naar het badkamerkastje, hurkte en maakte het open. Het doosje tampons waar ze de keylogger eerder in verborgen had, stond prominent op de plank. Ze opende het doosje.

Een hand op haar schouder. 'Wat ben je aan het doen?' Verschrikt keek ze om terwijl ze het papiertje in een reflex in het doosje liet vallen. Tibor was wakker geworden zonder dat ze het in de gaten had gehad. Ze had zijn voetstappen op het tapijt niet gehoord en was zo geconcentreerd op haar missie het papiertje veilig op te bergen dat ze haar focus op Tibors gesnurk ongemerkt had verloren. Ze kon zichzelf wel voor haar kop slaan. Haar vingers graaiden paniekerig in het doosje en sloten zich om een tampon.

'Slecht geweten?'

'Nee hoor, ongesteld geworden.' Ze hield Tibor de tampon voor en sloot het kastje.

'Mazzel dat je daar net nog geen last van had,' grijnsde hij. Ze liep met de tampon naar de wc terwijl hij haar bleef aanstaren. 'Tib, gun me even een momentje. Nogal gênant als je staat te kijken hoe ik dat ding erin stop.'

'Net was je anders ook niet zo verlegen.' Hij sloeg zijn armen over elkaar en bleef haar onverminderd aankijken. 'Toe nou, wegwezen.' Ze liep naar hem toe en duwde hem de badkamer uit. Na enig tegenstribbelen liep hij naar de slaapkamer. Harder dan ze wilde sloeg ze de badkamerdeur achter hem dicht en deed hem op slot. Ze beefde van de spanning en liet zich op de grond zakken. Ze wilde niets liever dan hysterisch huilen en schreeuwen maar ze wist zich te beheersen. Ze kroop naar het kastje en pakte het tampondoosje er met trillende hand uit. Bijna liet ze het vallen. De keylogger lag op de bodem en het briefje met het wachtwoord erbovenop. Ze legde de paar tampons die nog in het doosje zaten eroverheen en sloot de kartonnen deksel voordat ze het terugplaatste in het kastje. Twee deodorantbussen die aan de linkerkant op de plank stonden plaatste ze voor het doosje om het op die manier wat aan het directe zicht te onttrekken. Ze kon geen enkele reden verzinnen waarom Tibor in haar doosje tampons zou kijken, maar toch.

Het bad dat Tibor voor haar had klaargemaakt wachtte nog steeds op haar. Ze stopte haar wijsvinger in het water en peilde de temperatuur. Niet aanlokkelijk. Ze draaide de stop open en zette de douche aan. Ze voelde zich nog steeds vies. Terwijl het bad met een hoop kabaal leegliep, zeepte ze zich stevig in om alle ellende van de afgelopen dagen van zich af te boenen. Toen bleek dat dat een zinloze missie was, droogde ze zich snel af. Opzwepende muziek drong vanaf de slaapkamer de badkamer binnen.

De tampon die ze Tibor onder zijn neus had geduwd lag op de marmeren wasbak. Ze bracht hem voor de zekerheid in voordat ze de badkamerdeur ontgrendelde. Voorzichtig deed ze de deur open en keek de kamer in. Alle alarmbellen gingen af. Tibor stond met zijn rug naar haar toe bij de boekenkast en pakte het boek met de geheime opbergplaats van de plank. Door de paniek kon ze niet meer nadenken en bleef ze als verlamd staan. Hij draaide iets maar had nog steeds niet in de gaten dat ze naar hem stond te kijken. De muziek overstemde haar geluiden. Hij opende het boek en pakte het bruine kistje eruit. Als hij een stap verder zou gaan en in het doosje zou kijken was het voorbij. Ze hield haar adem in toen hij het deksel wilde openen. Ze viel bijna flauw van de spanning. Hoe moest ze zich hieruit kletsen?

Er ging een telefoon af. Tibor klapte het kistje dicht en haalde zijn telefoon uit zijn broekzak. Hij blafte wat norse kreten tegen de persoon aan de andere kant van de lijn. Hij borg het kistje ongeopend weer op in het boek en zette het weer terug in de kast. Fleur kon wel janken van opluchting.

Met een geërgerd gezicht draaide Tibor zich om. Toen pas zag hij haar staan. Ze reageerde meteen en liep de kamer in alsof ze net de deur van de badkamer open had gedaan. Tibor liep naar haar toe en kuste haar vol op de mond terwijl hij plagend aan het touwtje van de tampon trok dat tussen haar benen hing. Ze gaf hem een speelse tik op zijn hand.

'Ik moet even iets regelen dus ik eet niet mee vanavond. Jij vermaakt je wel met je vriendinnen, toch? Ik neem Dorba mee, dus Branco speelt voor babysit.' Ze deed haar best om teleurgesteld te kijken. Hij streelde met zijn vinger over haar lippen en trok met zijn andere hand zachtjes aan haar natte haren. 'Misschien moeten we binnenkort maar eens beginnen een baby'tje te maken. Dan hebben we in elk geval een aantal maanden geen last van dit ongemakje.' Weer trok hij zachtjes aan het touwtje tussen haar benen.

'Ik dacht dat je nog een paar jaar wilde wachten.'

'Klopt, maar ik ben van gedachten veranderd in de dagen dat je spoorloos was. Ik wil iets hebben van jou en mij samen.' Om de verschrikte uitdrukking op haar gezicht te verbloemen kuste ze hem hartstochtelijk. Plotseling liet hij haar los en liep naar de badkamer. Hij pakte de strip met de pil die op het planchet lag. Verbaasd keek hij haar aan. 'Je bent pas halverwege, hoe kun je dan ongesteld zijn?'

'Doorbraakbloedinkje denk ik, heb ik weleens vaker. Kan door stress komen.' Ze wilde het liefst wegduiken voor zijn onderzoekende blik maar bleef kaarsrecht staan.

'Waarom zeg je dan dat je ongesteld bent?'

'Omdat ik geen zin heb om een college te geven over doorbraakbloedingen. Jullie mannen snappen daar allemaal toch niks van.'

'Vrouwen zijn maar ingewikkelde wezens.' Hij hield de strip pillen demonstratief in de lucht en liep naar de prullenbak. 'Maakt ook niet uit, deze hebben we voorlopig niet meer nodig.' Hij gooide de strip in de vuilnisbak, kuste haar nog eenmaal en liep toen de kamer uit. Ze sloeg haar hand voor haar mond om haar snikken te smoren. Een kind, Tibor wilde een kind van haar en had zojuist haar voorbehoedsmiddel weggegooid.

Toen ze zichzelf weer enigszins onder controle had deed ze de slaapkamerdeur op slot en rende naar de badkamer. Ze griste de halfgevulde strip met pillen uit de vuilnisbak. Ze mocht onder geen beding zwanger worden van Tibor. Ze zou haar pil vanaf nu stiekem in moeten nemen. Tibor zou woest worden als hij merkte dat ze zijn plan voor een kind saboteerde. En niet geheel onterecht ook. Ze zeurde al een jaar over haar kinderwens en nu hij eindelijk overstag was wilde ze ineens niet meer. Dat viel niet te verkopen.

Ze droogde haar tranen af en pakte het papiertje met Tibors wachtwoord. Vlug stopte ze het weer in het bruine kistje. Daarna raapte ze de prop vuile kleren die ze tijdens haar ontvoering had gedragen op en stopte ze in de vuilnisbak. Toen haalde ze de zak eruit en knoopte hem dicht. Mocht Tibor in de vuilnisbak kijken dan zou hij een lege bak aantreffen en niet kunnen controleren of ze de pil er weer uit had gehaald. Het pillenstripje stopte ze in een binnenvakje van haar handtas en sloot de rits. Ze dacht koortsachtig na of ze niets vergeten was.

Ze zweette zo van de stress dat ze wel weer kon gaan douchen. Ze besloot een koude douche te nemen om af te koelen voordat ze haar vriendinnen weer onder ogen zou komen. Vlak voor ze de badkamer weer in liep kreeg ze een sms. Ze liep naar het toestel op haar nachtkastje en opende het bericht. De afzender was 'mama' en het bericht luidde: *Het gaat goed met me.* Even stond ze zichzelf toe om te fantaseren dat het sms'je van haar echte moeder afkomstig was. Ze miste haar ouders nog steeds verschrikkelijk sinds de breuk. Toen dwong ze zichzelf weer de realiteit onder ogen te zien. Blijkbaar was haar opdrachtgever tevreden over haar vorderingen tot nu toe. Onmiddellijk wiste ze het bericht.

36

Fleur bekeek zichzelf in de spiegel. Ze was redelijk tevreden. Met behulp van wat make-up en een krultang zag ze er weer toonbaar uit. Met een beetje mazzel zou niemand doorhebben dat het schone schijn was. Wat voelde ze zich ellendig en slecht. Maar vooral eenzaam. Er was niemand met wie ze dit kon delen. In haar hoofd zong ze het liedje *Clown* van Emeli Sandé. Een paar avonden geleden had ze er nog onbezorgd op gedanst met haar vriendinnen in de club. Nu had het nummer een heel andere lading gekregen.

From a distance I can entertain
So you can see me I put makeup on my face
But there's no way you can feel it
From so far away
I'll be your clown...

Ze had de grootste moeite om haar tranen binnen te houden. Ze mocht niet janken want dan kon ze weer opnieuw beginnen met haar make-up. Ze moest er vrolijk uitzien als ze haar vriendinnen zo weer onder ogen kwam. Ze kon dit!

Haar gedachten dwaalden af naar Tibor. Het had een haar gescheeld of hij had haar betrapt. Met alle creativiteit van de wereld had ze zich daar nooit uit kunnen kletsen. Wat zou Tibor aan het 'regelen' zijn? Zouden ze hem weer ongemerkt volgen zoals ze dat blijkbaar al een hele tijd deden? Tibor was er volledig van overtuigd dat hij onaantastbaar was en dat niemand hem iets kon maken. Hij moest eens weten.

Ze hoopte dat zijn zaken niets te maken hadden met haar

ontvoering. Hoewel ze had volgehouden dat ze geen idee had wie haar had vastgehouden, had ze het vermoeden dat Tibor daar zo zijn eigen ideeën over had. Aangezien er geen losgeld was gevraagd en ze weer was vrijgelaten, vatte Tibor het op als een dreigement aan zijn adres van een concurrent die zijn koninkrijk probeerde af te pakken. Ze schatte zo in dat Tibors reactie niet mild zou zijn als hij voor zichzelf had bepaald wie de waarschijnlijke dader was. Hij zou vast heel helder maken dat hij de baas was en dat hij dergelijke dreigementen niet over zijn kant liet gaan.

Het stelde haar enigszins gerust dat hij Dorba mee had genomen. Die was wat milder dan Branco, die het liefst de hele dag alles en iedereen kort en klein sloeg. Ze had zelden een man ontmoet met zo'n kort lontje. Ze verheugde zich er bepaald niet op dat Branco haar als een schaduw zou volgen tot Tibor terug was. De man was achterdochtig en humorloos. Ze keek voor een laatste keer in de spiegel en pakte haar handtas. Ze stopte haar opgeladen telefoon erin en verliet de slaapkamer. Het liep tegen etenstijd en haar maag begon zachtjes te knorren. Ze verzamelde moed toen ze voor de slaapkamerdeur van Noa stond en klopte aan. Er kwam geen reactie. Ze klopte nogmaals en stak haar hoofd om het hoekje van de deur. De kamer was leeg. Ze liep door naar de volgende slaapkamer en roffelde op de deur. Binnen een paar seconden zwaaide de deur open.

'Fleur!' Milou vloog haar enthousiast om haar nek. Sanne zwaaide naar haar vanaf het bed.

'Waar is Noa?' Fleur speurde de kamer af maar kon haar vriendin niet ontdekken.

'Die doet een *cooling down* in de tuin.'

'Een cooling down?' vroeg Fleur verbaasd.

'Ja, Fleur, wat denk je zelf? We zitten eerst in doodsangst of we je ooit levend terug zullen zien, vervolgens kom je terug, zie je eruit als een landloper en dan doe je alsof er niets aan de hand is en of er een grap met je is uitgehaald.'

'Wij vinden dit allemaal verre van grappig,' bemoeide Sanne zich er ook mee.

'We zien de humor er echt niet van in,' vulde Milou aan. Fleur bezweek bijna onder de indringende blikken van haar vriendinnen. Paniek welde weer op en ze moest alles op alles zetten om uiterlijk kalm te blijven. Ze kromde haar tenen in de sportieve gympen met sleehak die ze droeg.

'Maar als ik zeg dat alles oké is, dan kunnen jullie daar toch gewoon op vertrouwen? We hebben toch nooit geheimen voor elkaar?' Fleur haatte zichzelf omdat ze glashard stond te liegen. Haar leven was inmiddels één groot geheim geworden en ze zag geen enkele mogelijkheid om dat te veranderen. Kon ze haar verhaal maar delen met haar vriendinnen, alleen al om zichzelf wat lucht te geven en zich minder alleen te voelen.

'Zo, het verloren schaap is weer boven water?' Noa kwam de kamer binnen en sloeg een arm om Fleur heen. Op haar wangen had ze rode blossen van de zon en ze voelde plakkerig aan. 'Het is hier heerlijk koel in vergelijking met buiten.' Noa ging voor Fleur staan en nam haar van top tot teen op. 'Je ziet er een stuk beter uit dan een paar uur geleden, maar je ogen staan nog niet goed. Heb je gehuild?'

'Nee hoor, waarom zou ik huilen? Ik heb even een tukkie gedaan nadat ik uit bad kwam, dus vandaar die kleine oogjes.' Noa kneep haar ogen tot spleetjes, slaakte een diepe zucht en liet het daarbij. 'Ik weet niet hoe het met jullie zit, maar ik begin zo langzamerhand wel trek te krijgen.'

Sanne reageerde meteen op Fleurs opmerking en kwam van het bed af. 'Laten we gaan eten. Moeilijke gesprekken moet je niet op een lege maag voeren.'

'Wat voor moeilijke gesprekken moeten we voeren dan?' Fleur probeerde te doen of haar neus bloedde. Drie paar ogen keken haar aan.

‘Fleur, je kunt lullen wat je wilt, maar we weten allemaal dat je een toneelstukje staat op te voeren. Wie denk je nou voor de gek te kunnen houden? Vroeg of laat ga je ons vertellen wat er echt aan de hand is.’ Milou liep naar Fleur toe en pakte haar hand. ‘Het kan heel bevrijdend werken om je hart te luchten. Werkt ook reinigend voor je aura.’ Noa proestte zachtjes maar Milou vertrok geen spier.

‘Amen en *praise the lord*,’ reageerde Noa gekscherend, maar daarna werd ze meteen weer serieus. ‘Milou heeft wel gelijk. We zijn er voor je als je er klaar voor bent. Maar wacht niet te lang. Over een paar dagen ben je getrouwd en gaan wij weer terug naar Nederland. Dan ben je op jezelf aangewezen. Dit is het moment om ons op de hoogte te brengen van wat er speelt zodat we je kunnen helpen. Je weet toch dat je ons kunt vertrouwen?’

Fleurs ogen werden nat van de tranen en ze knipperde met haar ogen om ze terug te dringen. Noa moest eens weten hoe graag ze de waarheid op tafel wilde gooien, maar dat kon niet. Ze mocht haar vriendinnen niet in gevaar brengen. Maar met volledig zwijgen kwam ze ook niet weg, dat was haar meer dan duidelijk gemaakt. Misschien moest ze hun een klein brokje informatie geven om verdere vragen te voorkomen. Ze dacht koortsachtig na over wat ze haar vriendinnen zou vertellen zonder zichzelf al te zeer in de problemen te brengen. Eén ding was wel belangrijk, ze moest haar mobiel zien te lozen zonder dat iemand daar vragen over stelde. Alleen dan zou ze vrijuit kunnen praten. Tibor zou woest zijn als ze niet bereikbaar was, en hij zou niet de enige zijn, maar met dat probleem dealde ze later wel weer. Ze moest dit eerst tackelen voordat ze zich weer druk kon maken over de toekomst.

‘Ik bedenk me ineens dat ik mijn mascara op mijn kamer heb laten liggen.’

‘Fleur, luister je wel naar wat we zeggen?’

‘Ja, maar ik moet mijn mascara pakken. Als we gaan praten

moet ik vast huilen en dan wil ik me wel kunnen fatsoeneren.'

Noa's gezichtsuitdrukking werd zacht. 'Je krijgt er geen spijt van als je ons in vertrouwen neemt. We zijn er voor je.' Fleur voelde de tranen alweer opkomen en vluchtte de kamer uit met de woorden: 'Ben zo terug.' Ze rende naar haar eigen kamer en haalde haar telefoon uit haar tas. Ze legde hem terug aan de oplader. Daar kwam ze wel mee weg als Tibor een verklaring wilde voor het feit dat ze niet bereikbaar was. Ze stond alweer met de knop van de kamerdeur in haar hand toen ze bedacht dat ze een mascara in haar tas moest stoppen. Dat was immers zogenaamd de reden dat ze terug was gegaan naar haar kamer. Ze griste er een van haar make-uptafel en stopte hem in haar tas. Ze werkte haar ogen nog een beetje bij met een tissue en liep terug naar Milous kamer, waar haar vriendinnen op haar wachtten.

37

‘Ik wil jullie vanavond meenemen naar een leuke bistro met uitzicht op het water in het plaatsje Silo. Ik zoek Branco even en vraag of hij ons wegbrengt.’

‘Hè bah, moeten we nou weer bij die engerd in de auto? Ik wil liever eigen vervoer regelen zodat we kunnen gaan en staan waar we willen,’ mopperde Noa.

‘Dat zal Tibor nooit toestaan,’ liet Fleur haar weten.

‘Dat hij denkt dat hij over jou iets te zeggen heeft vind ik al zo zo, maar dat hij ook beslissingen denkt te kunnen nemen voor ons gaat me toch echt een beetje te ver hoor. Als ik een auto wil huren, dan doe ik dat.’

‘Het is echt veiliger als we ons door Branco of Dorba laten rijden. Ik leg het jullie zo allemaal uit.’ Noa mompelde iets onverstaanbaars maar staakte haar verdere protest.

‘Vind je het niet eng om weer op pad te gaan? Ons laatste uitstapje pakte niet al te best uit.’ Sanne keek haar vragend aan.

‘Ik zal het gewone leven toch weer op moeten pakken. Ik kan moeilijk de rest van mijn leven in een gouden kooi doorbrengen.’

‘Maar stel nou dat je weer gepakt wordt...’

‘Geloof me, Sanne, dat gebeurt niet. Als jullie hier even wachten dan ga ik Branco aan zijn jasje trekken.’ Fleur maakte zich snel uit de voeten voordat iemand commentaar kon geven. Ze liep linea recta naar de keuken. Dat was de plek waar Branco meestal te vinden was als hij even vrijaf had. Die vent had altijd honger. Kwam vast door die anabolen die hij spoot.

Haar vermoeden was juist, want ze trof Branco in de keuken aan, maar hij was niet alleen. Haar aanstaande schoonmoeder bevond zich ook in de keuken. Ze roerde in een grote pan soep terwijl ze met Branco aan de praat was. Wat deed haar schoonmoeder hier?

Branco merkte Fleur als eerste op. Haar schoonmoeder draaide zich om terwijl ze onverminderd in de pan bleef roeren. Conversaties met haar gingen altijd zeer moeizaam. Ze sprak zeer gebrekkig Engels en was altijd afstandelijk geweest tegen Fleur. Niemand was goed genoeg voor haar zoon en dat liet ze maar al te graag merken. Fleur liep op haar af en gaf haar voor de vorm een kus op haar norse gezicht. De vrouw knikte haar toe maar gaf haar geen kus terug.

'Ik wist niet dat u vandaag langs zou komen.'

'Als Tibor me vraagt om te komen, dan kom ik,' was het afgemeten antwoord. Fleur wendde zich tot Branco. 'Kun je mij en mijn vriendinnen even naar Silo brengen? We willen gaan eten bij Macao.'

'Nee.'

'Wat nee?'

'Jullie gaan helemaal nergens heen. Orders van Tibor. Jadranka kookt voor jullie.'

'Het eten is over een halfuur klaar,' liet haar schoonmoeder weten terwijl ze vervaarlijk met haar lepel zwaaide. Het was duidelijk dat ze geen tegenspraak duldde en ook Branco keek niet bepaald meegaand. Er zat niets anders op dan de benen bij schoonmoeders onder tafel te steken vanavond. Het was maar de vraag of ze nu aan een gesprek met haar vriendinnen toe zou komen. Branco en Jadranka spraken geen woord Nederlands, maar zouden haar waarschijnlijk geen moment uit het oog verliezen of met rust laten. Uit haar non-verbale communicatie zouden ze wellicht meer opmaken dan wenselijk was. Enerzijds was ze opgelucht omdat ze misschien een uitvlucht had voor het gesprek door de komst van Jadranka, maar anderzijds ook teleurgesteld omdat ze vond dat ze haar vriendinnen enige uitleg verschuldigd was. Ze moest een paar kaarten op tafel gooien om de onrust te sussen en door Tibors afwezigheid was vanavond daar een uitgelezen moment voor.

38

Fleur liep met een teleurgesteld gezicht naar haar vriendinnen die in de hal op haar stonden te wachten. Noa zag meteen dat er iets aan de hand was. 'Waarom kijk je zo zuur?'

'Onze eetplannen buiten de deur kunnen niet doorgaan. Tibor heeft zijn moeder gebeld om voor ons te koken en ik vrees dat we daar niet onderuit komen.'

'Kan ze een beetje koken?' vroeg Sanne.

'Dat wel, ja.'

'Maar...?'

'Geen commentaar.'

'Een gevalletje "gooi je schoonmoeder uit het raam"?'

'Wederom geen commentaar.'

'Nou, stel ons dan maar voor aan je licht in de duisternis.' Noa gaf haar een vriendschappelijke por tegen haar schouder.

'Ach, erger dan Tibor kan ze vast niet zijn.' Milou sloeg verschrikt haar hand voor haar mond toen Fleur haar vernietigend aankeek.

'Oeps, zei ik dat echt? Was een grapje hoor, Fleur.'

Fleur humde verongelijkt en gebaarde dat ze haar moesten volgen naar de keuken. Meteen bij binnenkomst drong de geur van knoflook, wijn en laurier hun neus binnen. Een gedrongen vrouw stond achter het fornuis. Ze roerde driftig in een pan.

'Nou, ze kookt in elk geval met liefde,' fluisterde Noa.

'Ze maakt *riblja juha*,' lichtte Fleur toe.

'Wat is dat?' vroeg Sanne geïnteresseerd terwijl ze haar lippen aflikte.

'Een typische Kroatische vissoep.'

'En wat zit erin?'

'Vis, schaal- en schelpdieren, bouillon, wijn en veel kruiden.'

'Een soort bouillabaisse maar dan op zijn Kroatisch dus,' concludeerde Sanne tevreden.

Fleur schraapte haar keel om de aandacht te vragen. Haar schoonmoeder keek als door een wesp gestoken om en haar priemende donkere oogjes namen het gezelschap argwanend op.

'Jadranka, dit zijn mijn vriendinnen uit Nederland.' Fleur stelde hen een voor een voor. Noa liep als eerste naar de vrouw toe en stak beleefd haar hand uit. Met tegenzin werd hij aangepakt terwijl de vrouw afgemeten haar naam zei.

'Wat ruikt het lekker,' probeerde Noa Jadranka een beetje te laten ontdooien. De vrouw keek haar niet-begrijpend aan.

'Ze verstaat geen Engels,' lichtte Fleur toe. Ze richtte zich tot Branco en vroeg hem Noa's zin te vertalen. Dat deed hij. Jadranka knikte naar Noa en leek haar opmerking te waarderen. De harde trekken in haar gezicht verzachtten even.

'Jij hebt vrienden gemaakt hoor, Noa,' fluisterde Fleur haar toe. Jadranka roerde alweer driftig in haar pan en sloeg de lepel met een hoop kabaal uit op de rand. Ze blafte Branco iets toe en die sprong meteen in de houding. Hij pakte borden en soepkommen uit de grote servieskast die in de hoek van de keuken stond en begon de tafel te dekken.

'Nou nou, die heeft de wind er goed onder zeg,' mompelde Sanne. Het was voor het eerst in de afgelopen dagen dat Branco zijn agressieve houding liet varen en zich bijna onderdanig gedroeg.

'Jadranka heeft hier zo'n beetje de status van de heilige Maria. Als je aan Tibors moeder komt, dan kom je aan hem en geloof me, dat wil je niet. Je kunt haar maar beter gehoorzamen.'

'Hm, ik heb niet zoveel met verafgoding. Daar ben ik te nuchter voor. We zijn allemaal mensen toch?' Noa staarde met een moeilijk gezicht naar de tafel, die zorgvuldig werd gedekt door Branco. 'Ben ik een enorme spelbreker als ik zeg dat ik eigenlijk veel liever op mijn kamer eet met jullie? Ik ben niet zo goed in tenenkrommende situaties waarin iedereen op eieren loopt. Mezelf kennende flap ik er weer iets uit wat bij deze of gene niet in goede aarde valt. En eerlijk gezegd krijg ik nogal de zenuwen van die twee.' Ze keek schielijk naar Jadranka en Branco.

'Ik ben het eigenlijk wel met Noa eens,' viel Milou haar bij. 'We hebben de afgelopen dagen zoveel spanning te verstouwen gehad dat een relaxed avondje zeer welkom zou zijn. Ik denk dat dat met die twee zuurpruimen niet gaat lukken.'

'Een relaxed avondje is misschien een wat rooskleurige kijk op de zaken, Milou. Ik zou graag eens echt bijpraten met Fleur en de koetjes en kalfjes achterwege laten. Er is te veel gebeurd om te doen alsof er niets aan de hand is. Wat vind jij San, zeg jij ook eens iets.'

'Boven op een kamer, of liever nog buiten. We hebben nog amper van het heerlijke weer kunnen genieten.'

'Buiten is een goed idee. Ik zag tijdens mijn wandeling door de tuin dat er een heel leuk zitje is bij de vijgenboom. Maar dan nog steeds zonder hen.' Noa keek Fleur vragend aan en Sanne en Milou volgden haar voorbeeld.

'Nou, ik geloof dat ik weinig keus heb.' Fleur richtte zich tot Branco en legde hem het plan voor. Hij vertaalde voor Jadranka die zich met haar handen in haar zij omdraaide.

'Nou, als blikken konden doden...' merkte Noa zachtjes op. Sanne lachte zenuwachtig. Jadranka begon een monoloog af te steken waar ze geen bal van verstonden maar de intonatie van haar woorden zei genoeg. Fleur keek hulpeloos naar Branco maar zoals altijd hoefde ze van hem geen enkele support te verwachten. Op de een of andere manier had hij altijd al een hekel aan haar gehad en dat stak hij niet onder stoelen of banken als Tibor niet in de buurt was om hem te corrigeren.

Afgemeten vertaalde hij Jadranka's scheldkanonnade die er samengevat op neerkwam dat Fleur een ondankbaar loeder was en dat ze niet begreep wat haar zoon toch met haar moest. Fleur liet het gelaten over zich heen komen en pas toen Jadranka en Branco hun mond hielden reageerde ze. 'We zijn heel dankbaar dat je zo lekker voor ons hebt gekookt Jadranka, echt waar, maar ik heb mijn vriendinnen nog nauwelijks gesproken sinds ze hier zijn en het is ruim twee jaar geleden dat we elkaar voor het laatst gezien hebben. We willen gewoon ouderwets met z'n viertjes herinneringen ophalen en bijpraten. Dat snap je toch wel?' Haar stem klonk kalm en sussend. Jadranka stak weer een litanie af die Branco vertaalde. Fleurs gezichtsuitdrukking veranderde. 'Wij gaan in de tuin eten. Je wilt toch niet dat ik Tibor vertel dat je mij een gezellige avond met mijn vriendinnen wilde onthouden na alles wat ik de afgelopen dagen heb meegemaakt?' Haar stem klonk nog steeds poeslief, maar het was onmogelijk de ondertoon van venijnigheid niet te proeven.

Jadranka reageerde met een afgemeten zin die Branco vertaalde als: 'Ze hadden je daar moeten houden.'

'Altijd het laatste woord hebben hè, trut,' mompelde Fleur binnensmonds. Ze pakte vier borden van de tafel en hield Jadranka de stapel dwingend voor. Ondanks haar protesten was ze blijkbaar wel gevoelig voor Fleurs dreigement om Tibor in te lichten over haar gedrag. Met een chagrijnig gezicht kwakte ze eten op de borden en lepelde vier soepkommen vol.

'Ai, dat wordt een gezellige kerst voor je dit jaar, Fleur... Tenzij je de familiebanden op miraculeuze wijze weet aan te halen voor die tijd.' Milou trok een bedenkelijk gezicht. Fleur grimlachte. 'Als ik het tot die tijd weet uit te houden hier.' Tevreden constateerde ze dat haar woorden doel hadden getroffen bij haar vriendinnen. Deze knuppel in het hoenderhok was een mooie opening voor het moeilijke gesprek dat ze zo moest voeren.

39

'Hoorde ik dat nou goed?'

'Zei je echt dat je niet zeker weet of je hier wel wilt blijven?' Fleur liep stoïcijns naar het zitje in de tuin terwijl haar vriendinnen haar bombardeerden met vragen. Ze zette haar bord en soepkom op de donkerbruine rotan tuintafel. 'Ga maar vast zitten, ik haal nog even wat wijn en glazen.'

'Ik help je wel,' dook Noa er meteen bovenop.

'Fijn, hoe meer handen, hoe meer wijn. Ik geloof dat ik wel toe ben aan een flesje of wat.' Fleur liep samen met Noa terug naar het huis.

'Meende je nou echt wat je net zei, of verstond ik het niet goed?'

'Je krijgt antwoord als we aan tafel zitten, oké? Anders moet ik het verhaal zo nog een keer aan Sanne en Milou vertellen. Er één keer over praten is al moeilijk genoeg.'

Het ging niet ongemerkt aan Noa voorbij dat Fleurs ogen vol liepen met tranen. Ze knikte begripvol en sloeg troostend een arm om Fleur heen. 'Het gaat goed komen met je, daar ga ik persoonlijk voor zorgen.' Fleur leunde even tegen Noa aan en rechtte toen haar rug weer. Met een vastberaden gebaar veegde ze de tranen uit haar ogen voordat ze het huis binnenstapte. 'Ik gun het die trut niet dat ze me ziet huilen.' Ze liepen de keuken in waar Jadranka en Branco zwijgend hun soep naar binnen lepelden.

'De stemming zit er nog steeds goed in.' Noa knipoogde naar Fleur. Een flauwe glimlach verscheen rond haar mond.

Zonder iets te zeggen pakte ze glazen en drie flessen wijn uit de kast. Noa sprong haar te hulp. 'Met een flesje de vrouw komen jullie de avond wel door denk ik.'

Fleur vulde een grote kan met water en deed er wat ijsklontjes in. 'Ik vergeet jou ook niet hoor.' Noa nam de kan dankbaar aan en pakte de vier wijnglazen behendig op met haar andere hand. 'Komen mijn bardiensten op de sportschool toch nog van pas.'

Fleur nam de flessen wijn voor haar rekening. Vlak voor ze de keuken verliet, draaide ze zich om naar Jadranka en Branco en wenste hun een smakelijke maaltijd in hun moedertaal. '*Dobar tek*.' Ze keken niet eens op.

40

Fleur had zich naast haar vriendinnen op de loungeset genesteld en nam een paar grote slokken wijn. Meteen schonk ze zichzelf bij.

'Ben je jezelf moed aan het indrinken?' vroeg Sanne terwijl ze met goedkeurend geslurp haar soep naar binnen werkte.

'Nergens voor nodig hoor, Fleur, wij zijn het maar.' Milou at een stuk bescheidener dan Sanne. 'Goed soepie, daar kan ik helemaal niks van zeggen.' Ook Noa knikte instemmend. 'Dat slechte humeur van die vrouw is in elk geval niet doorgesijpeld in de soep.'

Fleur nam een flinke ademteug en de anderen legden prompt hun lepels neer. Aarzelend begon ze te praten. 'Ik, eh, weet niet...'

'Ja, ga door,' moedigde Milou aan.

'Laat haar nou even, ze is nog niet eens begonnen.' Noa tikte Milou aan en kneep vervolgens bemoedigend in Fleurs schouder.

'Tja, weet je, ik eh, twijfel of ik nog wel met Tibor wil trouwen.' Ze nam weer een paar slokken wijn voordat ze de moed had om verder te gaan. 'Ik heb de afgelopen dagen veel nagedacht. Ik wil geen minuut tot minuut verslag doen van de tijd die ik afwezig ben geweest, maar het heeft me wel een hoop dingen duidelijk gemaakt die ik eerst niet onder ogen wilde zien. Ik ben echt van dit land gaan houden, begrijp me goed, maar ik weet ineens niet meer zo zeker of ik hier de rest van mijn leven wil doorbrengen. Het vakantiegevoel dat ik hier de eerste tijd had is inmiddels wel verdwenen. Alles went, ook mooi weer. Zolang ik me opsluit in dit huis en me laat verwennen door Tibor gaat het prima, maar zodra ik door het hek stap ben ik niks. Ik heb hier niets opgebouwd, worstel nog steeds enorm met de taal, heb geen vriendinnen...'

'Geen vriendinnen?'

'In Kroatië, geen vriendinnen in Kroatië,' vulde Fleur snel aan. 'Tibor is het enige wat ik hier momenteel heb en ik weet niet of dat op de lange termijn genoeg is. Hoewel ik altijd dacht dat een prinsessenleven me uitstekend zou bevallen, kom ik er steeds meer achter dat het afhankelijke vrouwtje spelen toch niet echt bij me past. Ik wil mijn eigen geld kunnen verdienen, meer van de wereld zien, reizen, misschien wel weer een studie oppakken. Allemaal dingen waar ik bij Tibor niet mee aan hoef te komen. Hij is nogal van de traditionele rollenpatronen. De man brengt het brood op de plank en zo... Vanmiddag heeft hij mijn anticonceptiepillen weggegooid omdat hij een kind van me wil. Ik wilde altijd heel graag moeder worden, maar nu het echt concreet wordt, vliegt het me enorm aan. Hoe kan ik een goede moeder zijn als ik niet eens op eigen benen kan staan? Wat ben ik dan voor voorbeeld voor mijn kind?'

'Wauw, Fleur, ik ben echt onder de indruk.' Noa pakte nu Fleurs hand en kneep er bemoedigend in. 'Dit is het verstandigste wat je in jaren hebt gezegd. Ik heb nooit geloofd in je switch naar de blingblingmodus. Het feit dat je die goede partij hersenen van je sinds je Tibor kent op non-actief hebt gezet, heeft me altijd dwarsgezeten. Jij bent geen hulpeloos vrouwtje en ik ben blij dat je dat nu eindelijk ook zelf inziet.' Ze drukte Fleur een kus op haar hand.

'Poeh, daar ben ik even stil van.' Milou veegde haar mond af met het servet dat naast haar bord lag.

'Ik ben gewoon eenzaam en ik mis jullie zo.' Fleur praatte nu met dikke stem. 'Tibor is steeds vaker weg voor zaken en dan zit ik hier maar in mijn eentje. Dat zonnebaden en nagels lakken heb ik inmiddels wel gezien. Ik heb zo'n behoefte aan aanspraak.'

'Maar waarom ben je er dan niet vaker zelf op uitgetrokken? Je bent ondernemend genoeg.' Noa wreef liefkozend over Fleurs rug.

'Tibor wil niet dat ik zonder bewaking op pad ga. Ik heb altijd zo'n verdomde kleerkast om me heen hangen. Dat schrikt mensen af.'

'Maar waarom kom je dan niet in opstand? Je bent Tibors gevangene toch niet?'

'Heeft geen zin. Het is inherent aan het werk dat hij doet. Hij vertrouwt zijn concurrentie niet en is bang dat ze me wat aandoen.'

'En niet onterecht,' mompelde Noa. 'Maar Fleur, dan moet je me toch eens iets uitleggen, want ik kan een gewoon horecabedrijf niet rijmen met al het geweld en gedoe waar we de afgelopen dagen mee geconfronteerd zijn. Het spijt me zeer.'

Sanne, die net een grote lepel soep richting haar mond bracht, liet haar hand in de lucht zweven in afwachting van Fleurs antwoord. Er hing een gespannen stilte en Fleur keek hulpeloos naar de lucht alsof ze steun van hogerhand verwachtte. Noa werd ongeduldig en nam zelf het woord weer. 'Zijn die clubs van Tibor soms een dekmantel voor andere zaakjes? Doet ie iets met verdovende middelen of zo en dealt hij vanuit zijn clubs?'

'Nee. Natuurlijk niet.' Fleur reageerde fel.

'Dan moet het iets anders zijn. Iets klopt er niet, Fleur, en aangezien je nu toch begonnen bent met open kaart spelen, kun je daar nog wel even mee doorgaan toch? Hoe kunnen we je goed helpen als we niet weten wat er precies aan de hand is?'

'Daar heeft Noa wel een puntje ja,' beaamde Sanne voordat ze de soeplepel weer naar haar mond bracht.

Fleur was weer stil.

'Misschien moet ik de tarotkaarten nog eens laten spreken als jij blijft zwijgen?' opperde Milou.

'Liever niet, Milou,' reageerde Fleur lauwtjes. Haar gedachten schoten alle kanten uit in een poging de juiste woorden te vinden die haar vriendinnen tevreden zouden stellen. Het was chaos in haar kop en ze zag geen uitweg meer die de waarheid volledig buiten beschouwing zou laten.

'Heeft Tibor soms een hoerenkeet?'

Fleur keek Noa geschokt aan. 'Hoe kom je daar nou bij?'

'Gewoon logisch nadenken en allemaal incidentjes bij elkaar optellen.'

'Welke incidenten?' Fleur probeerde nog steeds te doen alsof haar neus bloedde maar haar vertrouwen om ongeschonden uit deze situatie tevoorschijn te komen, brokkelde met de minuut verder af.

'Dat meisje in de club dat die oudere vent met duidelijke tegenzin aan het vermaken was en waar Tibor zich mee bemoeide. Hoerige types die rond het hotel zwierven waar we eerst verbleven. En dan heb ik het nog niet eens over dat meisje waar Tibor mee thuiskwam nadat hij jou was gaan zoeken.'

'Ja, hoe zit het eigenlijk met dat meisje? Waar is ze gebleven?' vroeg Milou.

'Over welk meisje hebben jullie het?' hakkelde Fleur. 'Ik weet niets over een meisje.'

'Doe niet zo onnozel, Fleur. Ik heb je over haar verteld toen je net terug was na je verdwijning.'

'Kan ik me niets van herinneren.'

'Ja, vast. Nou, *for your information*, ze was blond en leek op jou. Tibor wilde ons niet bij haar laten en beweerde dat hij haar gevonden had in een loods waar hij jou aan het zoeken was. Branco heeft haar via een achterdeur het huis in gedragen.'

Fleurs ogen vulden zich weer met tranen. 'Ik weet niet wie dat meisje is Noa, of wat Tibor met haar moet. Ik zal hem er vanavond naar vragen, oké? Kunnen we dit onderwerp nu laten rusten? Ik kan er op dit moment niks mee en ik ben moe.' Noa uitte een soort grom en gooide in een wanhoopsgebaar haar armen in de lucht.

'Ik weet niet wat Tibor allemaal uitspookt, Noa. We hebben geen modelrelatie waarin we openlijk met elkaar communiceren. Hij is het gesloten type en ik heb dat tot nu toe altijd geaccepteerd. *So shoot me!*' schreeuwde Fleur. Ze kwam ongecontroleerd overeind. Haar glas wijn viel om en kleurde het nabijgelegen witte servet rood. Fleur liep snikkend de tuin in en Milou sprong meteen op en ging haar achterna.

'Noa bedoelt het niet rot. Ze maakt zich alleen ernstige zorgen om je, net als Sanne en ik. Hoe goed je ook je best doet om ons voor de gek te houden, een kind kan zien dat je doodongelukkig bent. We willen je alleen maar helpen. Waarom vertrouw je ons niet?'

'Ik vertrouw jullie wel,' snotterde Fleur. 'Anders zou ik toch nooit vertellen dat ik twijfel aan mijn voorgenomen huwelijk met Tibor.'

'Kom eens hier.' Milou spreidde haar armen wijd uit en Fleur vlijde zich tegen haar aan. Milou wreef troostend over haar rug en sprak sussende woorden. 'Och, lieve schat toch.'

'Jullie hebben echt geen idee,' huilde Fleur.

'Nee, dat hebben we inderdaad niet en dat komt omdat je dingen voor ons achterhoudt.' Noa had zich ongemerkt bij hen gevoegd samen met Sanne.

'We willen je niet dwarszitten, we willen je helpen. Het liefst zouden we je vanavond nog mee terug nemen naar Nederland.'

'Was het maar zo simpel,' fluisterde Fleur. Sanne en Noa sloegen hun armen ook troostend om haar heen. Zwijgend bleven ze zo een tijdje staan totdat Fleurs schokkende lijf tot rust was gekomen en ze zichzelf weer onder controle had.

41

Fleur lag in bed en staarde naar het plafond. De buitenverlichting rond het huis sijpelde door het gordijn en toverde de slaapkamer om tot een schimmig geheel. De plek naast haar was koud en leeg. Ze probeerde er vast aan te wennen. De vanzelfsprekendheid van Tibors warme lijf naast haar, als hij tenminste thuis was, zou snel verleden tijd zijn. Het was een pittige avond geweest. Haar vriendinnen, met Noa voorop, pikten haar vage uitvluchten niet meer en wilden van de hoed en de rand weten. Ze kon ze geen ongelijk geven. In hun plaats had ze hetzelfde gedaan. Waarschijnlijk was ze nog drammeriger geweest dan Noa in haar zoektocht naar de echte feiten. Kon ze het hele verhaal maar op tafel gooien. Het viel haar steeds zwaarder om de waarheid in haar eentje te torsen.

Nadat ze zich uiteindelijk uit de omhelzing van haar vriendinnen had losgemaakt, had ze zich geëxcuseerd en was naar haar slaapkamer gegaan. De meiden hadden haar met moeite laten gaan, maar begrip getoond voor haar behoefte om even alleen te zijn. Er was genoeg om te overdenken nu haar hele leven op zijn kop stond. Fleur had geen aandrang gevoeld om haar schoonmoeder nog te groeten of te bedanken voor het eten.

Een gevoel van rust en dankbaarheid bekroop haar bij de gedachte dat Noa, Sanne en Milou onvoorwaardelijk voor haar klaarstonden en haar zouden steunen waar en wanneer ze maar konden. Sec gezien waren zij de enigen die ze nog had. Al haar andere schepen had ze al jaren geleden achter zich verbrand.

Ze draaide zich op haar zij en legde haar benen schuin in het bed zodat ze gedeeltelijk op Tibors matras lagen. Wat was hij woest geweest toen ze hem een paar uur geleden aan de lijn had gehad. Ze had twintig oproepen gemist en evenzoveel sms'jes. Uiteindelijk had ze hem weten te overtuigen dat ze haar telefoon per ongeluk aan de oplader in de slaapkamer had laten liggen en was vergeten hem mee te nemen toen ze met haar vriendinnen in de tuin zat. Ze had wel flink door het stof moeten gaan en duizend excuses moeten maken voordat Tibor weer een beetje kalmeerde.

Tibors heftige reactie kwam niet onverwacht voor Fleur. In zijn geval had ze waarschijnlijk hetzelfde gereageerd. Toen ze haar telefoon steeds maar niet opnam, had hij gedacht dat er weer iets met haar gebeurd was. Hij had Branco meteen gebeld en die had hem gerust weten te stellen. Vanaf dat moment was zijn angst omgeslagen in woede en irritatie. Hij had haar nog zo op het hart gedrukt nergens heen te gaan zonder telefoon. Met kromme tenen had ze hem laten uitrazen, wetende dat zij niet de enige was die zijn getier hoorde... Aan het einde van het gesprek had Tibor haar laten weten dat hij vannacht niet thuiskwam omdat hij zijn zaken nog niet 'rond' had. Uiteraard had ze door moeten vragen en zo veel mogelijk informatie uit hem moeten trekken, maar ze had het laten gaan. Met een gelaten 'oké, dan zie ik je morgen' had ze het gesprek gestaakt. Vervolgens had ze haar telefoon met een grijns op het bed gegooid.

Ze wist dat er nu iemand heel boos zou zijn dat ze niet meer uit het gesprek had gehaald. Ze wist dat haar opdrachtgevers uiteindelijk aan de touwtjes trokken, maar het voelde verdomd goed om even haar kont tegen de krib te gooien. Ze hadden haar net zo hard nodig als zij hen en het was heel nuttig om ze daar nog even fijntjes op te attenderen.

Haar gevoel van triomf duurde echter niet lang. Binnen de kortste keren had het geluid van een sms geklonken. Met een zenuwenkriebel in haar buik had ze hem geopend. Ze kon wel raden van wie hij was en ze bleek gelijk te hebben.

Mama voelt zich niet goed, Fleur. Als je denkt dat je me nog langer kunt negeren dan heb je het mis. Je moet beter voor me gaan zorgen anders zijn de consequenties voor jou.

Ze had het bericht weggeklikt en verwijderd. Kon ze het ook maar zo makkelijk uit haar kop deleten. Ze had wel een berichtje teruggestuurd.

Sorry, mam. Ik wilde je niet kwetsen. Ik beloof je dat ik mijn leven zal beteren.

Ze had geen reactie teruggekregen.

Naast de sms'jes spookte er nog iets door haar hoofd. Het blonde meisje waar haar vriendinnen het over hadden gehad. Ook al had ze tegenover hen volgehouden dat ze geen flauw idee had, ze wist donders goed wat Tibor met het kind van plan was. Hoewel ze eerdere aanwijzingen over Tibors 'zaken' altijd had genegeerd en met de mantel der liefde had bedekt, kon ze dat niet meer. Als er iets met het meisje zou gebeuren, was zij medeverantwoordelijk.

Het idee dat het meisje hier ergens in huis was, maakte haar onrustig. Het feit dat Branco voor haar zorgde ook. Branco kennende zorgde hij in eerste instantie goed voor zichzelf. Ze hoopte maar dat hij met zijn poten van haar afbleef. Ze werd al misselijk bij de gedachte dat hij het meisje met een vinger aanraakte en dat het onder haar dak gebeurde. Dat mocht ze niet over haar kant laten gaan. Maar hoe ze moest ingrijpen, dat wist ze nog niet.

Ze woelde weer om in bed. Ze was klaarwakker en kon de slaap niet vatten, ondanks het feit dat ze bekaf was. De rest van het huis was in diepe rust. Ze vermoedde dat Branco buiten stond te posten en vroeg zich af of die man ooit weleens sliep. Wanneer Tibor hem ook inschakelde, hij stond altijd paraat. Ze wist dat Branco al vele jaren anabole steroïden gebruikte. Ongetwijfeld had dat iets te maken met zijn slapeloosheid en ook zijn onhebbelijkheden schreef ze grotendeels aan dat spul toe. Ze had Tibor verboden het nog langer te gebruiken toen hun relatie serieus werd. Wonderbaarlijk genoeg was hij aan haar wens tegemoet gekomen.

Ze draaide weer op haar rug. Haar hele lijf voelde zwaar van vermoeidheid. Ze begon lichtjes te zweten. Gefrustreerd schopte ze het laken van zich af, kwam overeind en wreef met haar handen in haar ogen tot het pijn deed. Ze hield het niet langer uit in die donkere kamer. De onrust die haar wakker hield bereikte zijn hoogtepunt en kon alleen maar gestopt worden als ze actie zou ondernemen. Ze moest weten of het meisje goed verzorgd werd. Dan pas zou het schuldgevoel even wat minder hard aan haar knagen.

42

Fleur opende geruisloos de deur van haar slaapkamer en loerde door een kier. De gang was leeg. Geen postende Branco, zoals ze al verwacht had. Waarschijnlijk zat hij buiten op het trapje voor het huis om de boel in de gaten te houden of ijsbeerde hij door de tuin. Zachtjes liep ze de gang op en draaide de deur van haar kamer op slot. De sleutel stak ze in de nog lege zak van de grijze joggingbroek die ze aan had getrokken. In de andere zat haar telefoon. Uit een van de andere kamers klonk zacht gesnurk. Ze glimlachte. Onmiskenbaar Sanne.

Haar blote voeten zakten weg in het dikke tapijt terwijl ze op haar hoede naar de trap liep. Branco had het vaker gepresteerd om toch ineens vanuit het niets voor haar neus te staan. Dat kon ze nu niet hebben. Tree voor tree nam ze de trap naar beneden en liep zo vlug als ze kon op haar tenen naar de keuken. Daar pufte ze even uit en nam ze de tijd om de omgevingsgeluiden in zich op te nemen.

Het huis was nog steeds in diepe rust. Ze trok het vriesvak van de grote tweedeurskoelkast open en haalde er een tupperwarebakje uit. In het bakje lagen een aantal sleutels, waaronder die van de afgesloten bijkeukendeur. Ze had het ooit bij toeval ontdekt toen ze Tibor wilde verrassen met een zelfgemaakt etentje. Tijdens haar inventarisatie van de ingrediënten in de koelkast en vriezer was ze het tegengekomen. Nietsvermoedend had ze het bakje opengemaakt in de hoop dat er gamba's in zouden zitten die ze met veel knoflook zou kunnen roerbakken. Ze had raar opgekeken toen er sleutels in bleken te zitten.

Uiteraard had ze haar nieuwsgierigheid niet kunnen bedwingen en alle sleutels uit het bakje geprobeerd op de afgesloten bijkeukendeur. Eén sleutel bleek de juiste te zijn. Met de deurklink al in haar hand had haar geweten plots opgespeeld. Ze wist zeker dat Tibor het allerminst op prijs zou stellen als ze het vertrek zou betreden. De deur was niet voor niets op slot. Vervolgens had ze besloten haar nieuwsgierigheid te bedwingen en Tibors privacy te respecteren.

De vraag waarom die deur op slot zat, bleef vanaf dat moment wel in haar hoofd rondspoken. Op de een of andere manier durfde ze Tibor er niet naar te vragen, bang dat hij boos zou worden om haar vrijpostigheid. Hoewel Tibor haar in vergelijking met Reggie als een koningin behandelde, was haar houding naar hem toch nog steeds wat onderdanig.

Ze had zichzelf enkele weken weten te beheersen maar de nieuwsgierigheid naar de bijkeuken bleef trekken. Op een dag dat Tibor al vroeg op pad was gegaan en de eenzaamheid en de verveling hevig hadden toegeslagen, had ze geprobeerd zichzelf te vermaken met een verkenningstocht door het huis. Ze had pen en papier in de hand om alles te noteren dat volgens haar aan vervanging toe was. De bijkeuken moest er ook aan geloven. Het kon vast geen kwaad als ze daar heel vluchtig een blik naar binnen wierp. Ze sprak wel met zichzelf af dat ze Tibor er die avond naar zou vragen.

Met een zenuwenkriebel in haar buik had ze de sleutel uit de vriezer gehaald en was ze de ruimte binnen gegaan. Haar oog viel meteen op een groot vloerkleed dat het zicht op het grootste gedeelte van de marmeren tegelvloer wegnam. Het was een wangedrocht van jewelste. Het huis had duidelijk een vrouwenhand met smaak nodig, concludeerde ze toen ze het foeilelijke kleed zag. In een opwelling had ze het opgerold en in een hoek gezet. Pas toen zag ze het luik dat eronder vandaan kwam. Aarzelend had ze ernaar gekeken voordat ze de moed had opgebracht om het luik een stukje te openen. Ze voelde zich weer dat kind dat een lolly jatte bij Jamin. Ze had zich het huis nog niet eigen gemaakt. Het voelde alsof ze een gast was, een indringer. Ze wilde van dat gevoel af, dus zette ze haar ontdekkingstocht voort.

Ze had door de kier van het luik gegluurd terwijl ze er op haar knieën voor zat. Een gedegen houten trap liep naar beneden. Ze had niet de behoefte gehad om af te dalen, doodsbenauwd dat het luik op de een of andere manier boven haar hoofd dicht zou klappen en ze gevangen zou zitten. Ze had het luik dus weer gesloten en het kleed er weer overheen gelegd. 's Avonds had ze al haar moed verzameld en Tibor naar de bijkeuken gevraagd. Terwijl hij haar uitbundig in haar nek zoende had hij geantwoord dat er in die ruimte niets bijzonders zat, het was slechts een luik naar een kelderruimte waar de cv zich bevond. Ze had het blindelings van hem aangenomen en er vanaf dat moment niet meer verder over nagedacht. Tot nu. Het moment dat ze op zoek was naar het blonde meisje waar haar vriendinnen een glimp van hadden opgevangen. Als het meisje nog hier in huis was, dan kon dat maar op één plek zijn. De kelder waar ze tot nu toe geen argwaan bij had gehad.

Ook die keer dat ze paspoorten in Tibors kluis had gevonden was er geen lampje gaan branden. Ze had nooit vrouwen op hun terrein gezien of openlijk bij Tibor en zijn mannen in de buurt. Als er al vrouwen mee waren genomen naar hun huis, dan moest het 's nachts door Branco of Dorba gedaan zijn als ze sliep. Wat er ook gebeurd mocht zijn, ze had er in elk geval nooit iets van meegekregen.

Omdat ze licht sliep en Tibor nogal snurkte, had hij haar al in de eerste nachten die ze samen doorbrachten geadviseerd om oordoppen te dragen. Tot op de dag van vandaag deed ze dat en sloot ze elk nachtelijk geluid buiten. Ze had er nooit bij stilgestaan dat Tibors oordoppenadvies misschien wel een achterliggende reden had gehad. Pas tijdens haar ontvoering had ze met wat gedwongen hulp inzichten gekregen in hoe de situatie werkelijk was.

43

Fleur had zich er voor een laatste keer van verzekerd dat niemand in de gaten had dat ze door het huis spookte. Ze draaide de sleutel van de bijkeukendeur om en twijfelde of ze de sleutel bij zich moest houden, of dat ze hem terug op zijn plek moest leggen. Branco, Tibor of Dorba mochten absoluut niet weten dat ze de schuilplaats van de sleutel kende. Ze besloot hem toch maar terug op zijn plek te leggen en straks opnieuw te pakken als ze de deur weer afsloot. Vervolgens glipte ze de bijkeuken in en sloot de deur geruisloos. Ze schoof het lelijke kleed aan de kant waardoor het luik bloot kwam te liggen en trok het soepel open.

Tree voor tree daalde ze achterwaarts af in de ruimte die verlicht werd met een peertje. Gelukkig, want ze had er helemaal niet aan gedacht om een zaklamp mee te nemen. Het luik rustte op haar hoofd en ging steeds een stukje verder dicht. Ze moest nog een trede zakken en dan zou het volledig gesloten zijn. Even aarzelde ze en toen zette ze die laatste stap. Het luik was dicht.

Ze haalde diep adem. Voetje voor voetje daalde ze het laatste stukje af en draaide zich om. Haar oog viel meteen op de cv-installatie die zich links in het vertrek bevond. Dat verhaal klopte in elk geval. Ze voelde zich ineens vrij belachelijk. Wat was ze nou aan het doen? Tibor had gezegd dat hier een cv-installatie was en dat klopte ook. Vurig bad ze dat hij volkomen eerlijk tegen haar was geweest en bijna wilde ze rechtsomkeert maken en haar zoektocht staken. Maar ze wist dat ze moest ophouden zichzelf voor de gek te houden.

Ze liep verder de ruimte in. Na een paar meter stuitte ze op een deur. Tot haar opluchting ging die open. Ook deze ruimte was verlicht met een peertje, hoewel minder fel dan het vorige vertrek. Ze liep een meter of twee door tot ze niet meer verder kon en rechts af moest slaan. Hoe groot was die ondergrondse ruimte wel niet? Liep het helemaal door onder het volledige huis? Ze liep de gang in en haar adem stokte in haar keel. Ze keek tegen een traliewerk van een cel aan die zich aan het einde van de gang bevond. In de hoek tegen de muur zat een ineengedoken gestalte met lang blond haar.

44

Het meisje had niet in de gaten dat Fleur al een tijdje in shock naar haar stond te staren, totdat ze haar hoofd oprichtte. Ze keek Fleur recht aan. In haar grote blauwe ogen was in eerste instantie angst te zien, maar daarachter lag een felheid verscholen die in haar blik doorsijpelde. Ze is nog niet gebroken, was het eerste wat door Fleurs hoofd schoot. Fleur liep naar de cel toe en pakte de tralies met beide handen vast. 'Wie ben je?' sprak ze zachtjes in het Engels. Het meisje stond op. Nu pas viel het op hoe lang en sierlijk ze eigenlijk was.

'Nyura,' was het antwoord.

'En wie ben jij?' vroeg Nyura.

'Iemand die jou begrijpt,' fluisterde Fleur.

'*Yeah right*,' schamperde het meisje.

'Ik begrijp het echt.' Fleur keek het meisje indringend aan. Soms zei een blik meer dan duizend woorden. Nyura's blauwe ogen drongen diep door in die van Fleur en haar gezicht vertrok.

'O...' was het enige wat het meisje kon uitbrengen. Ze liep naar de tralies en legde haar handen begripvol op die van Fleur.

'Jij ook al? Waar werd jij gevangengehouden tot nu toe? Ben je ontsnapt? Kun je mij ook bevrijden?' Nyura keek haar hoopvol aan.

'Hoe oud ben je?'

'Zestien.'

'Waar kom je vandaan?'

‘Ergens uit het binnenland, maar ik vind het interessanter om te weten waar ik naartoe ga.’ Nyura haalde strijdlustig haar hand door haar lange haren. Fleur nam haar nog eens goed op. Het meisje zag er weldoorvoed uit en haar huid was wat bleek maar wel gaaf.

‘Wie heeft je hiernaartoe gebracht?’

‘Ik ken hun namen niet. Twee kerels.’ Uit de beschrijving die Nyura van de mannen gaf, kon Fleur opmaken wat ze eigenlijk al wist. Het moest om Tibor en Branco gaan.

‘En dan is er nog een die me af en toe eten komt brengen sinds ik hier ben.’

Dorba, concludeerde Fleur.

‘Ze hebben me meegenomen uit een loods waar ik met drie andere vrouwen opgesloten zat. Ons was wijsgemaakt dat we au pair zouden worden in Nederland. Om aan alle eisen te voldoen zouden we een korte opleiding krijgen van de man die ons gerekruteerd had. Ik zag het als een kans om verder te komen in mijn leven. Als ik eenmaal in Nederland zou zijn dan zou ik de taal leren in mijn vrije uren en uiteindelijk een studie gaan doen. Ik heb er sinds mijn vroege jeugd al van gedroomd om in een ziekenhuis te werken. Dokter is misschien wat te hoog gegrepen, maar verpleegster zou haalbaar moeten zijn.’ Ze wuifde met haar hand alsof ze haar toekomstdroom daarmee weg wilde slaan. ‘Mijn naïviteit heeft me genekt. Ik ben er met open ogen ingetrapt. De bus waar ik en een paar andere meisjes mee werden opgehaald, bleek niet naar de afgesproken plek te rijden maar bracht ons naar de loods waar ik gevangen werd gehouden voordat ik hier belandde. We werden behandeld als beesten en de taakomschrijving van au pair bleek een heel andere te zijn dan ik in gedachten had.’ Nyura maakte een obsceen gebaar met haar handen. Fleur voelde walging en een hevige misselijkheid overviel haar. Ze sloeg haar hand voor haar mond. Beelden uit haar eigen verleden drongen zich op. De man die ze als haar reddende engel had gezien en die haar van Reggie had bevrijd, liet andere meisjes door dezelfde hel gaan als zijzelf in het verleden.

'Maar vertel me nou eens wie jij bent.'

'Ik ben de vriendin van een van de mannen die je hier heeft gebracht.' Onmiddellijk liet Nyura haar los. De openheid die ze even had getoond was op slag verdwenen.

'Je hoort er ook bij inderdaad, maar niet op de manier zoals ik dacht.'

'Ik wist er niks van, geloof me.'

'Hm, vast. Als je er niets van afwist hoe heb je me dan gevonden? Er stond vast geen routebeschrijving naar dit hol.'

'Dat is een lang verhaal. Ik heb je gevonden, daar gaat het toch om?'

'Leuk voor je, maar wat heb ik daaraan? Ga je me bevrijden?'

'Op dit moment kan ik niet veel voor je doen, maar ik ga je helpen.'

'Hoezo kun je niks voor me doen? Het is heel simpel hoor, je maakt die fucking kooi open en laat me gaan.'

'Geloof me, het is een stuk gecompliceerder dan jij denkt.'

'Tuurlijk. Rot voor je dat je het zo moeilijk hebt met míjn situatie.' Nyura rammelde gefrustreerd aan de tralies.

'Sst, straks hoort iemand je.'

'Dat is ook de bedoeling, trut, aangezien ik het van jou niet hoef te hebben. Ik ben het inmiddels spuugzat om gevangen te zitten en als een soort slaaf behandeld te worden. Piesen en schijten op een emmer en een keer per dag een natte spons om mezelf mee te "wassen". Hoe zou jij dat vinden?' Ze rammelde nog harder aan het hek en het geluid ging Fleur door merg en been. Ze gaf het meisje in een impuls een klap op haar wang. Nyura was zo geschokt dat ze abrupt stopte met kabaal maken.

'Sorry,' bood Fleur meteen haar excuses aan. 'Ik wist even niet hoe ik je anders stil moest krijgen. Luister, ik riskeer mijn leven door hier te zijn. Boven is bewaking en het is op dit moment onmogelijk om je daar ongezien langs te krijgen. Het vergt een gedegen voorbereiding om je te bevrijden.' Nyura snoof misprijzend.

'Echt, ik ga je helpen, maar op een verantwoorde manier. Je wilt hier toch zonder kleerscheuren wegkomen?' Fleur stak haar hand door de tralies maar Nyura nam hem niet aan.

'Je hebt mijn woord.' Fleur keek het meisje recht aan. Ze sloeg haar ogen niet neer, maar keek terug. Haar blik was weer wat zachter. 'Een vrouw een vrouw, een woord een woord?' Fleur knikte instemmend. 'Eens was ik ook zoals jij, geloof me. Jong en vol dromen. Tot ik tegen de verkeerde man aan liep. Hij was een paar jaar ouder, overlaadde me met dure cadeaus en beloofde me het universum. Ik was smoorverliefd en geloofde alles wat hij zei. Op een dag bekende hij dat hij zwaar in de problemen zat en dat alleen ik hem kon helpen. Om de dure ketting die hij me een paar weken daarvoor had gegeven te kunnen kopen, had hij geld geleend bij een vriend en die wilde het ineens eerder terug hebben dan afgesproken omdat zijn moeder ziek was geworden en niet meer kon werken. Het gezin had elke cent nodig. Reggie, zo heette mijn vriend, had dat geld niet paraat maar kon het ook niet maken om zijn vriend te laten zitten nu hij in zo'n moeilijke situatie zat met zijn moeder. Een andere vriend van hem had een oplossing bedacht. Als ik met hem naar bed zou gaan, dan zou hij Reggie het bedrag betalen dat hij nodig had om de schuld bij zijn andere vriend in te lossen. Na wat aandringen ben ik akkoord gegaan, onder de voorwaarde dat het eenmalig zou zijn. Je kunt wel raden dat dat natuurlijk niet het geval was. Het werd van kwaad tot erger totdat Tibor me uit Reggies klauwen bevrijdde.'

'Wie is Tibor?' onderbrak Nyura haar.

'Een van de mannen die je hiernaartoe heeft gebracht en mijn aanstaande echtgenoot...'

‘Ai...’

‘Ik heb me voor de tweede keer laten verleiden door een man met mooie praatjes. Hij heeft me altijd verteld dat hij in de horeca zat. Wat ook waar is, want hij is eigenaar van twee clubs op het eiland, maar ik wist niet dat hij er nog “iets” bij deed.’

‘Hoe ben je er dan achtergekomen dat zijn zaakjes niet zo zuiver zijn?’

‘Lang verhaal dat ik je zal besparen. Het blijft een feit dat jij hier weg moet en dat ik over een paar dagen voor het altaar sta met de man die je hier heeft opgesloten. Ik moet een manier verzinnen om ons hier allebei veilig weg te krijgen, maar zoals ik al eerder zei, dat kost wat tijd. Gun me die alsjeblieft.’

Nyura trok een stuurs gezicht. ‘Ik wil hier weg. Elke seconde die ik in dit hol zit is er een te veel.’

‘Dat snap ik, echt. Maar probeer het nog even vol te houden en laat onder geen beding weten dat je mij hebt gezien. Dat is in het belang van ons beider veiligheid. Begrijp je dat?’

‘Ik ben niet dom of zo.’

‘Dus we hebben een deal?’ Fleur stak haar hand weer door de tralies. Nyura pakte hem deze keer na een korte aarzeling wel aan. Haar greep was stevig.

‘Geloof je me als ik zeg dat ik je echt ga helpen?’

Nyura nam Fleur nog eens onderzoekend op en knikte toen. ‘Ik geloof je. Ik zal je niet verraden tegen de mannen die me van eten en drinken voorzien. In eerste instantie. Als het me te lang duurt kan ik mijn stilzwijgen niet garanderen want hoe weet ik dan of je me niet toch iets op de mouw hebt gespeld? Als we dan gaan, gaan we samen.’

Fleur had begrip voor Nyura’s verkapte dreigement. Zij had mensen ook vaker op hun woord geloofd en kijk wat er van terecht was gekomen. ‘Ik moet nu gaan, maar zodra het kan kom ik terug. Je hebt mijn woord,’ herhaalde ze nog maar eens. Toen draaide ze zich om en verliet de ruimte.

45

Fleur was aanbeland bij de trap en klom omhoog totdat ze het luik tegen haar hoofd voelde. Ze spande haar spieren aan en duwde het luik omhoog. Vlug nam ze de laatste treden en klom naar buiten. Met pijn in haar hart sloot ze het luik. Ook al wist ze dat het niet waar was, het voelde een beetje alsof ze Nyura levend begroef. Ze legde het kleed zorgvuldig op zijn plek terwijl ze Nyura in gedachten nogmaals een belofte deed. Ik kom je halen, zo snel als ik kan. Ze nam de bijkeuken goed in zich op. Ja, alles zag er weer precies zo uit als ze het had aangetroffen. Ze spitste haar oren en hield haar adem in. Net toen ze zichzelf ervan verzekerd had dat alles muisstil was, hoorde ze een geluid. Haar adem stokte in haar keel en haar hart begon sneller te kloppen. Geruisloos sloop ze naar de deur en legde haar oor ertegenaan. Ze hoorde de koelkast open en dicht gaan en gerommel met bestek. Shit, was Branco naar binnen gekomen om wat te eten? Door die anabolentroep was hij onverzadigbaar en at hij op de raarste tijden. Fleur had regelmatig met verbazing zitten kijken welke hoeveelheden voedsel hij op één dag wegwerkte.

Hoewel ze wist dat ze een groot risico liep, kon ze het toch niet laten om de deur op een kier te zetten om te verifiëren dat het inderdaad Branco was die in de keuken was. Ze hield haar adem weer in en gluurde door de smalle spleet. Branco stond met zijn rug naar haar toe een enorme stapel boterhammen te beleggen. Net toen ze op het punt stond de deur weer te sluiten, draaide hij zich om. Vliegensvlug keerde ze een halve slag zodat ze met haar rug strak tegen de muur naast de deur kwam te staan. Het angstzweet brak haar uit. Had hij haar gezien? Het kon bijna niet anders dan dat zijn oog was gevallen op de openstaande deur. Ze moest zich verstoppen voor het geval hij poolshoogte kwam nemen.

Koortsachtig zocht ze met haar ogen de ruimte af naar een geschikte schuilplaats. Onder het luik verdwijnen was geen optie. Het was onmogelijk om dat geruisloos te doen en bovendien zou de tijd te kort zijn om die hele missie te voltooien. Haar ogen vielen op een stapel grote kartonnen dozen die in een slordige rij langs de muur stonden opgestapeld. Ze schatte in dat het met haar postuur net zou moeten lukken om zich daarachter te verschuilen.

Er klonk zacht gevloek uit de keuken en dat kon maar één ding betekenen: Branco had de open deur opgemerkt. Zonder verder nog na te denken nam ze een sprintje naar de dozen. Het was nu of nooit. Ze rekte zich helemaal uit en trok haar buik zo veel mogelijk in om zo smal mogelijk te worden voordat ze zichzelf met moeite achter de dozen wurmde. Voorzichtig gleed ze door langs de muur. De dozen waren niet zwaar en schoven waar nodig een fractie op toen haar lichaam zich erlangs perste. Het was behoorlijk stoffig.

Ze hoorde Branco's snuivende ademhaling en stond abrupt stil. Ze deed wanhopige schietgebedjes in haar hoofd. Hij mocht haar niet vinden! Weer hoorde ze zijn afgemeten gevloek en ze ving de naam van Dorba op. Hij ging er blijkbaar van uit dat zijn collega schuldig was aan deze slordigheid. Het kwam niet bij hem op dat zij er iets mee te maken had. Voetstappen kwamen dichterbij. Branco was in de bijkeuken en stond zo te horen vlak bij haar. Ze durfde niet meer te ademen. Haar neus begon te kriebelen van het stof dat achter de dozen lag. O nee, ze moest niesen. Ze probeerde zonder de dozen te verschuiven haar hand naar haar neus te brengen. De kriebel werd steeds heviger en zou tot uitbarsting komen als ze niet snel handelde. Ze kneep haar neus dicht en de aandrang zakte af. De voetstappen kwamen nog wat dichterbij. Ze bestierf het bijna. Het geluid van een hand op karton. Branco had een gefrustreerde klap tegen een van de dozen aan het begin van de rij gegeven. Ze schrok zich kapot.

Vanuit haar ooghoeken keek ze naar rechts en zag dat de middelste doos van de stapel verschoven was richting de muur. Branco's stampende pas verwijderde zich en de deur van de bijkeuken werd met een harde klap dichtgesmeten. Meteen daarop volgde het geluid van een sleutel die zich omdraaide in het slot. Haar blijdschap dat ze niet ontdekt was, verdween op slag. Ze zat opgesloten en had even geen idee hoe ze zich uit deze situatie moest redden zonder alsnog betrapt te worden. Wanhopig begon ze te huilen.

46

Als een gekooid dier liep Fleur heen en weer door de bijkeuken. Er was inmiddels ruim een uur verstreken en nog steeds zag ze geen uitweg. Allerlei mogelijkheden waren al door haar hoofd geflitst maar ook net zo snel weer aan de kant geschoven. Haar vriendinnen sms'en dat ze opgesloten zat in de bijkeuken was er een van. Het liefste zou ze keihard op de deur bonzen.

Bij de gedachte dat Tibor thuis zou komen en een koud, onbeslapen bed zou aantreffen kreeg ze het Spaans benauwd. Hij zou volledig uit zijn plaat gaan en denken dat haar weer iets was overkomen. Maar dat had ze toch nog liever dan dat hij erachter zou komen dat ze in de bijkeuken rond had gesnuffeld zonder zijn toestemming. Ze kon niet goed inschatten hoe dat exact zou vallen, maar dat Tibor woest zou zijn en dat het hun relatie geen goed zou doen sprak voor zich. Hij had veel te veel te verliezen en ze wist niet meer hoe diep zijn liefde voor haar nou werkelijk ging.

Ze was zo in gedachten dat ze pas doorhad dat de deur van de bijkeuken werd geopend toen het al te laat was. Ze stond te ver van de dozen af om er net als de vorige keer snel achter te verdwijnen. Stokstijf bleef ze midden in het vertrek staan. Haar lijf wilde niet meer reageren en haar hersenen leken te bevriezen. De deur ging verder open en haar grote ogen van angst keken recht in die van Dorba. Als hij terug was, betekende dat ook dat Tibor thuis was. Shit. Nou kon ze het wel vergeten. Dorba sloot de deur achter zich en liep naar haar toe. Hij leek niet verbaasd haar te zien. Had hij Branco gesproken?

Toen hij voor haar stond zette ze automatisch een stap naar achteren en stak haar handen afwerend voor zich uit. Zwijgend greep hij haar stevig bij haar arm en trok haar mee richting de uitgang van het vertrek. Ze probeerde zich te verzetten maar Dorba was natuurlijk veel te sterk. Hij sleepte haar onverminderd voort, nog steeds zwijgend. Haar blote voeten hadden nauwelijks grip op de vloer. Dorba deed de deur open en duwde haar naar buiten. Razendsnel draaide hij de deur weer op slot met een sleutel die aan zijn sleutelbos hing. De sleutel in de vriezer was dus waarschijnlijk een reservesleutel.

Fleur wist niet zo goed wat ze moest doen. Excuses verzinnen had geen enkele zin want er was geen smoes die geloofwaardig genoeg was om haar aanwezigheid in de bijkeuken te verklaren. Hopen dat Dorba zijn mond hield tegen Tibor en Branco was natuurlijk ook een illusie. Dorba keerde zich van haar af en pakte een bord waar hij twee chocoladecroissants op legde. Verbaasd volgde ze zijn gangen. Wat was hij nou aan het doen? Snel draaide hij zich om en liep naar haar toe. Voor ze hem kon ontwijken had hij haar alweer bij haar kladden. Ze voelde zijn dwingende hand in haar nek toen hij haar richting het aanrecht duwde waar het bord op stond. Ze begreep niet wat hij van haar wilde en overwoog hem een klap te verkopen. Voordat ze überhaupt haar vuist kon ballen gaf hij haar een laatste zet en haar buik kwam hard in contact met het aanrechtblad.

'Eet,' commandeerde hij haar terwijl hij zelf naar de koelkast liep en een pak melk aan zijn mond zette.

'Wat is hier aan de hand?' Tibor kwam met een rood hoofd de keuken binnenstormen. 'Waar was je?' Fleur kromp ineen bij het horen van zijn stem en stopte in een reflex een stuk croissant in haar mond voordat ze zich omdraaide.

'Rustig maar, niks aan de hand. Ik had gewoon honger.'

Ze kauwde overdreven op de brok croissant die al snel een zompige bal vormde in haar mond. 'Je weet toch dat ik niet kan slapen als jij niet naast me ligt, schatje.' Ze kuste hem vol op zijn mond en keek met een schuin oog naar Dorba. Hij veegde slechts de melksnor van zijn gezicht. Vervolgens zette hij het pak weer aan zijn mond en dronk rustig verder. Ging hij haar niet verraden?

'Eet dat boven maar op. Ik kom er zo aan. Even een babbeltje met Dorba maken.' Het was duidelijk dat Tibor geen enkele tegenstand duldde, dus Fleur pakte snel haar bord op en verliet de keuken. Ze was misselijk van de spanning. Ze hoorde Tibor met ingehouden volume tekeergaan tegen Dorba. Ze bleef staan en probeerde zo veel mogelijk van het gesprek op te vangen. Met haar gebrekkige kennis van de Kroatische taal merkte ze op dat Dorba ongelofelijk op zijn lazer kreeg omdat hij de deur van de bijkeuken niet goed had afgesloten sinds de laatste keer dat hij er geweest was. Branco had dus zijn beklag bij Tibor gedaan over de geopende deur.

Fleur zette zich schrap. Dorba kon haar nu elk moment verraden en zeggen dat niet hij maar Tibors aanstaande had lopen rondneuzen en de deur open had laten staan. Tot haar verbazing ving ze haar eigen naam niet één keer op. Betekende dat dat hij er met geen woord over repte dat hij haar gevonden had in de bijkeuken?

Fleur liep zo snel mogelijk naar boven terwijl ze grote stukken croissant in haar mond stopte. Ze verslikte zich bijna en de tranen sprongen in haar ogen. Het laatste stuk naar de slaapkamer rende ze. Als Tibor zo bovenkwam moest ze in bed liggen met een leeg bord naast zich ondanks het feit dat ze eigenlijk niet aan eten moest denken. Ze realiseerde zich dat Dorba haar enorm uit de brand had geholpen. Waarom had hij dat gedaan? Voor de tweede keer vroeg ze zich af of hij toch een van 'hen' was. Ze kon geen enkele andere verklaring verzinnen voor zijn gedrag. Ze bedacht dat ze haar telefoon bij zich had gehad, dus haar opdrachtgever had het gesprek dat ze met Nyura had gevoerd via de ingebouwde microfoon in het toestel helemaal kunnen volgen. Dan hadden ze ook geweten dat ze in de penarie zat toen Branco haar zonder het te weten opsloot. Zou het? Hadden ze Dorba de opdracht gegeven haar te bevrijden? Ze besloot haar opdrachtgever te confronteren met haar vermoeden en sloot zich met haar telefoon op in de badkamer.

Hai mam, klopt het dat ik een broer heb? smste ze naar het bekende nummer. Ze ging ervan uit dat de ontvanger haar cryptische familiebericht wel zou begrijpen. Vrijwel meteen kreeg ze een reactie.

Misschien... Blij dat je in elk geval kennis hebt gemaakt met je zusje. Meteen volgde een tweede bericht.

Zin om morgen een nieuwe jas te kopen? Mama trakteert. Morgen om 13:00 uur bij de vlinder.

Ze wist precies waar ze verwacht werd morgen. Een klein kledingboetiekje in een smal steegje in het centrum met bordeauxrode zonwering en een uithangbord met een vlinder aan de luifel. *Leuk, ik zal er zijn*, sms'te ze terug terwijl er ter plekke een dikke knoop in haar maag ontstond. Er werd op de deur gebonsd. 'Heb je de deur nu alweer op slot?' Tibor klonk geagiteerd. Vliegensvlug wiste ze alle sms-berichten van haar 'moeder' en opende de deur. Ze stond krom en had haar armen gekruist over haar maag heen.

Tibor ontdooide en sloeg meteen bezorgd een arm om haar heen. 'Wat is er met je?'

'Ik werd ineens zo misselijk. Ik denk dat mijn croissant niet helemaal goed gevallen is.'

'Wen er maar vast aan, nog even en dan ben je elke ochtend misselijk. Misschien was onze vrijpartij van gisteravond wel succesvol...' Tibor nam haar in zijn armen en tilde haar op. 'Wat zou dat goed nieuws zijn, nietwaar prinses?' Hij draaide een enthousiast rondje met haar door de kamer.

'Tib, alsjeblieft, ik was misselijk...'

'O ja, sorry.' Voorzichtig zette hij haar op de grond. 'Ik weet zeker dat ik zeer sterk zaad heb,' zei hij triomfantelijk. 'Let op mijn woorden, die eitjes van je vechten elkaar de tent uit om als eerste bevrucht te worden.' Hij leek het meer tegen zichzelf te hebben dan tegen haar.

'Zal ik morgen vast wat zwangerschapstesten kopen?'

Tibor keek haar verheugd aan en leek al het gedoe van zojuist in de keuken vergeten te zijn. Opgelucht kroop ze naast hem in bed en krulde zich op om te gaan slapen. Tibors hand verdween in haar onderbroek en ze voelde zijn stijve geslacht tegen haar billen.

'Hm, geen tampon dus je doorbraakbloeding is weer voorbij,' concludeerde hij tevreden.

Ze voelde dat ze vochtig werd tussen haar benen. Ze had haar lijf al lang geleden geleerd om te reageren op mannelijke aanrakingen, ook als ze er niet van genoot. Hij trok haar slipje uit en drong zonder waarschuwing bij haar binnen. Fleur kreeg kippenvel, maar niet van genot.

47

De meiden zaten rond het middaguur met slaperige hoofden in de tuin te brunchen. Fleur geeuwde. Ze had natuurlijk geen oog meer dichtgedaan nadat Tibor haar met rust had gelaten. De schrik van haar plotselinge opsluiting in de bijkeuken zat er nog goed in en er was geen moment dat ze niet dacht aan Nyura die gevangen werd gehouden in de kelder onder het huis.

'Wat ben je afwezig, lieffie, gaat het wel goed met je?' Noa stootte Fleur zachtjes aan.

'Slecht geslapen, ik ben bekaf.'

'Ik kan me voorstellen dat je niet goed hebt geslapen, je had ook nogal wat om over na te denken... Heb je al bedacht hoe je het Tibor gaat vertellen?'

'Wat?'

'Dat je niet met hem wilt trouwen.'

'Ik ben vannacht weer gaan twijfelen.'

'Dat meen je niet, Fleur.' Noa klonk wanhopig.

'Het is niet zomaar wat hoor! Ik hou van hem en dat schakel je niet even in een nachtje uit. Ik niet althans.'

'Maar gisteren was je behoorlijk zeker van je zaak.'

'Ja, maar toen had ik ook een paar wijntjes op. Je weet dat ik dan altijd emotioneler word en niet helemaal toerekeningsvatbaar ben.'

'Sommige mensen hebben een beetje alcohol nodig om de waarheid te durven spreken... Ik vond je juist ontzettend toerekeningsvatbaar gisteren.'

'Ik ook Fleur, je sprak heel wijze woorden. Alsof je ter plekke een zoektocht was begonnen naar jezelf. Terug naar je kern en zo...' Milou prikte wat in een aardbei in het schaaltje dat voor haar stond en stopte hem in haar mond. Al kauwend ging ze verder. 'Ik zie het wel voor me dat jij de nieuwe Elizabeth Gilbert wordt. Een beetje eten, bidden, beminnen en de wereld opnieuw ontdekken.'

'Lou, je begint weer te raaskallen...'

'Ik ben hartstikke serieus hoor, Noa. Ik kreeg ineens een soort visioen waarin Fleur een spirituele zoektocht begint als ze die vent van haar de bons heeft gegeven en dat ze daar een boek over schrijft. Uit pijn en verdriet ontstaat vaak heel veel inspiratie en creativiteit. Bovendien zijn autobiografische verhalen heel populair. Triggert het voyeurisme in de mens.'

'Ik lees bijna alleen maar waargebeurde verhalen,' beaamde Sanne. 'Grote doos tissues en een doos bonbons erbij en ik ben helemaal gelukkig.'

'Nou Fleur, er wordt je zo een nieuwe carrière in de schoot geworpen,' lachte Noa. 'Het enige wat je hoeft te doen is die vent dumpen en dan komt de rest vanzelf als we Milou moeten geloven. En je eerste koper zit daar.' Ze wees naar Sanne.

Fleur trok een moeilijk gezicht. 'Maak er maar weer grapjes over, het is niet zo makkelijk als jullie denken. Ik weet echt niet of ik wel zonder Tibor kan en ik denk dat ik het huwelijk toch maar gewoon doorzet.' Noa kreunde luidruchtig.

'Ik denk niet dat ik de eenzaamheid aankan, Noa.'

'Eenzaamheid? Je zei gisteren nog dat je je met Tibor ook eenzaam voelt, dus daar hoef je het niet om te laten. Bovendien zijn wij er toch om je op te vangen?' Sanne en Milou knikten instemmend.

'*Anytime*, Fleur.'

'Dat is heel lief van jullie, maar vriendinnenliefde is toch anders dan de liefde tussen man en vrouw. Jullie kunnen een hoop opvangen, maar me niet alles geven wat ik nodig heb.'

'Je hebt tegenwoordig echt heel goede vibrators. Knappe vent die mijn tarzan overtreft.'

'Getver Sanne, *too much info*.'

'Ik wil alleen maar zeggen dat er prima vervanging is uitgevonden als er even geen man in je leven is.'

'Tibor is toch niet de enige man op de wereld, Fleur?'

'Nee, maar misschien is hij wel de enige man op de wereld voor mij. Bovendien zou ik niet weten waar ik naartoe zou moeten als ik bij Tibor weg zou gaan. Bij mijn ouders hoef ik niet aan te kloppen zoals je weet en ik heb geen rooie cent van mezelf. Tibor betaalt alles voor me.'

'Die problemen zijn makkelijk op te lossen. Voor je geldprobleem hebben ze zoiets uitgevonden als "werk" en onder een brug hoef je ook niet te slapen. Je kunt totdat je iets voor jezelf hebt gevonden bij mij komen wonen. Ik heb het je al eerder gezegd, ik stel met liefde mijn huis tot je beschikking zolang als het nodig is.'

Het gemak waarmee Noa haar huis met haar wilde delen, ontroerde Fleur. Ze zou niets liever willen dan onmiddellijk in het vliegtuig stappen en teruggaan naar Nederland, maar dat kon ze haar vriendinnen voor hun eigen veiligheid niet vertellen. Ze moest doen alsof ze serieus overwoog om toch met Tibor te trouwen. Alleen al om geen slapende honden wakker te maken. Bovendien zou Tibor haar nooit laten gaan, daar durfde ze vergif op in te nemen.

'Kunnen we dit onderwerp laten rusten en iets leuks gaan doen? Ik heb behoefte aan een ongedwongen en gezellige vriendinnendag zonder gedoe en gezeur. Ik heb het gevoel dat ik al dagen niet heb gelachen.' Fleur sloeg met haar vuist op tafel en het servies rinkelde.

'Dat is niet best. Je weet wat ze zeggen hè, een dag niet gelachen is een dag niet geleefd.'

'Ik heb wel zin om eens ouderwets met jullie te shoppen.

Er zijn hier best wat leuke boetiekjes en winkels met snuisterijen.'

'Voor!' Sanne stak haar hand op ten teken dat ze mee zou gaan.

Fleur keek met een schuin oog op haar horloge. Nog een uur voordat ze zich moest melden bij de winkel waar 'mama' haar opwachtte. De zenuwen gierden door haar lijf. Zou het haar lukken om haar toneelstukje vol te houden zonder dat haar vriendinnen argwaan kregen? Was ze in staat om de vrolijkheid zelve te zijn en haar stress onder controle te houden? Buiten de locatie die ze door had gekregen, had ze geen flauw idee wat er precies van haar verwacht werd. Wie zou ze daar in die winkel treffen en waarom was juist die locatie uitgekozen? En dan zat ze nog met Tibors waakhonden. Het was natuurlijk ondenkbaar dat hij haar alleen met haar vriendinnen op pad liet gaan zonder bewaking. Ze hoopte maar dat Dorba met hen mee gestuurd zou worden. Hij had haar al eens eerder geholpen en wie weet deed hij dat nog eens.

In gedachten verzonken schoof ze haar bord van zich af. Haar eetlust was weer vergaan.

'Je hebt amper iets gegeten,' reageerde Sanne met een gezicht vol onbegrip.

'Niet zo'n honger. Beetje misselijk zelfs.'

'Je bent toch niet zwanger, hè? Om de boel nog maar eens verder te compliceren...'

'Nee! Alsjeblieft.'

'Nou ja, omdat je er gisteren over begon dat Tibor een kind van je wilde... Het kan toch dat jullie al stiekem wat pogingen tot gezinsuitbreiding hebben gewaagd.'

'Tibor kan zoveel willen, maar dat gaat dus even niet gebeuren. Ik heb mijn pil uit de prullenbak gevist en keurig verstopt en ik zal hem in elk geval blijven slikken tot na het huwelijk. Eerst maar eens zien hoe dat loopt voordat we aan een nieuw avontuur gaan beginnen dat zoveel impact heeft.'

'Kom, laten we gaan, ik moet troostkopen om te verwerken dat je dat huwelijk nog steeds niet uit je hoofd hebt gezet.' Noa stond op en de andere meiden volgden haar.

'Ik laat Tibor even weten dat we op pad gaan.'

'Kunnen we er niet stiekem tussenuit sneaken? Als Tibor het weet dan moet er natuurlijk ook weer zo'n spierbundel mee. We kunnen toch zelf wel een auto pakken en op pad gaan? Ik durf wel te rijden in zo'n grote bak hoor.' Noa doelde op de 4x4 die op het terrein stond.

'Uitgesloten. Hopelijk lukt het me om Dorba mee te krijgen. Uit de twee kwaden waar we uit kunnen kiezen is hij de minst slechte.'

48

Tibor had het niet echt gewaardeerd dat ze met haar vriendinnen wilde gaan winkelen. Het liefst hield hij haar nu binnen de muren van zijn eigen terrein. Toen Fleur zei dat ze Dorba mee zouden nemen én dat ze meteen ook een paar zwangerschapstesten zou kopen, werd hij wat toegeeflijker. De gedachte aan een zwangerschap stemde hem milder.

'Ik wil zo graag babykleertjes kijken met mijn vriendinnen om vast een beetje in de stemming te komen,' had ze hem verder gepaaid.

'Zal ik meegaan?'

'Nee, gun me nou dat meidenmoment. Dan kan ik ze vast wat cadeausuggesties doen voor de toekomstige babyshower.' Ze knipoogde naar hem en gaf hem een vluchtige zoen. 'Nog even naar de wc.' Voor hij iets kon zeggen had ze zich teruggetrokken in de badkamer en de deur op slot gedraaid. Terwijl ze de wc doortrok dook ze naar het badkamerkastje en haalde de USB-stick uit het doosje met tampons. Ze moest dat ding kwijt. Het risico dat Tibor in haar doosje tampons zou snuffelen was klein, maar toch. Ze wilde het straks op de een of andere manier aan 'mama' geven. Het ding had zijn taak volbracht en er was geen enkele reden meer om het bij zich te houden.

Ze zette de kraan aan en stopte de stick in een binnenvakje van haar tas. Daarna depte ze haar wangen met koud water. Tibor zat op bed en leek zich niet bewogen te hebben. Ze gaf hem een kus op zijn kruin. 'Tot straks.' Hij humde wat afkeurend, maar kwam haar niet achterna toen ze de kamer verliet.

Ze vond Dorba en Branco in de keuken en vroeg Dorba met hen mee te gaan. Hij was meteen opgestaan en met haar meegelopen voordat Branco de tijd kreeg zich ermee te bemoeien. Ze proefde gretigheid in Dorba's reactie, alsof hij elke kans wilde pakken om bij Branco uit de buurt te zijn. Ze kon hem geen ongelijk geven, want Branco's hoofd stond nog meer op onweer dan anders. Snel maakten ze zich uit de voeten. Ze hield de handtas waar ze haar telefoon en de USB-stick in had gestopt krampachtig vast. Zou mama nog wat laten horen? De hele ochtend had ze neurotisch het geluid van haar telefoon in de gaten gehouden. Het was haar grootste angst dat Tibor een berichtje zou lezen, want dan zou ze heel wat uit te leggen hebben. Uiteraard had ze haar noodpraatje al wel klaar voor het geval die situatie zich voor zou doen, maar ze hoopte dat het niet nodig zou zijn. Hoe meer ze zich omringde met leugens, hoe ingewikkelder het werd om een consistent verhaal op te blijven hangen. Eén *slip of the tongue* was al genoeg om de hele boel te laten instorten. Dat moest te allen tijde voorkomen worden.

Vlak voor ze het huis uit stapte ruilde ze haar bezorgde gezichtsuitdrukking in voor een onbezorgde. Haar vriendinnen zaten in het zitje voor het huis op haar te wachten. Ze stak haar beide duimen naar hen op ten teken dat niets hun plannen nog in de weg stond. Dorba reed de auto voor en gezellig keuvelend stapten ze in. Sanne en Milou voerden het hoogste woord en Fleur was hen dankbaar. Het ontsloeg haar van de verplichting het gesprek geforceerd gaande te houden en gaf haar de kans een beetje toe te geven aan de teruggetrokken stemming die recht deed aan hoe ze zich voelde. Ze humde en lachte op de juiste momenten, maar met haar kop was ze er niet bij. Het geklets naast haar ging onverminderd door dus ze dacht niet dat haar vriendinnen haar afwezigheid in de gaten hadden.

'Sannes laatste zin?' zei Noa plotseling. In eerste instantie had Fleur niet door dat ze het tegen haar had.

'Wat was Sannes laatste zin, Fleur?' herhaalde haar vriendin. Fleur schrok. Shit, ze had geen idee. Meer dan gehakkel kwam er niet uit. Noa nam haar onderzoekend op. Noa, de havik die altijd alles zag.

'Eh, ik was even afgedwaald en heb de laatste zin niet meegekregen, sorry.'

'Volgens mij heb je het hele gesprek niet meegekregen,' concludeerde Noa onverbiddelijk. Fleur forceerde een geeuw. 'Ik dommelde een beetje in. Niet geslapen vannacht, weet je nog.'

'Vind je ons zo saai?'

'Nee, San, het is juist een compliment. Ik voel me zo veilig en ontspannen bij jullie dat ik met jullie geklets op de achtergrond wél in slaap val. Iets wat me in mijn eigen bed niet al te goed lukt op het moment.'

'Jij zit ook nooit om een antwoord verlegen hè, Fleur,' grinnikte Milou. 'Maar we houden ook van jou hoor.' Dorba parkeerde de auto in de buurt van het hotel waar ze de eerste nachten verbleven. Milou rende door naar de boulevard. 'Even de zee zien hoor! Daar word ik altijd helemaal zen van.'

'Laten we haar maar volgen,' zei Fleur. 'Vanaf de boulevard kunnen we een straatje nemen dat ons naar de winkeltjes brengt waar ik jullie mee naartoe wil nemen.' Fleur keek om naar Dorba. Hij liet een gat van zo'n anderhalve meter vallen en liep toen achter hen aan. Zijn donkere zonnebril ontnam het zicht op zijn ogen, maar aan zijn houding kon Fleur zien dat hij alert was. Milou stond inmiddels luidruchtig snuivend aan de waterkant. 'Zo lekker die ziltige lucht! En goed voor je huid ook,' wees ze op Sannes kin waar een beginnende pukkel op te zien was. 'Nog beter zou zijn als je zo'n genezend modderbad neemt in, hoe heette dat plaatsje ook alweer, Fleur?'

'Klimno. Hoe weet jij dat?'

'Er lag een foldertje in mijn hotelkamer,' lichtte Milou toe.

‘Maar nog even over die pukkel,’ begon Noa, ‘dat is vast je straf omdat je Fleurs bonbons hebt opgegeten.’ Ze tikte tegen Sannes kin.

De steen op Fleurs maag begon steeds zwaarder te worden. Normaliter kon ze ontzettend genieten van het plagerige gekibbel van haar vriendinnen, maar vandaag lukte dat niet. Ze wierp een schuine blik op haar horloge. Nog maar tien minuten, ze moest opschieten. Ze wilde onder geen beding te laat komen, want wie weet wat voor consequenties dat had.

‘Kom, ik ga jullie meenemen naar een superschattig boetiekje. Ik kan er nooit langs lopen zonder iets te kopen.’

‘Welke kant op?’ vroeg Noa. Fleur zette opgelucht koers in de juiste richting. De klok tikte gewoon door en er waren weer een paar minuten verstreken.

49

'Zo, heb je haast of zo?' Sanne strompelde hijgend en met een verhit hoofd achter haar vriendinnen aan. Ze was al snel een stukje achterop geraakt en had de grootste moeite om het tempo van de anderen bij te houden. Haar voorhoofd was nat van het zweet. Dorba liep nog achter Sanne en hield de boel om hen heen uitvoerig in de gaten. Fleur vertraagde met tegenzin haar tempo. Onbewust had ze er flink de pas in gezet om een beetje van de verloren tijd in te halen. Het was inmiddels 13:05 uur. Ze waren bijna bij de straat aanbeland waar het bewuste boetiekje aan lag, maar het feit bleef dat ze te laat was en dat ze niet wist in welke mate mama haar dat kwalijk zou nemen.

'Nog een klein stukje, Sanne. Nog even volhouden,' spoorde ze haar puffende vriendin aan. Sanne knikte terwijl ze dapper probeerde de pas erin te houden.

'Als we thuis zijn, kom je maar weer eens op appèl in mijn sportschool.'

'Misschien.'

'Geen zorgen, ik zal voorzichtig met je zijn,' grijnsde Noa. Voordat Sanne de kans kreeg om opgelucht te kijken voegde Noa er nog wat aan toe. 'De eerste weken dan...'

Fleur keek zorgelijk op haar horloge. Weer vijf minuten verstreken. Ondanks Sannes gehijg versnelde ze haar tempo. Ze moest nu echt opschieten om niet nog verder in de problemen te komen dan ze al zat. Ze draaide zich om en liep achterwaarts verder terwijl ze haar vriendinnen toesprak.

'Ik loop even in mijn eigen tempo hoor, ik word doodmoe van dit geslenter, sorry. Jullie slepen Sanne wel mee, hè?' Noa en Milou keken haar een beetje verbaasd aan. 'Het is veel te warm om je te haasten, Fleur, relax.'

'Voor mij is deze hitte normaal, joh,' wuifde ze de oproep om rustig aan te doen weg. Meteen draaide ze zich om en liep door. Ze voelde de fronsende blikken van haar vriendinnen in haar rug prikken en deed haar best zich er niets van aan te trekken. Ze had echt even andere prioriteiten. Tot haar opluchting zag ze het straatje waar ze uiteindelijk moest zijn al liggen. Ze spande haar beenspieren nog wat verder aan en moest zichzelf inhouden om het niet op een rennen te zetten. Het kostte grote moeite. Toch was het zo dat ze bij elke stap meer lood in haar schoenen kreeg. De zenuwen gierden door haar keel en ze was misselijk van de spanning. Ze dwong zichzelf om door te blijven lopen en sloeg het steegje in. Zonder haar pas te vertragen keek ze vluchtig achterom om te zien of haar vriendinnen haar nog steeds volgden. Pas toen ze nog maar een halve meter van de winkel verwijderd was, kwamen ze in de verte het straatje in lopen. Ze zag nog net dat Sanne stil bleef staan bij een etalage en dat de rest dat ook deed.

Fleur besloot niet te wachten en het boetiekje vast binnen te gaan. Tot haar opluchting waren er geen andere klanten in de winkel. De eigenaresse die er altijd stond, bezette haar vaste plek achter de balie met de kassa. Ze knikte haar vriendelijk toe. Tot nu toe leek er niets aan de hand. Fleur stond een beetje hulpeloos te kijken. Wat moest ze nou?

Het gordijn van een pashokje in de hoek bewoog en een vrouw stapte naar buiten. Ze droeg een onopvallend zwart jurkje en had Fleurs afmetingen. In plaats van dat de vrouw naar de spiegel liep om zichzelf te bewonderen in haar potentiële aankoop, liep ze recht op Fleur af. Automatisch zette ze een stap naar achteren. De vrouw pakte haar bij de arm. 'Ik heb een jasje in mijn pashokje hangen dat je enig zal staan.' Fleur keek de vrouw onzeker aan. Was ze een van hen?

De vrouw trok haar met zich mee naar het hokje. 'Kom.' Geen verzoek maar een commando. Op dit moment was Fleur blij dat haar vriendinnen het rustig aan hadden gedaan en nog niet in de winkel waren. Ze hoopte dat ze nog heel lang naar die andere etalage stonden te turen. Gewillig liet ze zich meenemen naar het pashokje. De vrouw achter de balie keek niet op of om en leek te doen alsof ze er niet waren.

De vrouw in het zwarte jurkje duwde haar het hokje in en trok het gordijn dicht. 'Je bent te laat,' siste ze.

'Sorry. Ik heb mijn best gedaan, maar mijn vriendinnen vertraagden de boel en ik kon ze niet te veel pushen zonder argwaan te wekken.' De vrouw snufte boosaardig, maar liet het daar verder bij. 'Trek dit aan,' zei ze afgemeten terwijl ze Fleur een spijkerjasje voorhield. Fleur deed wat van haar gevraagd werd. Het jasje paste perfect, zag ze in de passpiegel die zich in het hokje bevond, maar was behoorlijk warm. Vragend keek ze de vrouw aan. 'Draag dit jasje als je bij je zusje op bezoek gaat.' Ze wisten dus echt van het meisje in de kelder.

'In deze knoop zit een cameraatje verstopt.' Ze wilden dus beeldmateriaal van Nyura hebben. Voordat ze vragen kon stellen hoorde ze de vrolijke stemmen van haar vriendinnen. De vrouw glipte onmiddellijk het pashokje uit en verdween zonder iets mee te nemen. Ze had niet eens de kans gekregen haar de USB-stick te geven. Het ding brandde nog steeds in haar tas.

'Fleur, waar ben je?' Ze hoorde Noa's stem vlak bij het pashokje waar ze in stond. Vlug veegde ze het zweet van haar voorhoofd, keek of de knoop van het jasje er echt normaal uitzag en opende het gordijn. 'Hier. Ik móést dit jasje passen, kijk nou hoe leuk.' Overdreven uitgelaten draaide ze een rondje voor Noa en nam ongemerkt de winkel in zich op. De vrouw was verdwenen. Dorba stond bij de ingang met zijn blik discreet op de verder lege straat gericht. Het leek wel of de vrouw in rook was opgegaan.

'Zag ik nou net een vrouw uit jouw pashokje komen?' Shit, Noa ontging ook werkelijk niets. Sanne en Milou waren druk bezig jurkjes uit de rekken te halen en leken het niet opgemerkt te hebben. Fleur besloot om het niet te ontkennen. 'Ja, klopt, ik heb het hokje van haar overgenomen. Ze stond in de winkel toen ik hier binnenkwam en paste dit jasje, maar het was toch niet haar ding. Toen ze het uittrok en terug in het rek wilde hangen, heb ik gevraagd of ik het mocht passen.'

'Maar dan hoef je toch niet samen in een hokje te kruipen met een wildvreemde?'

'De vrouw kreeg telefoon en moest acuut weg. Noodgevalletje. Ik heb aangeboden de kleren die ze gepast had voor haar terug te hangen. Haar tas stond nog in het pashokje dus vandaar dat je haar uit mijn hokje zag komen.'

'Hoe nobel. Is dat geen taak van het winkelpersoneel om alles weer goed in de rekken te hangen? Het ziet er niet naar uit dat zij bar veel te doen heeft...' Noa knikte naar de verkoopster die nog steeds duimendraaiend achter de kassa stond.

'Doe niet zo moeilijk, Noa. Ik wilde gewoon aardig zijn. Daar is niks mis mee toch?' Fleur deed haar best de irritatie niet door te laten klinken in haar stem. Waarom moest Noa toch altijd het naadje van de kous weten? Die eigenschap kwam Fleur momenteel enorm slecht uit. Ze probeerde het gesprek een andere wending te geven en draaide met gespreide armen nogmaals een rondje door de winkel. 'Wat vinden jullie ervan?'

Milou draaide zich om en knikte goedkeurend. 'Staat je prachtig, maar alles staat jou prachtig, Fleur. Jij weet een juten zak nog een fashion-uitstraling te geven. Maar wat ik me afvraag: is dat jasje niet een beetje te warm voor deze tropische temperaturen?'

'Welnee joh, als je zoals ik aan deze hitte bent gewend, is het geen enkel probleem.'

Sanne pufte hoorbaar. 'Ik zou er niet tegen kunnen, dit is meer mijn ding.' Ze trok een groenblauwig oversized jurkje van een dunne katoenen stof uit het rek.

'Passen!' spoorde Fleur haar aan, blij dat de aandacht niet meer alleen op haar was gericht. 'Neem mijn hokje maar.'

'Eerlijk zullen we alles delen, hè, Fleur.' Voordat Noa weer terug kon komen op het onderwerp trok Fleur het jasje uit. 'Ik ga vast afrekenen.'

'Geef maar hier. Aangezien jij je zo sociaal opstelt vandaag kan ik niet achterblijven.' Noa stak uitnodigend haar hand uit.

'Dat hoeft echt niet.'

'Geef hier.' Noa trok het jasje uit Fleurs handen. Ze had er geen idee van dat ze met haar goedbedoelde gebaar spontane buikkramp bij Fleur veroorzaakte. Een jasje met een knoopcamera behoorde vast niet tot het vaste assortiment van de winkel. Het was Fleur al opgevallen dat er geen prijskaartje aan het kledingstuk hing. Als de verkoopster maar niet zou zeggen dat ze niet wist waar het jasje vandaan kwam en niet aan haar winkel toebehoorde.

De vrouw pakte het jasje van Noa aan en Fleurs adem stokte in haar keel. Ze voelde het bloed uit haar verhitte wangen wegtrekken. Noa stond met haar rug naar haar toe en merkte het niet. Sanne was in het pashokje verdwenen en Milou keek verwachtingsvol naar het gesloten gordijn. Alleen Dorba volgde alles op de voet. Zijn zonnebril had hij boven op zijn hoofd geschoven. Ze slikte iets weg en probeerde zijn nerveus makende blik te negeren.

Gespannen richtte ze haar ogen weer op het tafereel bij de toonbank. De verkoopster keerde het jasje binnenstebuiten, op zoek naar een prijskaartje. De haartjes op Fleurs armen gingen van de spanning overeind staan en ze kreeg het koud.

Please, God, laat dit goed gaan, bad ze in zichzelf. De verkoopster haalde haar schouders op, checkte een lijst die op de toonbank lag en sloeg vervolgens een bedrag aan op de kassa. Noa trok haar portemonnee en betaalde. Fleur blies haar ingehouden adem hoorbaar tussen haar lippen uit. Haar hart ging als een razende tekeer.

De verkoopster stopte de jas in een plastic tasje en overhandigde hem aan Noa. Fleur moest zich bedwingen om het tasje niet uit haar handen te sleuren.

'Dit gaat hem niet worden, hè meisjes?' Sanne stond met een ongelukkig hoofd voor de grote passpiegel die midden in de winkel hing. Het groenblauwe jurkje flatteerde haar inderdaad niet.

'Het staat wel heel mooi bij je ogen,' begon Milou, 'maar je bestaat uit meer dan ogen, hè.' Ze liet haar blik over Sannes gezette lijf gaan. 'Altijd beginnen met iets positiefs als je een slechte boodschap moet brengen,' vertrouwde ze Fleur zachtjes toe. 'Komt het minder hard aan.' Sanne sjokte teleurgesteld terug naar het pashokje en stond in een mum van tijd weer buiten in haar eigen kleren.

'Kom, we gaan een koel drankje doen. Met een beetje fantasie zit de vijf in de klok zie ik.' Grinnikend wees Fleur op haar horloge dat vijf voor twee aangaf. Gelukkig reageerden haar vriendinnen enthousiast. Ze moesten zo snel mogelijk weg hier. 'Geef mij die tas maar hoor, Noa. Je hoeft niet met mijn spullen te sjouwen.'

'Eerst een kus en je eeuwige dank,' reageerde haar vriendin voordat ze het tasje afgaf. Fleur was bereid om alles te doen, als ze die verdomde jas maar weer in eigen beheer kreeg. Ze kon alleen maar hopen dat de camera niet beschadigd was en zijn werk deed op het moment dat ze weer een geheim bezoekje aan Nyura kon brengen.

Slenterend verlieten ze de winkel. Bij het eerste het beste terrasje streken ze neer. 'Even naar de wc.' Fleur wilde met haar handtas en de plastic zak met haar nieuwe aanwinst vertrekken maar Noa hield haar tegen.

'Wij passen wel op je jasje hoor.' Fleur kon niet anders dan de tas weer afgeven. Ze vertrok naar het toilet. Tot haar opluchting zag ze dat de wc nog was voorzien van een oude stortbak. Zonder verder na te denken maakte ze de stortbak open en haalde de USB-stick uit haar tas. Ze gooide het ding erin. Wellicht geen oplossing die 'mama' goed zou keuren, aangezien die erop had gestaan dat ze de stick weer terug zou krijgen, maar ze wilde het ding geen seconde langer in haar bezit hebben. Met opgetrokken neus sloot ze de smerige stortbak die vol zat met bruinige aanslag. Tegen de tijd dat iemand er eens in zou kijken en de stick vond, was hij vast niet meer bruikbaar. Voor de vorm trok ze de wc door. Kon ze zichzelf en haar miserabele leven maar door de plee trekken.

50

Tibor stond haar al ongeduldig op te wachten toen Dorba de auto het terrein op reed. Waarschijnlijk had hij Tibor ingeseind dat ze eraan kwamen. Shit, door alle spanning was ze helemaal vergeten die zwangerschapstesten te kopen. Fleur probeerde haar gezicht in de plooi te houden terwijl ze naarstig zocht naar een smoes. Zeggen dat het volledig door haar hoofd was geschoten, was geen optie. Ze hoorde er net zo mee bezig te zijn als Tibor. Ze vroeg zich wel af waar zijn plotselinge drift om vader te worden vandaan kwam. Een paar maanden geleden had hij er nog niets van willen weten. Hadden mannen ook zoiets als een klokje dat ging tikken, of was het meer een primaire reactie vanuit de behoefte hun genen te verspreiden? Hoe dan ook, hij had ineens veel haast met het veiligstellen van nageslacht. Ze besloot hem er niet naar te vragen, ze wilde zijn focus juist van het onderwerp af hebben.

Tibor gaf haar amper de tijd om fatsoenlijk uit de auto te komen. Bezitterig sloeg hij zijn arm om haar heen en deelde haar vriendinnen mee dat ze even een momentje 'voor zichzelf' nodig hadden. Hij trok Fleur mee naar het huis. In eerste instantie wilde ze tegenstribbelen, maar uiteindelijk liep ze met hem mee. 'Zo terug,' riep ze haar vriendinnen toe. Zodra ze de koele hal binnenliepen sprak ze Tibor aan. 'Tib, wacht even. Ik had vanmiddag weer bloedverlies. Best wel veel. Ik vrees dat we het maken van een kindje nog even een paar dagen uit moeten stellen.'

Ze nam een risico door hem dit wijs te maken, maar het

zou haar verbazen als Tibor echt bewijs wilde zien. Hij vond het maandelijkse vrouwenkwaaltje maar iets vies en liet haar altijd volledig met rust in die week. Daar gokte ze nu ook op, want dan had ze meteen twee vliegen in een klap en hoefde ze niet de hele tijd te doen alsof wanneer Tibor met haar wilde vrijen.

'Weer zo'n "doorbraakbloeding"?' Hij sprak het woord langzaam uit. Ze knikte bevestigend.

'Als alles vanbinnen weer rustig is gaan we er vol tegenaan, oké? Wedden dat het niet lang duurt voordat er een klein Tibortje in mijn buik rondzwemt?' Ze hoopte hem te paaien met haar zachte zoete stem en het leek te werken. Hij verborg zijn teleurstelling en liet het onderwerp verder rusten. Hij keek naar de plastic tas in haar hand. 'Heb je iets gekocht?'

'Eh ja, een leuk spijkerjasje.'

'Laat zien.'

Ze zette haar handtas op de terracotta tegelvloer en haalde het jasje uit de plastic zak. Ze hield het hem voor terwijl de zenuwen door haar lijf gierden. Tibor bekeek het jasje zorgvuldig. Even leken zijn ogen te blijven hangen op de bovenste knopen. Het lukte haar amper om haar handen niet te laten trillen van de spanning.

'Trek eens aan.' Fleur deed haar uiterste best zijn blik vast te houden en niet weg te kijken. Ze trok het jasje los aan, en trok het met haar handen dicht over haar borst. Ze voelde de bewuste knoop tegen de huid van haar hand drukken. Het liefst had ze hem eraf gerukt.

'Laat je armen eens langs je lichaam hangen.' Langzaam deed ze wat hij van haar vroeg.

'Wat ben je toch mooi,' verzuchtte hij, terwijl hij op haar afliep en haar in zijn armen nam. Zweet liep in straaltjes langs haar rug en ze voelde haar klamme huid tegen de spijkerstof plakken. 'Nog een week en dan ben je voor altijd van mij.' Er ging een siddering door haar lijf. Tibor duwde haar van zich af en nam haar onderzoekend op. 'Je ziet bleek en je zweet, ben je ziek?'

'Knallende koppijn en buikkrampen. Ik denk dat ik beter even op bed kan gaan liggen.'

'Tijdens de huwelijksnacht ben je er wel vanaf, toch?'

'Zeker, schatje,' stelde ze hem gerust.

'Gelukkig.'

Buiten klonk geroezemoes. Eerst zachtjes, toen steeds harder. Tibor vloog langs haar heen naar buiten. Ze liep hem achterna. Haar vriendinnen stonden in een kluitje bij elkaar en keken met open mond naar een man die woedend aan het hek stond te rammelen. Fleur voegde zich bij hen terwijl Tibor naar het hek rende. De man probeerde hem door de spijlen heen een klap te verkopen. Maar Dorba greep zijn gebalde vuist voordat hij Tibor kon raken. De man vertrok zijn gezicht van de pijn en Fleur kon de botjes in zijn hand bijna horen kraken. Dorba beet de man een waarschuwing toe en liet hem vervolgens los.

'Dat is een van die mannen uit die auto die ons achtervolgde vanaf het vliegveld,' concludeerde Noa geschrokken.

'Weet je dat zeker?'

'Ja, heel zeker.'

'Volgens mij stond hij ook op die boot toen we bij dat eiland waren,' vulde Milou aan.

'Dat weet ik niet, maar dat hij in die auto zat, daar durf ik wat om te verwedden. Wie is dat Fleur, en wat moet hij van Tibor?'

'Ik weet het niet. Ik heb hem hier nog nooit gezien.' Haar blik werd weer naar het hek getrokken waar de ruzie nog steeds in volle gang was.

Tibor verhief zijn stem in zijn moedertaal tegen de uitzinnige man die ondanks Dorba's waarschuwing een brij aan grotendeels onverstaanbare dingen bleef uitschreeuwen. Fleur pikte er twee woorden uit die hij maar bleef herhalen, *plavuša kurva*. Ze wist dat kurva 'hoer' betekende en plavuša iets van blondje omdat dat Tibors troetelnaampje voor haar was. Doelde de schreeuwende man soms op haar of op Nyura? Het meisje had haar verteld dat ze samen met een paar andere vrouwen in een loods werd vastgehouden door een man. Was dat deze man? Tibor had Nyura uit de loods ontvreemd en dat werd hem natuurlijk niet in dank afgenomen. Was de man van plan om de blonde prinses op een of ander moment weer terug te schaken?

Tot nu toe had Fleur zich altijd veilig gevoeld op dit terrein en in haar huis, maar nu kreeg ze de kriebels. Op dit moment stond de man alleen nog maar te tieren, maar wat als hij terugkwam met een groepje om de boel kort en klein te slaan en mee te nemen wat 'van hem' was? Voordat ze verder na kon denken trok de man een wapen en richtte het op Tibor. Dorba reageerde vrijwel onmiddellijk en haalde ook een pistool tevoorschijn. Zonder te aarzelen schoot hij de man in zijn knie. Fleur bracht automatisch haar handen naar haar oren om zichzelf te beschermen tegen de harde korte knal. Kermend van de pijn viel de man op de grond bij het hek. Zijn wapen viel uit zijn hand en Dorba trok het tussen de spijlen van het hek door zodat de man er niet meer bij kon. Zijn geschreeuw werd overstemd door dat van Sanne die in volle sprint naar binnen rende om dekking te zoeken. Milou en Noa volgden haar.

Fleur bleef als versteend staan. Ze kon zich niet losmaken van het tafereel dat zich voor haar ogen afspeelde. Een auto kwam in hoog tempo op het hek af en reed bijna over de jammerende man heen. Branco sprong eruit en sleurde de man mee naar de kofferbak van de auto. Hij opende de klep en tilde de man op alsof hij amper iets woog. Voordat hij de man in de kofferbak smeet zocht hij oogcontact met Tibor. Die knikte hem toe. Met een harde klap sloot Branco de kofferbak af en wenkte Dorba. Hij opende het hek en nam plaats achter het stuur van de auto van de ruziezoeker, die met stationair draaiende motor op de straat stond. Achter elkaar reden ze weg.

Fleur had geen idee waarnaartoe en ze wilde het ook niet weten. Ze had ernstige twijfels of de gewonde man het er levend van af zou brengen. Door Dorba's resolute actie twijfelde ze weer aan welke kant hij nou eigenlijk stond. Dorba zat bellend achter het stuur. Wie belde hij? In de verte klonken sirenes. De politie was vast gealarmeerd door een ongeruste buurtbewoner. Er was niemand op straat te zien, maar er hing een geladen spanning in de lucht. De sirenes kwamen steeds dichterbij en tot Fleurs verbazing verstomde het geluid ineens.

Fleur was zo in gedachten dat ze niet had gemerkt dat Tibor naar haar toe was gelopen. Toen hij een arm om haar heen sloeg begon ze van schrik te huilen. Hij drukte haar tegen zich aan. 'Sorry dat je dit moest meemaken, prinses. Ik heb werkelijk geen idee wie die man was.' Hoewel Tibors stem overtuigend klonk, wist Fleur dat hij loog. Haar liefde voor Tibor mocht de afgelopen dagen dan wel tot vlak bij het nulpunt zijn gedaald, het stak haar toch dat hij niet eerlijk tegen haar was. Als er geen blind vertrouwen was, dan was er niets. Het had lang geduurd voordat dat kwartje bij haar was gevallen. Dat nam ze zichzelf nog het meeste kwalijk. Dat ze het zover had laten komen dat ze eigenlijk geen kant meer op kon en de bruiloft door moest gaan om geen argwaan te wekken.

Tibor liet haar los en veegde de tranen van haar wangen. Automatisch streek ze met haar vinger over de cameraknoop. Het was een geluk bij een ongeluk geweest dat ze het jasje had gedragen toen ze met Tibor naar buiten was gestormd om te kijken waar alle commotie vandaan kwam. Het hele incident was als het goed was gefilmd, iets waar 'mama' ongetwijfeld blij mee zou zijn.

Noa stak haar hoofd om de voordeur en zuchtte opgelucht.

‘Gelukkig, je bent ongedeerd. Waarom bleef je nou staan, gek? Je had wel neergeschoten kunnen worden.’ Ze wierp een vernietigende blik op Tibor terwijl ze naar buiten stapte.

‘Ik was zo geschrokken dat ik verstijfde. Ik kon gewoon niet meer reageren.’

‘Ik sta ook nog te trillen als een rietje en Sanne is compleet overstuur. Milou staat hardop te bidden.’ Noa richtte haar blik weer op Tibor.

‘Is de kust veilig?’ Hij knikte.

‘Misschien een idee om de politie te bellen? Ik doe maar een gekke suggestie hoor.’ Het cynisme droop van Noa’s stem.

‘Ik ben mans genoeg om dit zelf op te lossen.’

‘O, daar twijfel ik niet aan, maar er is goddomme geschoten. Je brengt ons allemaal in gevaar! Hoe kan ik Fleur nou over een week bij je achterlaten terwijl ik weet dat ze hier om de haverklap in een wildwesttafereel kan belanden?’

‘De politie bellen lost niets op en voor Fleur wordt goed gezorgd.’

Noa stak haar hand uit en Fleur pakte hem vast. ‘Kom, Fleur, met die man valt niet te praten. Ik vrees dat we zelf een plan B moeten verzinnen.’

Tibor ging dreigend voor Noa staan. ‘Ik raad je dringend af om je met mijn zaken te bemoeien. Waag het niet om de politie te bellen.’

‘Of je het nu leuk vindt of niet, Fleur is ook mijn zaak en ik bel wie ik wil. Die zogenaamde zaken van jou die deugen van geen kant.’

‘Zolang je te gast bent in mijn huis doe je wat ík zeg.’

‘Commandeer je hondje.’ De stoom kwam bijna zichtbaar uit Noa’s oren. Ze gaf een ruk aan Fleurs hand en trok haar mee naar de deur. Gewillig liet ze zich meevoeren terwijl ze Tibor een schaapachtige blik toewierp. Noa stond al met de deurklink in haar hand toen het hoofd van Milou om de kier van de deur verscheen. Schichtig keek ze naar buiten en stapte toen over de drempel. 'Hier, Fleur, er kwam een sms-bericht voor je binnen.' Ze stak Fleur haar telefoon toe terwijl ze zei: 'Ik wist niet dat je weer contact had met je moeder?' Fleur werd licht in haar hoofd en wankelde even voor ze zich weer herstelde. Tibor griste het toestel uit Milous hand voordat Fleur het kon grijpen. Hij keek op het scherm waar de preview van een bericht op te zien was en hield het toestel vervolgens voor Fleurs neus. 'Wat heeft dit te betekenen?'

Vlug las Fleur het bericht. *Mama wil heel snel contact met je om te praten over de toekomst.*

'Wat heeft dit te betekenen?' vroeg Tibor nogmaals. Deze keer klonk zijn stem een stuk dwingender.

'Ik eh... Ik heb sinds kort weer voorzichtig contact met mijn moeder. Ik wilde het je pas vertellen als ik zeker wist dat het niet weer op niks uit zou lopen. Je weet hoeveel verdriet ik ervan heb gehad dat mijn ouders geen contact meer met me wilden en ik weet hoe boos je wordt als mensen me pijn doen. Ik dacht dat het het beste was om het voorlopig voor mezelf te houden.' Tibors gezicht stond op onweer.

Milou sloeg haar hand voor haar mond en mompelde iets wat op sorry leek.

'Handig gedaan, Lou...' Noa gaf haar een duw. 'Stoken in een goed huwelijk...'

Fleur zou het liefste ter plekke door de grond zakken. Wat een puinhoop.

51

Fleur lag weer in de donkere slaapkamer en staarde naar het plafond. Net als gisternacht. Ook nu was Tibor er niet. Tegen middernacht had hij een telefoontje gekregen waarna hij was vertrokken. 'Regeldingetje voor het huwelijk,' had hij zijn vertrek toegelicht. Waarom moest je 's nachts een huwelijk voorbereiden? Hij loog ongetwijfeld opnieuw. Tibor had van het begin af aan de touwtjes in handen genomen. Hij deed de organisatie en zij mocht zich alleen bezighouden met het uitzoeken van een jurk en zich druk maken over haar kapsel en de kleur nagellak die ze zou dragen tijdens de plechtigheid.

In eerste instantie was ze hevig teleurgesteld. Ze had het zich zo anders voorgesteld. Het moest haar dag worden met alles erop en eraan en ze had zich ook enorm verheugd op alle regelzaken eromheen. Het zou een aangename ontsnapping zijn aan de verveling die haar dagelijkse bestaan inmiddels met zich mee was gaan brengen. Als ze het goed en wel beschouwde was de sleur in haar Kroatische leven er al na een paar maanden ingeslopen. In het begin was Tibor ontzettend attent geweest en had hij haar om de haverklap verrast met leuke uitjes. Nu verraste hij haar nauwelijks meer en was hij drukker met zijn dagelijkse bezigheden dan met haar.

Ze wreef in haar branderige ogen. Ze kon niet slapen als Tibor naast haar lag, maar ook niet als hij weg was. Ze maakte zich ernstig zorgen over de dingen die hij uitspookte tijdens zijn uitstapjes. Ze zou een moord doen voor een nachtje ongestoord slapen, maar dat zat er ook vannacht weer niet in.

Ze moest gebruikmaken van Tibors afwezigheid om Nyura weer te bezoeken, zoals 'mama' had gevraagd.

Ze richtte haar vermoeide lijf op en ging op de rand van het bed zitten. Wat was ze geschrokken toen Milou haar telefoon had gebracht met de mededeling dat ze een sms had van haar moeder. De blik in Tibors ogen had haar de adem benomen. Hij was woedend geweest. De breuk met haar ouders was een heel gedoe geweest en Tibor had de zwarte piet toegespeeld gekregen. Hij wilde niets meer met haar ouders te maken hebben en had haar ook verboden om het contact nog langer aan te houden. Ze had voor Tibor gekozen. Haar roots, haar schepen had ze achter zich verbrand in de hoop er ware en allesomvattende liefde voor terug te krijgen.

Toen Tibors ergste woede ten opzichte van haar ouders was gezakt, was hij wat milder geworden en had hij haar laten weten dat hij snapte hoe moeilijk het voor haar was. Hij moest er zelf niet aan denken dat hij zijn moeder zou verliezen. Toen hij zestien was had hij zijn vader plotseling verloren na een hartstilstand. Ineens moest hij samen met zijn moeder twee noodlijdende nachtclubs overeind zien te houden. Schuldeisers stonden om de haverklap aan de deur en maakten hem en zijn moeder het leven zuur. Tijd om te rouwen was er niet. Regelmatig had hij zijn vader vervloekt dat hij hem en zijn moeder zo had achtergelaten. Het had hem gehard en doelgericht gemaakt. Al snel had hij de leiding genomen en dat had goed uitgepakt. Fleur had hem weleens gevraagd hoe hij de boel weer succesvol had weten te maken, maar daar had ze nooit een bevredigend antwoord op gekregen. Tibor was een gesloten man die zijn emoties bij voorkeur niet toonde. Emoties maakten je kwetsbaar en dat was iets waar Tibor een grote hekel aan had. 'In mijn vak kun je je dat niet permitteren.'

Fleur had gehoopt in haar schoonmoeder een goede surrogaatmoeder te vinden, maar niets was minder waar gebleken.

Jadranka zag haar als een concurrent die de aandacht en liefde van haar zoon opslokte en liet geen moment onbenut om haar te laten merken dat ze haar haatte. Uitgekookt als ze was, speelde ze de vermoorde onschuld als Tibor in de buurt was en gedroeg ze zich poeslief tegen haar aanstaande schoondochter. Fleur had weleens voorzichtig bij Tibor proberen aan te kaarten dat zijn moeder een pesthekel aan haar had, maar dat had hij glashard ontkend. Zijn moeder was juist dol op haar, einde discussie.

Tibor voelde zich enorm verantwoordelijk voor zijn moeder sinds het overlijden van zijn vader. Hij was vanaf dat moment de man in huis geweest en diende voor haar te zorgen. Hij duldde geen kwaad woord over haar en zijn moeder maakte daar handig gebruik van door hen tegen elkaar uit te spelen. Haar pesterijen hadden tot nu toe echter nog niet het gewenste resultaat gehad. Fleur was stug gebleven en had zich niet laten wegjagen uit Tibors leven, alleen al omdat ze Jadranka de triomf niet gunde. Maar toen wist ze nog niet wat ze nu wist.

Moedeloos liet ze zich weer achterover vallen en sloot haar ogen. Kon ze hier maar voor altijd blijven liggen. Ze gunde zichzelf een kort moment van rust en spoorde zichzelf vervolgens aan tot actie. Ze deed het grote licht in de kamer aan en knipperde met haar ogen die protesteerden tegen de abrupte overgang van donker naar licht. Ze schuifelde naar de boekenkast terwijl de vlekken voor haar ogen dansten. Ze trok het juiste boek eruit en haalde de kluissleutel uit het doosje. Voor de zekerheid draaide ze toch de deur van de slaapkamer op slot. Stel dat Tibor onverwachts thuiskwam. Hij mocht haar onder geen beding betrappen. Met het kleine sleuteltje tussen haar vingers geklemd liep ze naar de kluis en toetste de code in die ze inmiddels uit haar hoofd had geleerd. De deur sprong met een klik open en ze liet haar ogen over de inhoud gaan. Er was weinig veranderd vergeleken met de laatste keer dat ze erin had gekeken. Het pistool met de set kogels lag nog steeds op zijn plek, evenals Tibors laptop, maar schuin tussen de computer en de kluiswand in lag een paspoort. Dat had er de vorige keer nog niet gelegen. Ze pakte haar telefoon en maakte een foto van de inhoud van de kluis voordat ze het paspoort eruit pakte. Met het plaatje van de oorspronkelijke situatie kon ze het zo meteen weer exact op dezelfde manier terugleggen als ze het gevonden had.

Haar handen trilden toen ze het paspoort opensloeg. Ze zag wat ze al vermoedde, het was een paspoort op naam van ene Tatjana. De naam was vals want het meisje dat Fleur vanaf de foto aanstaarde was zonder twijfel Nyura. Ze zou het meisje blind nog herkennen als het moest. Ze hield het paspoort van zich af en maakte een tweede foto. Meteen stuurde ze hem door aan 'mama'. Tekst liet ze achterwege. Ze wisten ook zonder toelichting donders goed wat dit was. Meteen wiste ze de foto uit haar telefoon.

Blij dat ze haar intuïtie had gevolgd en de kluis had gecheckt, borg ze het paspoort aan de hand van de foto weer op. Tevreden met het resultaat sloot ze de kluis en stopte ze het sleuteltje weer in het daarvoor bestemde kistje. Ze gaf een goedkeurend klapje op het boek toen het weer keurig in de kast stond. Missie één volbracht. Nu de volgende uitdaging. Ze schoot in haar joggingbroek en trok over een strak T-shirt het spijkerjasje aan.

Ze haalde de deur van het slot en opende hem geruisloos. Weer prees ze het dikke tapijt dat elk geluid van haar voetstappen absorbeerde. Het huis verkeerde gelukkig weer in diepe rust. Voorzichtig sloop ze naar de trap en liep naar beneden. Branco had ze niet meer gezien sinds hij met de gewonde man in zijn kofferbak was vertrokken. Ook Dorba had ze niet terug horen keren. Toch hield ze er rekening mee dat een of beide mannen toch in het huis aanwezig waren. Na het incident van vanmiddag was het ondenkbaar dat Tibor het huis zonder bewaking achter zou laten. Ze moest dus op haar hoede blijven.

Ze liep rechtstreeks door naar de keuken en schudde wat spanning van zich af toen die leeg bleek te zijn. En nu maar hopen dat dat zo bleef totdat ze in de bijkeuken was verdwenen. Ze trok de deur van de vriezer open en haalde de sleutel uit het tupperware bakje. Vlug sloot ze het bakje weer af, en zette het op zijn plek tussen biefstukken en brood. Met een tevreden gezicht deed ze de vriezer dicht en draaide zich om. De voorzichtige glimlach die zich net om haar mond had gevormd, bevroor ter plekke. Noa stond met haar armen over elkaar in de keuken en Fleur botste bijna tegen haar op.

52

‘Slecht geweten, Fleur? Wat ben je aan het doen?’

‘N-noa,’ stotterde Fleur. Razendsnel herstelde ze zich en ging met vaste stem verder.

‘Ik had honger.’

‘Hm, honger ja. Ben je ijzervreter geworden?’ Noa keek naar de sleutel die Fleur in haar hand had. ‘Denk je niet dat zo’n ding een beetje zwaar op de maag ligt? Misschien kun je beter een boterham nemen.’

‘Wat doe je hier, Noa?’

‘Ik kan hetzelfde aan jou vragen. Als we nou eens stoppen met elkaar onzin te verkopen. Wat doe je hier echt, Fleur? Waarom haal jij midden in de nacht een sleutel uit de vriezer?’

‘Hoelang sta je hier al?’

‘Lang genoeg om te concluderen dat hier iets vreemds aan de hand is. Ik ben je naar beneden gevolgd.’

‘Ik heb je helemaal niet gehoord.’

‘Je bent niet de enige die geruisloos kan sluipen hoor. Ik kon niet slapen door alle toestanden van vandaag en besloot om een wandeling in de tuin te gaan maken. Van wandelen word ik rustig en het ordent mijn gedachten. Toen ik mijn kamer wilde verlaten zag ik jou naar beneden lopen. Dat maakte me nieuwsgierig. Kom op Fleur, *cut the crap* en vertel me nu eindelijk eens wat er aan de hand is. Waarom vertrouw je me toch niet?’

‘Geloof me, het heeft niets te maken met of ik je wel of niet vertrouw. Ik vraag je mij te vertrouwen en dit moment te vergeten. Deze gebeurtenis heeft nooit plaatsgevonden, oké?'

'Niet oké. Helemaal niet oké. Ik pik het niet meer, Fleur. Sinds ik hier ben, heb ik bijna alleen nog maar met agressiviteit te maken gehad. Ik ben bedreigd, beschoten, jij wordt voor mijn ogen een auto in gesleurd en verdwijnt... Moet ik nog even doorgaan? De maat is echt vol.'

'Ik probeer je alleen maar te beschermen, Noa.' Fleurs stem klonk wanhopig en ze kon haar tranen amper bedwingen.

'Waartegen? Geef me de kans je te helpen. Je hoeft dit niet in je eentje te doen.' Noa pakte Fleurs vrije hand stevig vast. 'Kom op, waar is die sleutel van? En belangrijker nog, wat ben je ermee van plan?'

Fleur trok haar hand uit die van Noa en liep naar de deur van de bijkeuken. 'Kom.' Ze opende de deur en Noa volgde haar met een vragende blik in haar ogen naar binnen. Fleur sloot de deur onmiddellijk aan de binnenkant af. Aangezien ze erachter was gekomen dat de sleutel in de vriezer slechts de reservesleutel was en Dorba en Branco allebei een eigen exemplaar hadden, zag ze er geen kwaad in om de sleutel bij zich te houden.

'Ik heb iets ontdekt over Tibor. Iets ergs. Hij is niet de man die ik dacht dat hij was.' Zonder verdere uitleg te geven trok ze het vloerkleed opzij. Noa staarde met open mond naar het luik dat eronder vandaan kwam. 'Wat is dat?'

'Een luik dat toegang geeft tot de kelder onder het huis. Weet je nog dat je Tibor en Branco thuis zag komen met een blond meisje?'

'*Oh my god.* Je wilt toch niet zeggen dat dat meisje hier beneden opgesloten zit?' Fleur knikte bevestigend. 'Ze heet Nyura en is onder valse voorwendselen samen met een paar andere meiden meegenomen door een vrouwenhandelaar die hun een gouden toekomst in Nederland beloofde. Ze zaten opgesloten in een loods en werden slecht behandeld. Toen

Tibor en Branco op zoek gingen naar mij vonden ze Nyura en de andere vrouwen. Ze hebben alleen Nyura meegenomen.'

'Maar hoe kwam Tibor dan überhaupt bij die loods terecht? Waarom ging hij juist daar zoeken?' Voordat Fleur antwoord kon geven was Noa haar voor. 'Wacht eens even... Tibor kent die vrouwenhandelaar en dacht blijkbaar dat hij jou te pakken had genomen. Waarom zou hij denken dat die handelaar het op jou gemunt heeft?'

'Omdat die man een concurrent is van Tibor...'

'Een concurrent van Tibor. Je bedoelt dat... O god, zeg me dat het niet waar is, Fleur.'

'Ik zou er alles voor overhebben om te zeggen dat het niet waar is,' zei Fleur benepen. 'Tibors clubs zijn een dekmantel voor zijn echte business. Hij verkoopt meisjes zogenaamd als au pair aan rijke Europese zakenlieden. De verzorgende handelingen zijn echter van hele andere aard, als je begrijpt wat ik bedoel. Kroatië is onderdeel van de zogenaamde Balkanroute die door criminelen wordt gebruikt om mensen, wapens en drugs naar West-Europa te smokkelen. Nederland is een van Tibors belangrijkste afzetmarkten. Er ligt al een vals paspoort voor Nyura klaar.'

'Dat meen je niet. Hoe ben je hier allemaal achter gekomen?'

'Wil je me vertrouwen als ik je zeg dat ik je dat niet kan vertellen? Ik heb je al meer verteld dan goed voor jou én mij is. Je mag dit met niemand delen, dus ook niet met Sanne en Milou. Kun je je mond houden en doen alsof er niets aan de hand is als je Tibor ziet? Je vraagt me al dagen om je te vertrouwen. Nu kun je dat waarmaken.' Het bleef even stil maar toen sprak Noa de verlossende woorden die Fleur zo graag wilde horen. 'Je kunt me vertrouwen. Hand op mijn hart. Maar ik móét je nog een ding vragen: heeft jouw ontvoering hier op de een of andere manier iets mee te maken?'

'Ja, maar ik kan je niet vertellen wat.'

'Ben je in gevaar?'

'Zolang Tibor er niet achter komt dat ik meer weet dan hem lief is niet. Daarom is het zo belangrijk dat je je mond houdt en doet alsof je neus bloedt. Ook voor je eigen bestwil.'

'Maar...'

'Sst. Ik moet jou vertrouwen, vertrouw mij dan ook.'

'We moeten dat meisje bevrijden voordat ze verkocht wordt!' Noa begon aan het luik te trekken. Fleur trok haar weg. 'Hou op, Noa! Op dit moment kunnen we niet veel voor Nyura doen zonder haar en onszelf in gevaar te brengen. Als we haar nu bevrijden is ze vogelvrij. Ze kan nergens heen en Tibor heeft haar zo weer te pakken. Ik check af en toe of het goed met haar gaat en dat is het maximaal haalbare totdat ik een veilige uitweg heb gevonden.'

'Maar elke dag dat dat kind hier opgesloten zit, is er een te veel!'

'Het is even niet anders, Noa. Ik regel het, maar op mijn manier.'

'Maar ik wil helpen.'

'Je helpt me het meest door te doen wat ik zeg. Als jij nou eens een broodje gaat eten in de keuken en meteen in de gaten houdt of er niemand aankomt, dan ga ik snel even kijken hoe het met Nyura gaat. Deal?'

Na even aarzelen zei Noa: 'Deal,' maar het klonk niet van harte.

53

Noa zat aan de keukentafel met lange tanden op een broodje te kauwen dat ze op het aanrecht had gevonden. Het was niet al te vers meer en ze gruwelde van het hoge suikergehalte dat ze naar binnen werkte met het plakkerige broodje. Bovendien had het verhaal van Fleur haar alle eetlust ontnomen. Tibor een vrouwenhandelaar. Haar *gut feeling* had van begin af aan alarmbellen laten rinkelen. Ze wist dat er iets niet klopte in het hele verhaal. Ze had gedacht dat Tibor in drugs handelde, maar dat hij zo'n afgrijselijke vrouwenhandelaar was, had ze niet kunnen vermoeden. Haar hart ging uit naar Fleur; haar geloof in de ware liefde had een flinke deuk opgelopen en haar toekomst was in duigen gevallen. Ook al had Fleur het niet hardop uitgesproken, Noa ging ervan uit dat het huwelijk nu voorgoed van de baan zou zijn. Geen vrouw die goed bij haar verstand was en een geweten had, wilde met een vrouwenhandelaar trouwen. Het idee dat die vent jarenlang met zijn poten aan Fleur had gezeten, deed haar gruwelen. En wie weet aan wie hij nog meer had gezeten? Ze kon niet geloven dat Tibor haar vriendin trouw was geweest.

Noa had bewondering voor Fleurs kracht. Ze had dit vreselijke geheim ontdekt en het voor zichzelf weten te houden om niemand in gevaar te brengen. Ze had de volledige last op haar eigen schouders genomen en als Noa haar niet had betrapt zou ze het nu nog steeds in haar eentje dragen. Maar nu was Noa er om haar te helpen en dat zou ze doen ook. Ze peinsde zich suf hoe ze Fleur hier veilig weg kon krijgen en tegelijkertijd ook Nyura kon redden van een vreselijke toekomst. Ze was het met Fleur eens dat een ontsnapping voorbereiding vergde, zeker ook omdat Milou en Sanne er zo lang mogelijk buiten gehouden moesten worden. Hoe meer mensen je een geheim toevertrouwde, hoe groter de kans dat het uitlekte. Milou flapte er nog weleens iets uit zonder na te denken en Sanne was niet stressbestendig genoeg om te doen alsof haar neus bloedde als ze de waarheid kende. Die zou als een kip zonder kop rond gaan rennen als ze wist dat er een meisje gevangen werd gehouden in de kelder onder het huis.

Ze nam nog een hap van het broodje dat ze slechts voor de vorm zat op te eten. Mocht er iemand in de keuken verschijnen dan had ze een duidelijk excuus waarom ze daar zat. De sleutel van de bijkeukendeur zat in haar broekzak. Fleur had het beter gevonden als Noa de deur weer op slot draaide nadat Fleur in de ruimte verdwenen was. Als Dorba of Branco een kijkje in de keuken zouden nemen, dan zouden ze in elk geval in eerste instantie geen argwaan krijgen. Als Fleur klaar was zou ze zachtjes op de deur kloppen en dan zou Noa haar de keuken inlaten.

Wat zou Fleur op dit moment aantreffen in de kelder? Noa had zo te doen met het blonde meisje waar ze een paar dagen geleden een glimp van had opgevangen. Eigenlijk begreep ze niet goed waarom Tibor haar en de andere meiden van het hotel had overgebracht naar zijn eigen huis. Na het incident van vanmiddag bleek wel dat ze hier niet veiliger waren dan in het hotel. Was Tibor zo arrogant dat hij dacht dat hij zijn schimmige zaakjes ongezien onder hun neus kon laten plaatsvinden? Of was hij heel naïef?

Het bleef maar door Noa's hoofd spoken wat er met Fleur was gebeurd in de dagen dat ze afwezig was geweest. Wie had haar meegenomen en met welk doel? Fleur had Noa gevraagd haar te vertrouwen maar dat vond ze moeilijk. Nu ze een beetje wist wat er speelde, wilde ze het totaalplaatje kennen zodat ze in kon schatten hoe groot het gevaar was waar Fleur in verkeerde. Ze zou Fleur er straks toch nog eens naar vragen.

Buiten klonk een geluid en Noa vloog overeind. Ze was tot op het bot gespannen. Ze luisterde nog eens goed toen ze weer wat hoorde. Het klonk als het toegangshek dat opening. Nee! Ze moest Fleur op tijd de keuken in zien te krijgen. Autodeuren werden dichtgeslagen. Ze had geen tijd te verliezen en draaide de bijkeukendeur open. Net toen ze de bijkeuken binnenging en de deur weer wilde sluiten, hoorde ze de voordeur van het huis dichtslaan. Degene die zojuist het terrein was opgereden had er behoorlijk de sokken in. Voetstappen klonken steeds dichterbij. De paar seconden die ze had staan luisteren nekten haar. Ze moest nu beslissen, of de bijkeuken inglippen en de deur op slot draaien, of weer aan de keukentafel gaan zitten en degene die eraan kwam zo snel mogelijk het vertrek uit zien te krijgen. Ze koos toch voor het laatste. Vanuit de keuken kon ze alles in de gaten houden en de boel nog een beetje naar haar hand proberen te zetten. Samen met Fleur opgesloten zitten in de bijkeuken leek haar niet wenselijk. En het was maar de vraag of ze dan ongezien weer konden ontsnappen. Snel draaide ze de deur weer op slot, ging weer aan de tafel zitten en pakte het broodje. Ze kon alleen maar bidden en smeken dat Fleur nog even niet op de deur zou kloppen. De voetstappen klonken nu heel dichtbij en de keukendeur zwaaide open. Branco knipte het licht aan en keek haar verbaasd aan. Zijn verbazing sloeg vrijwel meteen om in vijandigheid. '*What are you doing here*?'

Zwijgend stak ze het broodje in de lucht en nam vervolgens een hap. Al kauwend nam ze Branco op. Zijn kleren waren vuil en er liep een bloederige kras over zijn wang. Op zijn grote handen zat een zanderige aanslag. Hij snoof minachtend naar Noa en liep langs haar heen naar de kraan. Hij waste zijn handen met zeep en hield daarna zijn kop een tijdje onder de kraan. Terwijl hij zijn hoofd afdroogde met een van de keukenhanddoeken klonk er zacht geklop op de bijkeukendeur. Noa verstijfde. Had Branco het ook gehoord? Hij ging onverstoorbaar verder en droogde zijn oren. Het geklop klonk harder en hield langer aan dan de vorige keer. Branco haalde de handdoek van zijn hoofd. Zijn ogen schoten heen en weer en hij fronste. Ze moest iets doen! Ze deed alsof ze zich verslikte in de laatste hap van haar broodje en begon keihard te kokhalzen en hoesten. Ze hoopte dat Fleur het ook hoorde en begreep dat het een teken was dat ze zich gedeisd moest houden. Overdreven gebarend met haar handen liep ze naar de gootsteen, stak haar vinger in haar keel en werkte met een hoop lawaai het hele broodje weer naar buiten. Branco trok zijn neus op en stak verder geen poot uit om haar te helpen. Ergens was Noa daar wel blij om. Als deze man een heimlichgreep bij je deed, brak hij minstens je ribben.

Ze besprenkelde haar gezicht en polsen met water. Toen ze de kraan uitzette was het op het zachte gezoem van de vriezer na stil in de keuken. Please Fleur, hou je nog even rustig, bad ze in stilte. Buiten reed duidelijk hoorbaar weer een auto het terrein op. De moed zonk Noa in de schoenen. Als het Tibor maar niet was. Branco had het ook gehoord en verliet zonder iets te zeggen de keuken. Snel daarna hoorde ze de voordeur dichtslaan. Vervolgens was het weer stil in huis. Ze wachtte nog een paar seconden en opende toen als de wiedeweerga de bijkeukendeur. 'Fleur!' fluisterde ze wanhopig.

'Noa?' Fleur stapte voorzichtig achter de dozen in de hoek vandaan. 'Is de kust veilig?'

'Ja, maar we hebben heel weinig tijd. Toen jij op de deur klopte stond Branco in de keuken. Ik heb mijn best gedaan hem af te leiden en dat is gelukt.'

'Toen ik je hoorde spugen wist ik dat er iets mis was. Ik weet hoe smerig je dat vindt.'

'Kom, we moeten opschieten. Branco is even naar buiten

gelopen toen er een auto het terrein op reed. Het zou Tibor kunnen zijn. Maak dat je boven in je bed terecht komt, ik handel het hier wel af.' Fleur rende langs haar heen. Noa hoopte dat ze op tijd en ongezien op haar slaapkamer zou zijn. Met trillende handen sloot ze vlug de bijkeuken af en stopte de sleutel in het bakje in de vriezer waar Fleur hem eerder uit had gehaald. Een paar minuten nadat Fleur was verdwenen hoorde ze de voordeur weer opengaan. Ze ving geroezemoes van meerdere zware stemmen op. Ze spoedde zich naar de spoelbak, ging erboven hangen en zette de kraan aan. Vlak erna kwamen de mannen de keuken in.

'Sta je daar nou nog steeds?' zei Branco nors.

'Wat doet ze hier?' Bij het horen van Tibors stem ging Noa bijna spontaan weer over haar nek.

'Broodje uitkotsen dat ze zat te eten.'

'Ik verslikte me, ja. Neem me niet kwalijk,' hijgde ze.

'Als je de troep maar opruimt.' Tibor wierp haar een keukenrol toe. 'Ik ga naar mijn vrouwtje, welterusten.'

54

Fleur struikelde toen ze als een idioot de trap op rende. Ze klapte voorover en wist zichzelf net op tijd met haar handen op te vangen. Op het nippertje voorkwam ze dat ze met haar kin op de trede klapte. Ze herstelde zich razendsnel en vervolgde haar weg naar boven met twee treden tegelijk. Ze moest uit het zicht verdwenen zijn voordat Tibor binnenkwam. Haar hijgende ademhaling schuurde door haar luchtpijp toen ze na de laatste trede rechtstreeks doorrende naar de slaapkamer.

Ze trok haar joggingbroek naar beneden in een poging hem uit te doen en bleef in de broekspijpen hangen. Weer ging ze bijna onderuit. Ze vloekte binnensmonds en smeet het ding in de hoek op een stapeltje andere kleren. Het spijkerjasje legde ze er iets zorgvuldiger overheen met de knopen naar onder. Snel stuurde ze mama een lege sms en wiste hem meteen in haar verzonden items. Een leeg bericht was het afgesproken teken dat er tot nader order geen contact per sms met haar opgenomen mocht worden. Ze legde het toestel met het scherm naar beneden gekeerd op haar nachtkastje en schakelde het geluid uit. Haar shirt en slipje hield ze aan terwijl ze onder de lakens dook en zich in foetushouding opkrulde. Slechts een fractie later ging de slaapkamerdeur open. Haar hart bonkte zo hard van de stress en de inspanning dat het bijna wel te horen moest zijn in de kamer, en ook haar ademhaling was nog allerminst rustig. Haar shirt was drijfnat van het zweet. Ze hield haar ogen stijf dicht en begon wat te woelen en te kreunen. Ze voelde een hand op haar schouder en ze vloog overeind.

'Rustig maar, je had een nachtmerrie denk ik.'

Tibor streelde een sliert haar uit haar bezwete gezicht. Met grote ogen van schrik keek ze hem aan. Hij knipte het lampje naast haar bed aan. Ze keek de kamer rond en ontspande toen.

'Waar was je over aan het dromen?' Ze haalde haar schouders op. 'Ik weet het niet meer precies. Iets met een achtervolging.' Ze snoof een paar keer kort achter elkaar. 'Getver, ik ben helemaal nat van het zweet. Ik geloof dat ik wel een deo-douche en een droog shirt kan gebruiken.' Ze maakte aanstalten om uit bed te komen.

'Wacht maar, ik pak het wel even voor je.'

'Dank je, lief.' Opgelucht keek ze hem na toen hij in de badkamer verdween om deodorant voor haar te halen. Hij leek haar smoes aannemelijk te vinden. Ze realiseerde zich dat zijn vertrouwen in haar toch bijzonder groot moest zijn. Ze besefte ook hoe bijzonder dat was voor iemand die zoveel te verbergen had als Tibor. Hij zou van een heel koude kermis thuiskomen als hij erachter kwam dat de zaken toch iets anders lagen. Van het schuldgevoel naar Tibor waar ze in het begin mee kampte, was niets meer over sinds ze Nyura had ontdekt. Het beeld dat ze al die jaren van Tibor had gehad, bestond niet. Hij moest gestopt worden, daar was ze inmiddels volledig van overtuigd. Ze wist dat zij de sleutelfiguur was daarbij en voor het eerst voelde ze een vleugje trots. Er viel haar best wat te verwijten, maar ze zou het allemaal goedmaken.

Tibor kwam de badkamer uit met een fles deodorant. 'Hier.' Ze trok haar natte shirt uit en besproeide zichzelf rijkelijk. Tibor nieste en deed een paar stappen terug. Verlekkerd keek hij naar haar strakke volle borsten en likte over zijn lippen. 'Die worden nog groter als je zwanger bent.'

'Geef me eens een schoon shirt aan als je wilt.'

'Dit uitzicht bevalt me veel beter.' Fleur voelde zich opgelaten onder zijn starende blik en stak ongeduldig haar hand uit. 'Kom, ik heb het koud. En ik ben een soort van ongesteld, weet je nog.'

'Hoe zou ik dat nou kunnen vergeten? Je humeur knapt er niet van op.' Hij gooide een shirt naar haar toe en begon zichzelf uit te kleden. Met een verongelijkte blik stapte hij naakt naast haar in bed. 'Als ik naar mijn aanstaande vrouw wil kijken, dan doe ik dat.' Hij keerde zich mokkend van haar af en draaide op zijn andere zij. Fleur was blij dat hij niet tegen haar aan kroop zoals hij gewoonlijk deed. Ze dacht niet dat ze het op dit moment kon verdragen om zijn lichaam tegen het hare te voelen.

Met haar ogen open lag ze in bed terwijl de spanning door haar lijf gierde. Het liefste zou ze gillend weglopen, maar ze zat gevangen in de situatie en het moment. Ze had ongelofelijk veel mazzel gehad dat ze ongezien in de slaapkamer had kunnen komen. Zonder Noa was haar dat nooit gelukt. Ze was zich kapot geschrokken toen haar vriendin ineens in de keuken stond en vroeg wat ze met die sleutel moest. Enerzijds baalde ze dat ze Noa wat informatie had moeten geven, maar anderzijds was er een last van haar af gevallen toen ze een gedeelte van haar geheim niet meer in haar eentje hoefde te dragen. Het had een klein beetje van de druk weggenomen en het geheel weer wat draaglijker gemaakt. Ze realiseerde zich wel dat 'mama' ook beelden van Noa had gezien en haar beknopte uitleg van de situatie aan haar vriendin had gehoord. Hopelijk begrepen ze dat ze geen keus had gehad.

Het was fijn geweest om Nyura weer even te zien en haar nogmaals te laten weten dat er alles aan gedaan werd om haar te bevrijden. Ze hoopte dat de camera in haar jasje zijn werk goed had gedaan en het gevraagde bewijs had geleverd. Ze had in elk geval haar best gedaan. Het meisje was in eerste instantie zichtbaar opgelucht geweest dat ze woord had gehouden en het niet bij haar eerste bezoekje had gelaten. Maar al snel was ze kribbig geworden en had ze haar ongeduld niet onder stoelen of banken gestoken. Ze wilde weg uit die afgrijselijke stinkkelder en wel nu! Het had Fleur behoorlijk wat overredingskracht gekost om haar weer tot bedaren te brengen, maar het deed haar goed te merken dat Nyura nog geen greintje van haar strijdlust was verloren. Als ze erin slaagden om het meisje te bevrijden, dan kwam het wel goed met haar, daar was Fleur vast van overtuigd. Ze gunde haar een mooie toekomst in vrijheid, een stiekeme wens die ze ook voor zichzelf had.

Morgen moest ze op de een of andere manier contact zien op te nemen met mama om te horen wat de verdere plannen waren en welke rol zij daarin moest spelen. Ze hoopte maar dat ze begrip zouden hebben voor het feit dat ze Noa iets had moeten vertellen. Uiteindelijk had haar vriendin de hele situatie weten te redden, daar konden ze niet aan voorbijgaan, toch?

Ze maakte zich na alles wat er gebeurd was weer op voor een doorwaakte nacht. Slapen naast Tibor was uitgesloten. Ze zou morgen overdag proberen een paar uurtjes slaap in te halen, dat moest. Als ze te moe werd kon ze niet meer helder nadenken en ging ze fouten maken. Dat had ze sinds haar jeugd al meerdere malen ondervonden. Maar toen waren de gevolgen nog niet zo ernstig als ze nu zouden zijn.

55

Fleur liep met een stapel borden en bestek naar het zitje in de tuin. Sanne volgde met een mand vol zoete broodjes en een schaal fruit.

Noa droeg een kan koffie en een kan thee. Ze versnelde haar pas en ging naast Fleur lopen. 'Beetje geslapen?' fluisterde ze.

'Geen oog dichtgedaan. Jij?'

'Nee, ook niet.'

'Hé, wat lopen jullie te smoezen? Fluisteren in gezelschap is onbeleefd, hoor.' Milou snelde hen voorbij met een tafellaken en een kan versgeperste jus.

'Nieuwsgierig aagje.'

Milou spreidde het kleed uit over de tafel en Fleur zette de borden erop.

'Wat is het toch weer zalig weer. Daar zou ik wel aan kunnen wennen hoor.' Milou richtte haar hoofd naar de zon en liet met een tevreden gezicht de warme stralen op haar wangen vallen. De rest van de tafel werd gedekt. Net toen Fleur wilde gaan zitten voelde ze haar telefoon trillen in haar broekzak. Een sms. 'Ik moet nog even naar de wc, maar begin gerust,' deelde ze haar vriendinnen mee terwijl ze terugliep naar het huis. Eenmaal binnen dook ze meteen de wc in en haalde de telefoon uit haar broek. Met trillende vingers opende ze het bericht. *We zijn aanwezig bij je huwelijk en staan achter je, liefs mama.*

En mijn zusje? Is die er ook? stuurde ze terug.

We nemen je zusje mee en verliezen haar niet uit het oog. Je kunt erop vertrouwen dat we even goed voor haar zorgen als voor jou.

Oké, dus als ze het goed begreep moest ze het huwelijk doorzetten en erop vertrouwen dat mama alles in goede banen zou leiden. En ook voor Nyura werd een oplossing gezocht. Ze kon wel janken. Haar ogen brandden van de tranen die zich opdrongen. Er werd op de deur gebonsd. 'Hé, heb je jezelf doorgetrokken?' Milous bezorgde stem bracht haar weer terug in het nu. Hoelang zat ze hier al? Waarschijnlijk langer dan ze zelf doorhad. Ze slikte de brok weg en schraapte haar keel.

'Alles goed daarbinnen?'

'Ja, ik ben ongesteld en had even wat buikkramp.' Ze moest het verhaal dat ze Tibor had wijsgemaakt maar wat breder verspreiden. Was altijd goed voor de geloofwaardigheid en een mooi excuus om zich af en toe even een tijdje terug te trekken op de wc voor het checken van berichten.

'O, ja, ik ken het... Heb ik ook altijd zo'n last van. Ik haat dat gedoe. Wil je dat ik op je wacht?'

'Nee, hoeft niet, ik kom er zo aan. Laat me maar even.'

'Is goed, schatje. Zie je zo.' Geklepper van slippers en een dichtslaande deur. Ze was weer alleen. Snel wiste ze alle berichtjes en borg de telefoon zorgvuldig op in haar broekzak. Ze opende de deur en botste bijna tegen Tibor op. Hij greep haar met een hand beet.

'Verkeer van rechts heeft voorrang, schatje, dat weet je toch?' Hij zoende haar vol op haar mond en liet haar weer los. Hij maakte een opgeruimde indruk en van zijn gemok van vannacht was niets meer over.

'Ik ben naar de club. Vermaak jij je met je vriendinnen? Dorba staat tot je beschikking.' Het verbaasde Fleur dat Tibor het ineens geen enkel probleem leek te vinden dat ze de deur uit ging met haar vriendinnen. Was het gevaar waar ze in zijn ogen in verkeerde soms geweken? Een onrustig gevoel nam bezit van haar. Ze ging ervan uit dat de man die gisteren zijn pistool had getrokken bij het hek, niet al te zachtzinnig was behandeld door Branco. Of was hij soms helemaal uitgeschakeld? Ze was bang voor het antwoord. Tibor gaf haar een klap op haar kont en liep weg met zijn laptop onder zijn arm. Ze keek hem met een bezorgd gezicht na. Hoewel mama haar verzekerd had dat Tibor niet zou merken dat ze aan zijn computer had gezeten, durfde ze daar toch niet helemaal op te vertrouwen. De deur sloeg dicht en hij was vertrokken.

'Heb je al een besluit genomen?' Sanne keek Fleur vragend aan terwijl ze driftig op een stuk watermeloen knabbelde.

'Waarover?'

'Kom op Fleur, over je "huwelijk". Milou klonk geërgerd. 'Er gaat zeker te weinig bloed naar je hersenen nu je ongesteld bent.'

'Ik heb toch gisteren al gezegd dat ik het gewoon door wil laten gaan. Toen ik er echt over na ging denken wat het betekent om mijn leven zonder Tibor te leven, stopte mijn hart bijna met kloppen. Ik kan gewoon niet zonder hem.'

Noa keek Fleur strak aan. Het was duidelijk dat er iets op het puntje van haar tong lag. Als ze haar mond maar hield.

'Vertrouw me nou maar, ik weet wat ik doe,' zei Fleur in het algemeen, maar eigenlijk waren de woorden voor Noa bedoeld. Noa zuchtte en leek de hint op te pakken.

'Maar hoe zit het dan met dat paniekgevoel dat je kreeg omdat Tibor een baby wil? En je eenzaamheid en zo?' Milou liet het er niet bij zitten.

'Het is een grote stap hoor. Het vloog me opeens aan. Al die verantwoordelijkheid en het idee dat je bij iemand blijft tot aan je dood, samen een kind op de wereld zet...'

'Misschien moet je toch nog eens een kaartje voor haar leggen, Lou.' Sanne had de meloen ingeruild voor een aardbei en strooide daar een bomvolle eetlepel suiker overheen. Noa trok een afkeurend gezicht. 'Dat jij nog tanden in je mond hebt, vind ik echt ongelofelijk.'

'Ik heb een oergebit,' grijnsde Sanne.

'Ja, dat moet haast wel.'

'Misschien moet ik mijn kaarten er inderdaad even bij pakken.' Milou maakte al aanstalten om op te staan maar Fleur pakte haar arm en hield haar tegen. 'Bespaar je de moeite hoor. Ik merk vanzelf wel wat er in de toekomst gebeurt. Je zegt toch altijd dat ik in het nú moet leven. Nou, die raad heb ik opgevolgd. Nú zit ik heerlijk in het zonnetje te ontbijten met mijn liefste vriendinnen en hoe de dag van morgen eruitziet, merk ik morgen wel.' Met tegenzin ging Milou weer zitten. 'Maar het is toch veel beter om te weten hoe of wat, voordat je aan een kind begint? Kinderen zijn altijd het slachtoffer als ouders het na een paar jaar toch niet zo goed met elkaar kunnen vinden. En in jullie geval schiet dat hummeltje dan ook nog in een identiteitscrisis omdat het niet weet of het zich nou Nederlands of Kroatisch voelt. Je zou er een gespleten persoonlijkheid van krijgen. Dat mag je een kindje toch niet aandoen?'

'Jij gaat er al van uit dat het misgaat tussen Tibor en mij.'

'Ja, gek hè?' Noa verbrak haar stilzwijgen. Fleur keek haar waarschuwend aan.

'Wat kijk je lelijk, Fleur. Krijg je rimpels van hoor.' Noa tikte ongeduldig met haar vingers op tafel. Sanne gaf haar een por. 'Doe eens niet zo zenuwachtig, ik probeer van mijn ontbijt te genieten.'

'Sjee, gaat er ooit weleens een moment voorbij dat jij niet met eten bezig bent?'

'Niet vaak, nee.' Sanne propte schuldbewust een stuk chocoladecroissant in haar mond.

'Het gaat hier om de toekomst van onze vriendin hoor. Lijkt me even iets belangrijker dan dat onbeheerste gevreet van jou.'

‘Kom op lieffies, laten we het gezellig houden.’ Fleur klonk bijna wanhopig. ‘Laten we vanmiddag iets leuks gaan doen. Ik ga jullie meenemen voor een tochtje met een duikboot en jullie kennis laten maken met het onderwaterleven op Krk.’

‘Een duikboot? Dat durf ik niet hoor.’ Sanne was van schrik gestopt met eten.

‘Het is geen echte duikboot, het wordt alleen zo genoemd. De passagiers zitten in de buik van de boot die grotendeels van glas is, maar er is een open verbinding naar het dek waar de kapitein staat.’

‘Bedoel je dat gekke rode ding dat in de haven ligt?’

‘Ja, die bedoel ik. Niets engs aan. Als je beneden in de boot claustrofobisch wordt, kun je gewoon naar boven om frisse lucht te happen.’

‘En wat gaan we dan precies zien?’

‘Vissen, koralen, zeekomkommers. Omdat het water zo helder is kun je heel ver kijken. Echt de moeite waard. Is toch weer net even anders dan snorkelen en de muziek die ze tijdens de tocht draaien is echt hilarisch. Van die Amsterdamse inhaakmuziek maar dan op z’n Kroatisch.’

‘Nou, ik kan niet wachten... Maar vooruit, jij je zin. We duiken vanmiddag even onder.’ Noa zette met een klap haar lege glas jus op tafel. ‘Je vroeg ons om je te vertrouwen. Nou dan nemen we vanmiddag de proef op de som en gaan we beoordelen wat je woord waard is. Kom maar op met die boot.’

Sanne en Milou grinnikten omdat ze de onderliggende laag van Noa’s woorden niet proefden, maar Fleur besefte terdege dat de opmerking van Noa een heel serieuze ondertoon had en niks met de boottocht van doen had. Ze moest proberen om Noa vandaag nog even apart te spreken om haar nogmaals op het hart te drukken dat ze erop moest vertrouwen dat ze wist waar ze mee bezig was, ook al leek dat misschien niet zo. Ze hoopte dat haar woorden overtuigend genoeg waren, want anders zouden het vermoeiende dagen worden waarbij ze nog meer op eieren moest lopen dan ze al deed. Ze keek op haar horloge. Elf uur. 'Zeg schatjes, als jullie het niet erg vinden ga ik nog even liggen. Ik heb vannacht heel slecht geslapen dus ik wil even een paar uurtjes inhalen voordat we de toerist gaan uithangen.'

'Ik doe met je mee. Mijn nacht was ook niet al te best,' zei Noa veelbetekenend.

'Wij ruimen wel af hoor, geen probleem. Zullen wij dan een paar uurtjes bruinbakken, San? Ik ben veel te fit om mijn bed weer in te duiken en ik wil nog iets meer kleur kweken voor Fleurs "grote dag".' De cynische klank van haar stem viel niet te missen. Sanne knikte instemmend naar Milou.

'Twee uur bij de auto? Dan kunnen we de boot van halfdrie pakken. Ik zal Dorba inseinen dat hij dan klaarstaat.'

Noa haakte haar arm door die van Fleur. 'Kom, ik ga je in bed leggen.'

'Twee uur,' riep Milou hen na. Fleur stak bevestigend haar hand op.

'Slaap lekker!'

56

Fleur was van uitputting vrijwel meteen in slaap gevallen, maar ze was niet echt opgeknapt van haar bijtankmoment. Nachtmerries waarin ze achterna werd gezeten door Tibor plaagden haar voortdurend. Nergens was ze van hem verlost. Niet in het echte leven en niet in haar droomwereld. Ze had in haar slaap moeten rennen voor haar leven en bij het wakker worden voelde ze zich fysiek uitgeput. Ze kon wel janken van vermoeidheid en begon zich af te vragen hoelang ze dit nog vol zou houden. Ze moest een manier verzinnen om wat uit te rusten voordat de huwelijksdag zou aanbreken. Dat was het! Ze moest Tibor zeggen dat ze de nacht voor hun huwelijk gescheiden wilde slapen. Hij moest dan maar ouderwets bij zijn moeder gaan pitten terwijl zij bij Noa in bed kroop. Ze verwachtte dat ze wel zou slapen als ze een kamer met Noa zou delen. Die was als enige een beetje op de hoogte van wat er speelde. Bij haar voelde ze zich veilig.

Met een blij gevoel stapte ze uit bed. Ze zou het de meiden straks meteen voorstellen en het Tibor dan vanavond brengen als een voldongen feit met back-up van haar vriendinnen. Noa zou vast blij worden van haar plan. Hoe minder ze onbewaakt bij Tibor was, hoe liever het haar was. Neuriënd liep ze naar de badkamer en nam een snelle douche om het zweet van zich af te wassen. Op de gang liep ze vervolgens Noa tegen het lijf die vol overgave de slaap uit haar ogen wreef. 'Poeh, ik ben echt helemaal van de wereld geweest. Jij?'

'Ik heb wel geslapen, maar aan mijn verkrampte spieren te

voelen was het niet echt ontspannen.' Ze vertelde liever niet over haar nachtmerries. Het zou weer voer zijn voor Noa om verder te spitten in dingen waar ze zo min mogelijk over wilde praten.

Noa sloeg een arm om haar heen. Zwijgend liepen ze naar beneden. Bij het openen van de voordeur zagen ze Sanne en Milou al liggen op twee houten zonnebedden. Toen ze dichterbij kwamen, hoorden ze Milou een college spiritueel afvallen geven aan Sanne. Haar leerling hield haar ogen stijf dicht en humde af en toe wat.

'Bij de *Happinez* kun je nu een online cursus doen. Bewustwording is de basis, echt geloof me. Als jij op een andere manier gaat kijken naar je leven, je reactie op stress en je eetmomenten, dan moet jij eens opletten. Het brengt de balans terug in je leven en schept ruimte in je hoofd. Jij denkt dat het allemaal draait om je maag, maar het zit juist allemaal tussen je oren. Lichaam en geest zijn onlosmakelijk met elkaar verbonden, Sanne. Als je je licht en opgeruimd gaat voelen in je hoofd dan zie je dat ook terug op de weegschaal.'

Noa klapte in haar handen en Milou keek geërgerd om. 'Ik meen het hoor. Sanne zou er echt van opknappen.'

'Ik houd niet van cursussen, Lou,' bemoeide het onderwerp van gesprek zich er nu zelf mee.

'Allemaal ontkenning. *You can run, but you can't hide.*' Belerend zwaaide ze met haar vinger.

Fleur pakte hem beet en gaf er een zoen op. 'Als jullie nou eens even wat decents aantrekken dan gaan we naar de boot.'

Sanne vloog overeind, blij dat ze zich uit de conversatie los kon maken. Milou had duidelijk minder haast.

'Wat een goed idee, Fleur.' Noa was zo enthousiast over het plan om Tibor in de nacht voor het huwelijk weg te sturen dat ze vergat naar de prachtige onderwaterwereld te kijken die door de ramen van de duikboot te zien was. Ze had geen oog voor de scholen vissen die langs de boot zwommen, laat staan voor de koralen. Samen met een handjevol andere mensen zaten ze in de smalle en bloedhete buik van de boot gepropt. Fleur had niets te veel gezegd over de afgrijselijke muziek die uit de grote luidspreker schalde. Om elkaar te verstaan was enige stemverheffing geen overbodige luxe. Dorba zat met een moeilijk gezicht schuin tegenover Fleur op het smalle stoeltje. Zijn lijf was eigenlijk veel te groot en grof om comfortabel in de boot te kunnen zitten. Hoewel Fleur wist dat Dorba de Nederlandse taal niet beheerste, was ze toch bang dat hij meer op zou pikken dan ze zou willen. 'Noa, een beetje piano alsjeblieft.' Fleur keek met een schuin oog naar Dorba.

'Joh, die man verstaat toch geen woord van wat ik zeg.'

'Ik wil geen enkel risico lopen.'

Noa stond op en liep naar Dorba. 'Zeg, kleerkast, ik ruil even van plek met Milou, dat je het maar weet.' Dorba haalde zijn schouders op. '*Sorry, I don't get it.*'

'Zie je wel, hij heeft geen enkel benul, maar voor jouw gemoedsrust kom ik naast je zitten en fluister ik wel in je oor. Lou, kun jij even naast Sanne gaan zitten, ik moet even iets bespreken met Fleur.' Milou fronste haar wenkbrauwen maar stond op en maakte plaats voor Noa.

'Ik ga even op je schoot zitten hoor, San, anders zie ik niks.' Ze voegde de daad bij het woord en plofte neer op Sannes knie terwijl ze haar neus tegen het glas duwde. 'Wat een vredige wereld,' verzuchtte ze. Noa ging op het stoeltje naast Fleur zitten.

'Weet je Fleur, als jij het voor elkaar krijgt om Tibor de nacht voor jullie zogenaamde huwelijk het huis uit te schoppen, dan lijkt me dat een uitgelezen moment om stiekem te vertrekken. Ik zorg dat ik een huurauto en een terugvlucht voor ons allemaal regel.'

'En Nyura dan? Ik kan haar niet in de steek laten. Ze heeft een vals paspoort weet je... Leuk plan, doen we niet.'

'Shit, daar had ik nog helemaal niet aan gedacht. Nyura.' Noa zweeg even. Fleur kon de hersenen van haar vriendin bijna horen kraken, zoekend naar een oplossing. Ze boog zich weer naar Fleur toe en fluisterde: 'Oké, dan is vliegen geen optie. Dan moeten we met de auto naar Nederland. Leve de open grenzen.' Triomfantelijk keek Noa haar aan.

'Doe nou eens even realistisch. Denk je nou echt dat Tibor er niet achter komt als we vertrekken? Hij heeft overal ogen en oren zitten. Voordat we de grens hebben bereikt heeft hij ons al tien keer ingehaald. Dan wordt het pas echt vervelend. Ik wil die nacht zonder Tibor benutten om wat bij te slapen. Ik doe al dagen geen oog meer dicht en dat begint zijn tol te eisen.'

'Maar, Fleur, je bent toch niet nog steeds van plan om met die man te trouwen?' Noa's stem schoot de hoogte in.

'Zachtjes! Dit moet tussen ons blijven, dat hadden we afgesproken.' Verschrikt keek ze naar Sanne en Milou, maar die waren druk aan het wijzen naar een grote vis die vlak langs hun raampje zwom. 'Als je me de dingen op mijn manier laat regelen, dan komt het goed. Geloof me. Ik weet dat het moeilijk voor je is om de touwtjes uit handen te geven, maar dat is in dit geval de enige optie. Ik weet waar ik mee bezig ben en ik sta er niet alleen voor. Meer kan ik er niet over zeggen, ik heb alweer te veel gezegd.' Het kostte Fleur moeite om haar emoties in bedwang te houden.

Noa ademde in en maakte aanstalten om iets te zeggen maar Fleur legde haar hand op haar mond. 'Sst. We hebben het er niet meer over. Laat het aan mij over. Dat is geen verzoek maar een bevel.'

'Ik zou heel veel willen zeggen, maar ik zal me voor nu inhouden. Maar als dingen in mijn ogen de verkeerde kant opgaan, dan grijp ik in.'

'Hé, smoezelaars, als we weer op vaste wal staan even een terrasje pikken?'

Fleur zuchtte eens diep. Zo eenvoudig kon het leven dus zijn. Wat was het heerlijk als je je eigenlijk nergens druk over hoefde te maken, behalve over je natje en je droogje. Dergelijke zorgeloze dagen waren voor haar al zo lang geleden dat ze ze zich niet eens meer kon heugen.

57

'Dus je wilt dat ik bij mijn moeder ga slapen? Ik denk er niet aan. Waarom zou ik dat doen?' Tibor stond geagiteerd tegenover Fleur en was het duidelijk niet eens met haar verzoek. Nog twee dagen te gaan voor het huwelijk en ze had het hem nog niet eerder durven te vragen. De angst voor zijn reactie had haar tegengehouden en dat bleek niet onterecht. Tibors gezicht werd steeds roder en zijn lichaamshouding steeds agressiever. Hij greep haar bij haar arm en ze voelde zijn grote vingers verdwijnen in haar huid. Ze probeerde zich los te rukken. 'Je doet me pijn, laat me los.' Zijn hand omklemde haar bovenarm nog steviger en haar spieren begonnen te steken.

'Tibor! Straks heb ik blauwe plekken op onze trouwdag. Hoe denk je dat dat overkomt?'

Ze wist niet waar ze de moed vandaan haalde. Tibor nu tegenspreken of nog bozer maken was geen goed idee. Maar ze kon het niet langer opbrengen om het gehoorzame vrouwtje uit te hangen. Gefrustreerd trapte ze op zijn tenen. 'Laat me los, nu!'

In een reflex gaf hij haar een klap in haar gezicht. Ze was zo beduusd dat ze haar evenwicht verloor en op de grond viel terwijl haar lip begon te bloeden. Ongecontroleerd begon ze te huilen. 'Je hebt me geslagen! Je hebt me nog nooit geslagen.'

Tibor hurkte bij haar neer en ze probeerde bij hem vandaan te kruipen. Hij greep haar enkel vast en trok haar naar zich toe. Als een bezetene begon ze om zich heen te schoppen en te slaan terwijl ze bijna stikte in haar tranen. Alle spanning van de afgelopen tijd zocht zijn weg naar buiten en ze kon het niet meer tegenhouden. Tibor pakte haar in een ijzeren houdgreep en hield zijn hand over haar mond om haar gekrijs te dempen. Ze worstelde en vocht of haar leven ervan afhing, maar ze was volslagen kansloos ten opzichte van de oersterke man die haar beethad.

'Stil nou. Het spijt me, schatje. Ik had je niet moeten slaan. Het was een reflex, weet je. Ik ben gewend om meteen te reageren als iemand me fysiek iets doet.' Zijn stem klonk zalvend in haar oor, maar desondanks verslapte zijn greep geen seconde. Ze staakte haar verzet en hing snikkend in zijn armen.

'Ben je weer rustig?' Ze knikte. Hij haalde de hand van haar gezicht en ze kon weer vrij ademen. 'Ik ben gewoon een beetje gespannen voor het huwelijk denk ik. Sorry, echt, vergeef je me?' Hij ging naast haar op de grond zitten en veegde de tranen van haar wangen. Toen pakte hij haar hoofd tussen zijn handen en kuste het bloed van haar onderlip. Met tegenzin liet ze hem zijn gang gaan. De druk van zijn handen op haar kaken was zo stevig dat ze bang was dat hij haar nek brak als ze zich verzette. Pas toen hij haar gezicht losliet kon ze weer een beetje ontspannen.

'Zeg eens iets tegen me, schatje. Vergeef je me?'

Ze keek hem aan en de blik in haar ogen was fel en afstandelijk. Voordat ze begon te spreken kroop ze eerst een stuk bij hem vandaan. Hij probeerde haar niet tegen te houden.

'Ik heb gezworen dat ik me nooit meer door een man laat slaan.' Ze pauzeerde even voordat ze verderging. 'Je kent mijn verleden met Reggie. Dat nooit meer. Ik dacht dat jij anders was.' Haar stem klonk nu timide.

'Ik ben ook anders, Fleur. Ik heb je nog nooit eerder geslagen.'

'Het begint altijd met een eerste keer, Tibor. Zo ging het met Reggie ook.'

'Ik ben Reggie niet.'

‘O, en wat is er dan zo anders aan jou? Jullie hebben behoorlijk wat overeenkomsten.’ Ze wist dat ze zich op glad ijs bevond en niet uit haar rol mocht vallen, maar het kostte haar de grootste moeite.

‘Wat bedoel je daarmee?’

‘Ga daar zelf maar eens over nadenken. Ik hoef je toch niet alles voor te kauwen?’ Tibor schoof naar haar toe en pakte haar kin vast met zijn hand. Ze probeerde los te komen, maar hij was wederom te sterk voor haar. Hij dwong haar om hem aan te kijken. ‘Wat is er toch met je Fleur, zo ken ik je helemaal niet. Die vriendinnen van je hebben een slechte invloed. Vooral die Noa.’

‘Laat mijn vriendinnen erbuiten. Je hebt een grens overschreden, Tibor en ik weet niet of ik me daaroverheen kan zetten.’

‘Wat wil je dan, wat moet ik doen?’

‘Ik weet niet of ik nog wel met je kan trouwen.’

Tibors gezichtsuitdrukking verhardde weer. ‘Moet jij eens opletten of je dat kunt.’ Zijn geduld was duidelijk op en zijn stem had een venijnige klank aangenomen. Ruw trok hij haar overeind en pakte haar beide schouders vast. ‘Over twee dagen trouwen wij, begrepen?’ Hij schudde haar woest door elkaar. ‘Haal het niet in je hoofd om me te laten zitten. Je bent van mij, Fleur, onthoud dat goed. Je leven is hier bij mij, of je dat nou leuk vindt of niet. Wen er maar aan. Je zult van me houden en anders help ik je een handje.’

Zijn stem klonk steeds zachter, maar de dreiging van zijn woorden nam toe. Dat maakte het nog angstaanjagender. De rillingen liepen over haar rug. Ze was te ver gegaan en had de woede die hij in zich had ontketend. Normaal richtte hij zijn frustraties op anderen, maar door haar eigen toedoen was ze nu zelf de klos. Tibor was een onberekenbare en gevaarlijke man die geweld niet schuwde. Ze wist het allemaal en toch had ze hem bewust getergd. Ze had ineens spijt als haren op haar hoofd dat ze zich zo had laten gaan. Had ze zich nou niet nog twee dagen kunnen beheersen? Dit had helemaal geen zin. Langzaam werd ze weer rustig in haar hoofd en kreeg ze controle over haar emoties.

'Tib? Het spijt me.' Ze moest zichzelf dwingen om de woorden uit haar strot te krijgen en ze ook nog een beetje oprecht te laten klinken. Het speet haar niets. Híj moest spijt hebben, hij had haar geslagen, verdomme!

'Als ik je niet kan hebben, krijgt niemand je.' Hij sloeg met zijn vuist op volle kracht tegen de badkamerdeur aan. Ze schrok van de harde klap en hoorde de botjes in zijn hand kraken. Hij ramde nog een paar keer tegen de deur, net zolang tot er een deuk in zat en zijn hand rood en gezwollen was. De huid was van zijn knokkels afgeschuurd en er zaten rauwe, bloederige plekken op. Hij vertrok geen spier, maar het kon niet anders dan dat het pijn deed.

Met grote ogen van schrik keek ze hem aan. Ze voelde het bloed uit haar wangen wegtrekken. De blik in Tibors ogen was vreemd en angstaanjagend. Nog nooit had ze hem zo gezien. Ze had zich weleens voorgesteld hoe het zou zijn als hij uit zijn plaat ging, maar dit ging haar fantasie te boven. Nog nooit had hij zijn woede zo direct op haar gericht.

Hij keek naar zijn hand en de harde trekken op zijn gezicht verzachtten. Alsof hij ontwaakte uit een soort roes. Hij ging op het bed zitten. Fleur stond als verstijfd midden in de kamer. Wat moest ze nu doen?

Er werd op de deur geklopt. Onzeker keek ze Tibor aan. Nu hij net weer een beetje gekalmeerd was, wilde ze hem niet weer tot waanzin drijven. Was het beter om niet te reageren op het geklop of juist wel? Het gebonk op de deur hield aan en werd harder en ongeduldiger. Tibor vloekte binnensmonds en liep langs haar heen naar de deur. Hij zette hem op een smalle kier en ging ervoor staan om degene die buiten stond het zicht op de kamer achter hem te ontnemen. 'Wat?' siste hij. Fleur hoorde Dorba vanaf de gang tegen Tibor praten. Weer was de man op het juiste moment op de juiste plaats en doorbrak hij een penibele situatie.

'Moet dat nú?' was Tibors afgemeten reactie op Dorba's Kroatische geratel. Tibor vloekte weer. 'Ik kom er zo aan.' Hij klapte de deur dicht, liep naar de badkamer en zette de kraan aan. Fleur zag dat hij zijn pijnlijke hand afspoelde met koud water en hem een paar keer open en dichtdeed, alsof hij wilde checken of alles nog naar behoren werkte. Hij wreef in zijn bloeddoorlopen ogen, streek door zijn haar en verliet de badkamer. In het voorbijgaan beet hij haar toe: 'Jou spreek ik straks.' Zijn wijsvinger hield hij priemend naar haar uitgestoken. Fleur greep zijn hand en probeerde hem tegen te houden maar hij liep door. Snikkend liet ze zich op de grond vallen en omklemde zijn benen. 'Tib, ik zei toch dat het me spijt. Laten we doen of er niets gebeurd is, oké. Ik hou van jou, jij houdt van mij en na ons huwelijk leven we nog lang en gelukkig.' Zijn enige reactie bestond uit het loswrikken van zijn benen. Verder deed hij er het zwijgen toe. Toen hij zichzelf uit haar greep bevrijd had en door wilde lopen, dook ze op zijn linkerbeen af en greep zijn enkel. Hij probeerde haar van zich af te schoppen, maar ze hield stand.

'Ik heb geen tijd voor deze onzin, Fleur. Ik moet weg. Ga theedrinken met je vriendinnen of zo.' Hij zette een stap naar voren met zijn rechterbeen en sleepte zijn linker met haar eraan vast met zich mee. Haar korte jurkje kroop omhoog en ze voelde het tapijt langs haar buik en benen schuren. Er werd ongeduldig op de deur gebonsd en Tibor versnelde zijn pas terwijl hij bleef proberen haar van zich af te schudden. Alsof ze een lastige straathond was die schooide om iets lekkers en geen nee wilde horen. Haar eigenwaarde daalde met de minuut. Dit was zo gênant, maar ze wist geen andere oplossing.

Ineens stopte Tibor en pakte haar bij haar haren. Ze voelde haar hoofdhuid straktrekken en een scherpe pijn deed haar naar adem happen. Ze moest Tibors been wel loslaten, de pijn was niet te harden en ze was bang dat hij al haar haren uit haar hoofd trok. Ze greep met haar handen naar haar hoofd in een poging haar kapsel te redden terwijl de tranen van pijn en woede over haar wangen stroomden. Pas toen ze helemaal overeind stond, liet hij haar los. Ze zette zich schrap voor wat ging komen, maar de klap die ze verwacht had bleef uit. Geheel onverwachts sloeg hij zijn armen om haar heen en wiegde haar zachtjes heen en weer terwijl hij troostende woordjes in haar oor fluisterde. Door haar ongecontroleerde gesnik verstond ze er maar weinig van. Ze ving slechts een paar woorden op. ... vergeten... vanavond... goedmaken... stress... werk. In tegenstelling tot zojuist was zijn houding ontspannen en zijn woede leek volledig verdwenen. Zijn humeur was omgeslagen als een blad aan de boom.

Het geklop op de deur was inmiddels een aanhoudende roffel geworden. Tibor kuste haar op haar voorhoofd en verliet de kamer. Beduusd en nog steeds overstuur bleef ze achter. Peinzend likte ze het opgedroogde bloed van haar pijnlijke lip. De nacht voor het huwelijk zonder Tibor doorbrengen was dus uitgesloten. Geen haar op haar hoofd die eraan dacht om het nogmaals aan te kaarten. Dan nog maar een paar doorwaakte nachten. Als dit allemaal achter de rug was, had ze de rest van haar leven om bij te slapen. Aan die gedachte klampte ze zich vast. Ze had wel verwacht dat hij bezwaar zou hebben, maar dat hij zo heftig zou reageren, daar had ze totaal niet op gerekend. Ze had hem überhaupt nog nooit zo tekeer zien gaan tegen haar. Had hij toch iets door? Dat kon toch bijna niet? Ze was zo zorgvuldig.

Ze liep naar de badkamer en maakte het bovenste gedeelte van een handdoek nat onder de koude kraan. Vervolgens maakte ze er een prop van en hield hem tegen haar lip. Ze hoopte dat het genoeg hielp om een duidelijk zichtbare zwelling tegen te gaan. Zo bleef ze een tijdje staan. Toen de koude handdoek steeds meer haar lichaamstemperatuur had overgenomen, haalde ze hem weg en gooide hem in de wasmand. Ze zette de kraan aan en dronk een paar slokken voordat ze haar gezicht natmaakte en er met haar handen stevig overheen wreef. Ze depte haar hoofd met een droge handdoek en bekeek zichzelf uitgebreid in de spiegel. De schade leek mee te vallen. Ze pakte een knalrode lippenstift van het plankje onder de spiegel en stiftte haar lippen zorgvuldig. Niets meer te zien van het 'ongelukje'. Ze kon zich met een gerust hart aan haar vriendinnen tonen. Ze tekende een groot hart op de spiegel met de tekst: LIEFDE IS... 'Wie het weet mag het zeggen,' mompelde ze in het luchtledige. 'Ik heb geen idee.'

58

'Au, kan het iets voorzichtiger?' Fleur kromp ineen toen Sanne een pluk haar stevig in een warme krulspeld draaide. Het ding voelde onaangenaam heet aan op haar hoofdhuid.

'Wie mooi wil zijn, moet pijn lijden,' was Sannes onverbiddelijke reactie terwijl ze een volgende pluk haar te pakken nam.

'Stilzitten, anders schiet ik uit,' commandeerde Milou die met haar tong uit haar mond Fleurs nagels roze lakte. Noa stond in haar ondergoed de jurken te strijken die ze vandaag zouden dragen. Hoewel de stemming niet bepaald vrolijk en uitgelaten was, hadden er toch heel wat oeh's en ah's geklonken toen Fleurs roze bruidsjapon uit de hoes was gehaald. Het was een strapless model met geaccentueerde taille. De rok had een mooie a-lijn die Fleurs slanke figuur perfect deed uitkomen. Op het lijfje waren talloze diamantjes genaaid. Met z'n drieën hadden ze geholpen om haar jurk aan te trekken. Noa had moeten huilen toen Fleur in vol ornaat voor hen stond.

'Je bent zo mooi. Hij verdient je niet, verdomme. Stop nou met dit dwaze plan. Ga met ons mee naar Nederland. Nu. We slepen je er wel doorheen.'

'Je weet dat dat niet kan, Noa,' had ze zachtjes gefluisterd.

Milou viel Noa bij: 'Alles kan, als je maar wilt. Geloof erin dat je het alleen kunt en geef je angst geen voedingsbodem meer.' Ze wreef liefkozend over Fleurs blote schouders. Het gebaar ontroerde haar en ze probeerde de opkomende tranen terug te dringen. Dat lukte niet al te goed.

'Gelukkig was ik nog niet met je make-up begonnen.' Sanne depte met een papieren zakdoekje Fleurs ogen droog.

'Jullie zijn zo lief voor me. Waar heb ik dat toch aan verdiend?'

'Was je maar wat liever voor jezelf, dan zou je nooit met die eikel gaan trouwen.' Noa zette met een verbeten gezicht het strijkijzer weer op haar jurk. Milou gaf haar een bemoedigend schouderklopje en richtte zich toen weer tot Fleur. 'We moeten echt gaan werken aan je eigenwaarde hoor, Fleur. Jij verdient het beste, je hebt het alleen zelf nog niet door.'

Fleur griste het papieren zakdoekje uit Sannes hand en snoot luidruchtig haar neus. Ze haalde een paar keer diep adem en zette een knop om. Ze mocht zich niet laten gaan. Ze moest erop vertrouwen dat 'mama' op de achtergrond meekeek en op tijd zou ingrijpen. Tot dat moment was het zaak dat Tibor niet te veel aan haar zou merken. Ze hadden met geen woord meer gerept over hun uit de hand gelopen ruzie. Toen Tibor op die bewuste dag 's avonds weer thuis was gekomen, had hij net gedaan alsof er nooit iets was gebeurd. Zijn woede was verdwenen en hij was poeslief en attent tegen haar. Ineens was daar weer de Tibor zoals ze hem jaren geleden had leren kennen en die ze al een hele tijd kwijt was.

Ze had zelf ook niet de behoefte gehad om het hele incident nog eens op te rakelen. Het was belangrijk dat ze de daaropvolgende dagen tot het huwelijk ongeschonden door zou komen en alles wat dat in de weg stond, moest vermeden worden. Nadat Tibor was vertrokken had ze een bericht van 'mama' gekregen. *Een moeder gaat voor haar kind door het vuur. Een moeder is de basis waar een kind altijd op terug kan vallen.*

Mooi gelul. Waar was je dan toen ik je nodig had?

Mama heeft alles onder controle, heb je dat niet door?

Alles onder controle my ass! *Ik zit met een dikke lip.*

Collateral damage. *Over en uit.*

Boos had Fleur haar telefoon door de kamer gesmeten. Ze haatte die lui, de situatie en wat ze haar aandeden. Maar al snel maakte haar woede weer plaats voor die gelaten machteloosheid die ze het gros van de tijd met zich meedroeg. Ze kon pas ontsnappen als mama het toestond en tot die tijd moest ze voor haar eigen bestwil meelopen in het gelid.

Een hand zwaaide voor haar gezicht en ze knipperde met haar ogen. Ze was blijkbaar zo in gedachten dat ze even helemaal van de wereld was geweest.

'Hallo, *earth to* Fleur. Je haar zit helemaal in de krullers hoor. Ik ga nu beginnen met je make-up.' Sanne stond al klaar met een setje poeders en een grote kwast. Milou kwam aanlopen met een föhn. 'Eén seconde, San, even de nagellak goed droog blazen.' Vol overgave liet ze de föhn boven Fleurs handen heen en weer gaan. Sanne pakte een bus haarlak en spoot hem half leeg op Fleurs gekrulde haar.

'Pff, je hoeft het niet dood te spuiten hoor.' Noa wapperde met haar handen voor haar gezicht om te ontsnappen aan de wolk lak, maar het was onvermijdelijk dat ze wat inademde. Ze hoestte. 'Nou, mijn longblaasjes kunnen ook geen kant meer op, helemaal vastgekit door die troep van jou.' Sanne grimaste en duwde Milou aan de kant. 'De rest droogt wel aan de lucht.'

'Je bedoelt die lucht die jij hebt verziekt?' Milou nieste onbedaarlijk.

'We hebben nog drie kwartier om Fleur en onszelf helemaal klaar te maken. We moeten nu echt gaan opschieten,' zei Noa.

Sanne concentreerde zich op Fleurs make-up terwijl Milou zichzelf prepareerde en Noa weer dapper doorging met strijken. Fleur sloot haar ogen en liet het allemaal maar gebeuren. Ze was misselijk van de spanning die zich steeds verder opbouwde in haar lijf. Ze hoopte maar één ding: dat ze niet zou bezwijken als ze eenmaal voor het altaar stond.

59

Fleur bewonderde zichzelf in de spiegel terwijl haar vriendinnen als een cordon achter haar stonden. Naast eten waren kwasten en poeders Sannes specialiteit. 'Wauw, San, wat mooi,' zei ze met een dikke stem. Zachtjes streek ze over een gekrulde lok die langs haar gezicht viel. Er vormde zich een brok in haar keel. Sanne had haar omgetoverd tot de prinses die ze altijd had willen zijn. Hier had ze als kind van gedroomd. Maar de situatie waar ze zich nu in bevond had meer weg van een nachtmerrie.

'Vroeger veel met barbies gespeeld,' reageerde Sanne op het compliment. Fleur trok haar wimpers op toen ze haar ogen vol voelde lopen met tranen.

'Niet huilen hoor, anders kan ik weer opnieuw beginnen.' Sanne depte neurotisch met een tissue langs Fleurs ogen.

Fleur rechtte haar schouders en vermande zich. 'Noa, wil jij me weggeven?' Ze keek haar vriendin smekend aan terwijl ze gespannen wachtte op het antwoord.

'Jou weggeven? Ik peins er niet over.'

'Please, ik wil niet alleen naar het altaar lopen. Mijn ouders zijn er ook al niet...'

'Nee, hoe zou dat nou komen,' mompelde Noa.

'Ik wil het wel doen hoor.' Milou ging naast Fleur staan en kromde haar arm zodat Fleur kon inhaken. Voordat ze dat kon doen greep Noa in.

'Oké, ik doe het, maar alleen omdat ik zoveel van je hou en je niet in de steek wil laten. Niet omdat ik het eens ben met wat je gaat doen, als je dat maar goed beseft.'

'Nou lekker is dat, eerst wil je niet, dan weer wel. Laat mij het nou maar doen, dan weet Fleur tenminste waar ze aan toe is.'

'Lou, jij bent toch veel te klein. Als Fleur in jouw arm moet hangen, dan heeft ze een hernia als ze bij het altaar aankomt.' Sanne begon aanstekelijk te lachen en Fleur en Noa konden niet achterblijven. Milou zette haar armen in eerste instantie verontwaardigd in haar zij maar proestte het toen ook uit. Hun lachbui was bevrijdend en ze waren zich er alle vier van bewust dat het eigenlijk niets te maken had met Noa's opmerking, maar was ingegeven door de ongemakkelijke situatie waar ze zich in bevonden.

Er werd op de deur geklopt en Jadranka kwam binnen. Haar donkere kraalogen keken kwaadaardig de kamer rond en bleven uiteindelijk rusten op Fleur. '*Car ready for you.*' Ondanks Jadranka's blik klonk haar stem poeslief. Tibor had haar vast geïnstrueerd. Fleur keek naar Noa, die nog steeds in haar ondergoed stond. Ze was als enige nog niet klaar omdat het strijken meer tijd in beslag had genomen dan ze wilde. Jadranka stak een priemende vinger naar Noa uit. '*Get ready now*!' Noa keek de vrouw net zo lang aan totdat ze het veld had geruimd en de deur niet al te zachtzinnig achter zich had dichtgeslagen.

'Over iemand wegkijken gesproken,' grinnikte Sanne.

Noa schoot vlug in haar jurk en draaide haar haren in een slordige knot. Fleur keek wat misprijzend haar kant op.

'Ja, sorry hoor, maar ik kan het simpelweg niet opbrengen om me helemaal op te doffen voor deze poppenkast.' Ze protesteerde eerst, maar bleef vervolgens toch rustig staan toen Sanne haar bij de kladden greep en te lijf ging met mascara en lippenstift. Met het restantje haarlak spoot ze Noa's slordig uitstekende plukken haar terug in het gareel en zette ze voor de zekerheid vast met schuifjes.

'Zo, nu mag je mee,' prees Sanne goedkeurend het door haar bereikte eindresultaat. Noa pakte Fleur bij een arm en Milou kneep bemoedigend in haar andere hand. 'Je hebt nog tot het jawoord om je te bedenken. Een vlucht naar Nederland is zo geboekt.'

60

Fleur zat stilletjes achter in de grote roze limousine. Onder andere omstandigheden zou ze het prachtig hebben gevonden, maar nu kwam het ding protserig en misplaatst over. Zij zat met haar krent in een kapitale auto terwijl Nyura zat af te zien in die stomme kelder. Hoe zou het met haar zijn? Zou er vandaag verandering in haar situatie komen? En hoe dan? Deze dag en alles eromheen hing aan elkaar van onzekerheden, terwijl ze juist zo'n behoefte had aan details en zekerheden. Er was haar om vertrouwen gevraagd, maar dat kon ze maar moeizaam opbrengen. Uiteindelijk kon je alleen maar op jezelf vertrouwen toch? En in haar geval kon zelfs dat niet, want haar intuïtie had haar meedogenloos in de steek gelaten toen ze Tibor toeliet in haar hart en haar leven.

Tibor pakte haar gehandschoende hand die ze slap naast haar lichaam had hangen en gaf er een kus op. Hij was zichtbaar onder de indruk geweest toen hij haar de trap af zag komen in haar jurk. 'Ben je nerveus?'

Ze glimlachte flauwtjes naar hem. 'Beetje misselijk van de spanning.' Daar was geen woord van gelogen alleen was het andere spanning dan Tibor dacht.

'Ik ben totaal niet zenuwachtig. Ik weet wat ik krijg en daar ben ik dik tevreden mee.' Hij gaf een roffel op zijn borst en maakte een opmerking tegen Branco in zijn moedertaal. Branco had de rol van chauffeur weer op zich genomen en zat met een vileine grijns achter het stuur. Hij was alert als altijd en keek continu om zich heen om niets te missen. Dorba had ze nog niet gezien maar hij zou ongetwijfeld ook een taak hebben.

Fleur draaide zich om naar de auto achter hen waar haar vriendinnen en Jadranka in zaten. Hij werd bestuurd door een 'vriend' van Tibor die ze nog nooit gezien had. Haar vriendinnen zouden het vast over haar hebben. Over hoe stom ze was dat ze dit doorzette, of er niet nog een uitvlucht mogelijk was et cetera. Ze kon hun niet anders dan groot gelijk geven. Het was ook idioot wat ze aan het doen was en het viel ook niet uit te leggen. Had ze maar genoeg ballen om in opstand te komen en weg te vluchten met of zonder back-up van 'mama'. Ze durfde het simpelweg niet aan.

Ze richtte haar blik kort op Jadranka die nors voor zich uit keek vanaf de bijrijdersstoel. Ze durfde er vergif op in te nemen dat Jadranka gedurende de rit alleen maar zuurder zou gaan kijken omdat ze geen bal verstond van de conversatie van haar vriendinnen en altijd het idee had dat mensen het over haar hadden en haar tekortdeden. Ze voelde zich heerlijk in haar slachtofferrol. Het leverde haar enorm veel aandacht van haar zoon op die altijd maar probeerde het haar naar de zin te maken. Zou hij zijn moeder in het verleden ook weleens geslagen hebben als zijn woede de overhand nam? Ook zij bleef tenslotte een vrouw en Tibors dunk van het andere geslacht was gezien zijn 'beroep' niet al te hoog.

Ongemerkt had ze haar hand losgemaakt uit die van Tibor en was ze een stukje bij hem vandaan geschoven. De auto bood ruimte genoeg om enige afstand te houden. Tibor trok haar resoluut tegen zich aan en probeerde opdringerig met zijn hand onder haar jurk te komen. Branco keek haar door de achteruitkijkspiegel met een geamuseerd gezicht aan. Ze kon zijn blik niet verdragen en keek weg.

'Nog een uurtje geduld, mannetje. Het brengt ongeluk als je al aan de bruid zit terwijl het huwelijk nog niet beklonken is,' tikte ze Tibor op de vingers. Hij trok een moeilijk gezicht en er vlamde iets in zijn ogen. Fleur verstijfde. Maar even snel als de donderwolk over zijn gezicht trok, was hij ook weer verdwenen. Met tegenzin legde hij zijn hand keurig op zijn eigen been. Dat hij er moeite mee had was duidelijk te merken aan zijn trommelende vingers die ongedurig een ritme klopten op zijn maatbroek. Ondanks de weerzin die ze inmiddels tegen Tibor had opgebouwd, had ze wel even naar adem moeten happen toen hij in zijn strakke pak onder aan de trap met een verwachtingsvolle blik op haar stond te wachten. Hoe je het ook wendde of keerde, hij was en bleef een mooie man. Maar een fraai uiterlijk stond niet garant voor een mooi innerlijk, dat cliché had zich maar weer eens bewezen.

De kerk kwam in zicht. Nog nooit in haar leven was ze zo zenuwachtig geweest. Ze kon het zich in elk geval niet herinneren. Ze tuurde uit het raam en keek naar de mensen die hun ogen uitkeken naar de opzichtige roze stoet die zich door hun straten voortbewoog. Normaal zou ze hiervan genieten, maar ze kon het niet. De tijd van zien en gezien willen worden was voorbij. De pracht, praal en luxe deden haar niets meer. Het ging alleen om de mensen die oprecht van je hielden om wie je was. Het leek destijds zo makkelijk om deze basiswaarden in te ruilen voor de protserige leegte die Tibor haar bood, maar wat was ze daar inmiddels van teruggekomen zeg!

De limo draaide het parkeerterrein voor de kerk op. Krampachtig greep ze naar haar roze parelmoeren tasje dat naast haar op de bank lag. Ze had wel veertig keer gecontroleerd of haar telefoon erin zat, voordat ze zich aan Tibor had vertoond. Haar telefoon in de buurt houden was cruciaal. De autobanden kraakten in het grind toen Branco op de rem stapte en de auto parkeerde. De auto met haar vriendinnen stopte ernaast.

Tibor stapte uit en liep om de auto heen om haar naar buiten te helpen. Aarzelend pakte ze zijn uitgestoken hand aan. Ze zou er wat voor geven als ze nu achter het stuur kon kruipen en keihard kon wegscheuren. Tibor tikte haar zachtjes op haar wang en ze schrok.

'Bij de les blijven, schatje. Je dwaalt steeds af. Dromen over hoe graag je me wilt hebben hoeft niet meer, want binnen een uur ben ik officieel de jouwe.' Fleur kromp bijna ineen bij de gedachte.

Tibors aandacht werd plotseling getrokken door zijn moeder, dus hij had het niet door, maar Branco keek haar met een waarschuwende blik in zijn ogen aan. Fleur keerde zich snel van hem af en liep naar haar vriendinnen. Vanuit haar ooghoek zag ze nog net een auto het parkeerterrein op rijden. Dorba stapte uit en streek zijn onberispelijke pak glad. Zijn gezicht stond ondoorgrondelijk. Waar was hij geweest? Branco nam Jadranka van Tibor over en wenkte de rest van het selecte gezelschap hem te volgen naar de ingang van de kerk. Fleur wilde erachteraan lopen om in de buurt van haar vriendinnen te blijven.

'Niet zo snel, pop, wij gaan pas naar binnen als het orgel begint te spelen,' hield Tibor haar tegen.

'Maar ik wil dat Noa me weggeeft,' protesteerde ze. Noa draaide zich meteen om toen ze haar naam hoorde en keek Tibor vragend aan.

'We gaan het anders doen. We zijn een modern stel en we lopen samen naar het altaar.'

'In de moderne tijd denkt de man niet voor de vrouw en is de slavernij ook afgeschaft,' mompelde Noa in het Nederlands. Fleur was blij dat Tibor het niet kon verstaan.

Het had haar altijd geïrriteerd dat hij nooit de moeite had genomen om een beetje Nederlands te leren, maar nu was ze er dankbaar voor. Ze bracht haar wijsvinger naar haar mond als hint naar Noa dat ze haar mond moest houden. Zuchtend haalde haar vriendin haar schouders op en liep zonder verder om te kijken de kerk in.

Fleur bleef staan terwijl de deuren voor haar neus dicht

werden gedaan. Ze had nog net een glimp opgevangen van de rode loper die van de ingang van de kerk doorliep tot het altaar. Tibor hupte lichtvoetig heen en weer en schudde zijn schouders los. Luidruchtig blies hij een paar keer zijn adem uit alsof hij een onzichtbare kaars probeerde te doven. Hij knakte zijn vingers een voor een. Het bezorgde haar kippenvel. Het leek wel of Tibor zich opmaakte voor het grootste gevecht in zijn leven in plaats van voor een huwelijk. Misschien zag hij het huwelijk wel als een bokswedstrijd waarbij ze continu in een sierlijke dans om elkaar heen zouden draaien. Alert blijven was noodzakelijk om zo veel mogelijk klappen te ontwijken. Dat had ze van de week aan den lijve ondervonden. Automatisch ging haar hand naar haar mond. Haar lip was nog een beetje gevoelig, maar vertoonde geen zichtbare schade meer. De emotionele pijn daarentegen was er niet minder op geworden. Tibors klap was gelukkig niet voluit geweest. Als hij echt had uitgehaald zou hij haar gebit minstens in tweeën hebben geslagen. Haar vriendinnen had ze niets verteld over het akkefietje en door haar goed dekkende rode lippenstift was de lichte beschadiging aan haar lip gelukkig verborgen gebleven voor hun nieuwsgierige ogen.

Door de deuren van de kerk heen kon ze het orgel horen dat *Daar komt de bruid* begon te spelen. Voor een 'modern' huwelijk is dat wel erg cliché, kon ze alleen maar denken.

'Zie ik er goed uit?' Tibor straalde zoveel zelfvertrouwen uit dat wel duidelijk was dat hij de vraag alleen stelde om nog maar eens bevestigd te krijgen wat hij zelf al wist. Ze pakte hem zwijgend bij zijn stropdas en trok het ding recht. Door zijn gespring was hij scheef gaan zitten. Ze sloeg hem twee keer zachtjes tegen zijn wang ten teken dat de das weer recht zat en daar moest hij het mee doen. De behoefte om zijn ego nog verder te strelen met een uitgebreid compliment, voelde ze niet. Het orgelgeluid zwol aan en de kerkdeuren werden op een kier gezet. Schichtig keek ze om zich heen of ze ergens een teken van 'mama' zag, maar er was niets wat haar geruststelde.

Dorba glipte naar buiten en knikte Tibor toe. Tibor greep haar bezitterig vast en legde zijn linkerarm om haar middel terwijl hij met zijn rechterhand de hare greep. In haar linkerhand had ze haar tasje en Tibor probeerde het uit haar krampachtige greep los te rukken. 'Geef dat aan Dorba,' commandeerde hij. 'Hangt alleen maar in de weg.'

Ze verzette zich. Ze moest haar tasje bij zich houden. 'Dat tasje hoort bij mijn outfit en is in de plaats van een biedermeier omdat je daar zo'n hekel aan hebt,' verdedigde ze haar weigering het tasje af te geven.

'Het is onhandig en hangt in de weg.' Met een krachtige ruk trok hij het uit haar hand en gaf het aan Dorba. Die nam het met een strak gezicht aan en opende vervolgens de deuren van de kerk voor hen. De rode loper waar ze al een glimp van had opgevangen, lag nu vol met roze rozenblaadjes. Hoe ironisch, haar weg naar het altaar zou allerminst over rozen gaan. Het orgel zette voor de zoveelste keer een *Daar komt de bruid* in. Tibor kneep in haar hand en begon langzaam naar voren te schrijden. Ze kon niet anders dan meelopen. Voorzichtig zette ze haar naaldhakken op de loper terwijl drie paar ogen met afkeurende blikken van haar vriendinnen haar deden wankelen. Haar mond was droog van de zenuwen en haar tong plakte aan haar gehemelte. Ze probeerde blij te kijken, maar wist dat ze schromelijk faalde. Ze hoefde alleen maar naar de norse blik van haar aanstaande schoonmoeder te kijken om dat bevestigd te krijgen. Sneller dan ze wilde, naderden ze het altaar waar een priester klaarstond. Trouwen voor God en in Zijn huis terwijl Tibor alles deed wat God verboden had... Hoe wrang was dat? Het voelde als heiligschennis wat ze hier stonden te doen. Tibor liet haar even los om met een kruisteken de priester te groeten voordat hij haar meetrok naar de twee zitplekken achter de communiebank. De organist stopte met spelen zodra ze zaten. Fleurs vriendinnen stonden wat onwennig rond te kijken. De priester maakte een gebaar naar Noa dat ze moesten gaan zitten. Toen iedereen zat, spreidde hij zijn armen uit en bleef zo even staan voordat hij het woord nam. 'Lieve mensen, vandaag vieren wij onder het wakend oog van God de liefde. De liefde tussen man en vrouw en die van Tibor en Fleur in het bijzonder. God is liefde en de liefde is goddelijk. Liefde geeft warmte als je het koud hebt, beschermt als je kwetsbaar bent, geeft kracht als de menselijke zwakte bovenkomt. Allemaal komen we meermalen in ons leven die slang tegen die ons probeert te verleiden tot zondige handelingen die ons hart vervuilen. Alleen zuivere liefde kan voorkomen dat hij zijn giftanden laat zien en je verslindt...' Fleur keek naar Noa die haar wenkbrauwen optrok en een verveelde uitdrukking op haar gezicht had. Sanne gaapte achter haar hand. Alleen Milou leek echt te luisteren naar wat de priester zei. Ze keek alsof ze zich een plaatje probeerde te vormen van zijn beeldend bedoelde verhaal. Fleur liet haar blik weer teruggaan naar Noa. Subtiel zag ze haar vriendin een knipbeweging met haar wijs- en middelvinger maken ten teken dat Fleur een einde moest maken aan deze onzin. Fleur wendde haar blik af en staarde voor zich uit naar de priester die zijn zware basstem vol overgave door de kerk liet galmen in zijn pleidooi voor de liefde.

'... als je het pad van de liefde volgt, zul je de weg nooit kwijtraken. Liefde is een baken in donkere dagen, het licht op als een vuurtoren voor de kust om je te herinneren aan het bestaan van een veilige haven...'

61

Fleur had moeite om haar ogen open te houden. Het monotone stemgeluid van de priester was uitermate slaapverwekkend. Ze vocht tegen de vermoeidheid die zwaar op haar drukte. Ze moest bij de les blijven. Ze liet haar blik weer door de kerk gaan. Nog steeds geen enkel teken van 'mama'. Ze had geen enkele aanwijzing dat ze in de gaten werd gehouden. Ze maakte zich grote zorgen om het feit dat ze haar tasje af had moeten geven aan Dorba. Nu was er geen enkel contact meer mogelijk.

Dorba was hen niet de kerk in gevolgd. Ze vermoedde dat hij buiten stond om de deur te bewaken. Plotseling sloeg de paniek in alle hevigheid toe. Het zou nooit meer goed komen, dat wist ze ineens heel zeker. Waarom had ze niet naar Noa geluisterd? Ze had samen met haar vriendinnen moeten vluchten toen het nog kon. Nu was het te laat. Ze kon nu alleen nog maar bidden en hopen dat 'mama' zich aan haar woord zou houden en haar op tijd zou bevrijden uit deze netelige situatie. Bidden in het huis van God in de hoop dat Hij haar hachje zou redden, terwijl ze nooit naar Hem had omgekeken in haar leven. Ze voelde zich een grote opportunist, een huichelaar.

Ze schrok op uit haar gedachten toen Tibor dwingend in haar hand kneep. Ze keek hem verschrikt aan.

'Opstaan,' beet hij haar toe terwijl de priester haar vragend aankeek. Ze slikte en kwam overeind. Was het al zover? Ze had zich zo laten meeslepen door haar gedachten dat het grootste gedeelte van de preek verder volledig langs haar heen was gegaan. En nu stond ze voor het blok. Ze keek zenuwachtig om zich heen, zoekend naar een ontsnappingsmogelijkheid maar ze vond hem niet. Ze zocht oogcontact met haar vriendinnen die nerveus heen en weer schoven op hun stoelen. Ook zij leken zich hoogst ongemakkelijk te voelen nu het moment naderde waarop ze haar jawoord aan Tibor moest gaan geven. Tibor gaf een vinnige ruk aan haar arm om haar aandacht weer te krijgen.

'Tibor en Fleur, met elkaar willen jullie het huwelijksverbond aangaan. Mag ik jullie vragen elkaar de rechterhand te geven en hier in deze gemeenschap voor familie en vrienden, voor kerk en God, jullie trouwbelofte uit te spreken?' Tibor gehoorzaamde meteen en pakte haar hand zo stevig vast dat het pijn deed. Ze durfde zich echter niet te bewegen en liet hem zijn gang gaan. Moedeloos liet ze haar schouders zakken. Ze had nog maar een klein sprankje hoop dat ze ooit aan zijn greep zou kunnen ontsnappen.

'Tibor, ik begin met jou,' kondigde de priester aan. 'Tibor wil je Fleur aanvaarden als je vrouw en beloof je haar trouw te blijven in goede en kwade dagen, in armoede en rijkdom, in ziekte en gezondheid? Wil je haar liefhebben en waarderen al de dagen van je leven? Wat is daarop je antwoord?'

'Ja, ik wil,' antwoordde Tibor gretig. Toen was Fleur aan de beurt. De priester herhaalde de gelofte tegen haar en ze wilde dat ze de tijd stop kon zetten. Een hevige misselijkheid overviel haar. Ze was slechts drie woorden verwijderd van haar grootste nachtmerrie. Ze schraapte haar keel om tijd te rekken. Tibor verstevigde zijn greep op haar hand nogmaals.

'Au, je doet me pijn,' fluisterde ze hem toe.

'Sorry, zenuwen.' Hij kneep iets minder hard. De stem van de priester galmde door de kerk terwijl hij haar nogmaals de vraag stelde waar ze niet op wilde antwoorden. Een brok paniek zette zich vast op haar stembanden. In de kerk begon iemand ongeduldig te kuchen. Waarom liet 'mama' haar barsten? Waar bleef de beloofde redding? Wanhopig keek ze naar Noa en die reageerde meteen.

'Ik maak bezwaar tegen dit huwelijk!'

62

Noa sprong op van de harde houten bank en worstelde zich over Sanne en Milou heen naar voren. 'Ik maak bezwaar, ik maak bezwaar.' Ze bleef de woorden maar herhalen totdat ze naast Fleur stond. De priester keek alsof hij water zag branden en Tibor duwde haar woedend aan de kant toen Noa probeerde Fleurs hand te pakken. Voordat Fleur kon reageren vlogen de kerkdeuren ineens open en drong een groep mannen met bivakmutsen en getrokken wapens de kerk binnen.

Ze renden over het middenpad rechtstreeks op Tibor af en een van hen brulde dat hij onder arrest stond op verdenking van mensenhandel. Branco, die aan de zijkant van de kerk had gestaan, kwam meteen in actie en sneed de mannen schietend de pas af terwijl hij Tibor meesleurde naar de deur waardoor de priester binnen was gekomen. Van Dorba was geen spoor te bekennen.

'*Everybody down*!' brulde iemand terwijl de mannen met de bivakmutsen het vuur openden op Branco en Tibor. Kogels vlogen door de kerk en sloegen gaten in de deur waar Branco en Tibor door probeerden te ontsnappen. Voordat Branco de deur achter zich dichttrok, richtte hij zijn pistool op Fleur en haalde de trekker over. Noa zag wat hij probeerde te doen en duwde Fleur uit de vuurlinie. Zonder na te denken liet ze zich beschermend boven op haar vallen toen het schot klonk. Fleur klapte voorover op de grond en alle lucht werd uit haar longen geblazen door de klap. De kogel vloog rakelings over haar heen. Het fluitende geluid verlamde haar kortstondig van de schrik. Toen begon Noa te gillen.

'Noa!' gilde Fleur hysterisch. 'Ben je geraakt? Niet doodgaan!' Ze probeerde zich onder Noa uit te worstelen om haar vriendin te hulp te schieten maar haar trouwjurk maakte soepel bewegen niet bepaald makkelijk en ze kon geen kant op. Hoe het met Sanne en Milou was kon ze vanuit haar benarde buikligging ook niet zien. Ze voelde dat Noa van haar af werd getild en draaide zich meteen om nu het gewicht van haar vriendin niet meer op haar drukte. Ze keek recht in de ogen van Dorba die over Noa heen zat gebogen.

'Blijf van haar af, klootzak! Waag het niet haar aan te raken!' Zo snel als ze kon kwam Fleur half overeind en begon op Dorba in te rammen. In een flits zag ze Milou naderen die op Dorba's rug sprong en probeerde zijn ogen uit te krabben. Met een woeste schreeuw draaide hij een kwartslag. Door de kracht van zijn beweging vloog Milou van zijn rug.

'*Let me help her*,' schreeuwde hij toen Sanne hem met gebalde vuisten naderde. 'Ik ben een van hen,' schreeuwde hij naar Fleur. Fleur keek hem met grote ogen aan en trok wit weg toen ze de wond op Noa's been zag waar steeds meer bloed uit stroomde.

'Laat hem met rust, Sanne, het is oké. Hij is van Interpol, ik leg het je later wel uit.'

Dorba onderzocht de wond. 'Het ziet er erger uit dan het is,' concludeerde hij. 'Geef me je sjaal,' zei hij tegen Milou. Ze aarzelde geen moment en gaf hem wat hij wilde. Snel bond Dorba Noa's been provisorisch af. 'Dat moet wel even houden,' mompelde hij. In een vloeiende beweging pakte hij de bewusteloze Noa op en vroeg de anderen hem te volgen. Nu pas viel het Fleur op dat de paar genodigden voor het huwelijk, waaronder Jadranka, waren verdwenen. Een stuk van het gewaad van de priester kwam achter de kansel uit waar hij blijkbaar langs weg was gedoken tijdens het wildwesttafereel in zijn kerk. Een panisch geprevel klonk uit zijn mond. Sanne en Milou trokken Fleur mee achter Dorba aan, die met Noa in zijn armen al bij de openstaande kerkdeuren was, waar twee mannen met bivakmutsen de wacht hielden. Ze knikten Dorba toe en lieten hem en zijn volgers passeren. Dorba koerste rechtstreeks af op een zwart busje met geblindeerde ramen dat met draaiende motor voor de kerk stond. De twee mannen met bivakmutsen renden langs Fleur, Sanne en Milou heen en openden een schuifdeur van het busje. Dorba stapte met Noa in. Een van de mannen pakte Fleur vast en hielp haar naar binnen. Daarna volgden Sanne en Milou. Onmiddellijk werd de deur dichtgeschoven en klonk er een harde klap op de bus. Er werd meteen gas gegeven en met piepende banden trok het voertuig op. Fleur werd tegen de wand van het busje aangesmeten en bezeerde haar hoofd. Ze vergat haar eigen leed toen er een duidelijk hoorbare kreun uit Noa's mond kwam. Dorba hielp Noa overeind en zette haar tegen de wand aan. Versuft keek ze om zich heen.

'Wat is er gebeurd?' Haar oog viel op Milous met bloed doordrenkte sjaal waar haar been mee was afgebonden. Haar ogen draaiden weg en ze zakte onderuit. Fleur schoot naar voren maar Dorba hield haar tegen. 'Ze is weer flauwgevallen. Kan het zijn dat ze niet zo goed tegen bloed kan?' Hij probeerde Noa weer bij te brengen met een paar tikken op haar wang. Toen dat niet lukte pakte hij een fles water uit een krat dat in de hoek stond en goot het over haar heen. Proestend kwam ze bij.

'Het komt goed met je, Noa,' bleef Fleur maar herhalen terwijl ze tegen haar vriendin aan ging zitten.

De bus maakte nog meer vaart. De motor ronkte luidruchtig maar het gebonk over oneffenheden in de weg nam af. Het kon bijna niet anders dan dat ze nu op een asfaltweg reden.

'Waar gaan we naartoe?' vroeg Fleur.

'Ja, dat wil ik ook weleens weten,' beaamde Milou.

'Naar een ziekenhuis hoop ik,' kreunde Noa.

'We moeten jullie eerst in veiligheid brengen en dan regelen we een dokter,' antwoordde Dorba. 'Ik heb de wond goed afgebonden dus je loopt geen gevaar. We rijden nu naar de helikopterlandplaats op het eiland om jullie zo snel mogelijk naar de luchthaven te brengen. Ondertussen is het te hopen dat Tibor en Branco inmiddels door mijn collega's zijn opgepakt.'

'Dus jij en die bivakmutsen zijn van Interpol? Ik dacht dat dat zo'n professionele organisatie was. Hoe kunnen jullie Tibor en Branco nou laten ontsnappen?' zei Milou minachtend.

Dorba leek niet onder de indruk van haar aanval. 'In theorie kun je dingen prachtig uitdenken en plannen, maar helaas stroken ze vaak niet met de praktijk.' Het busje maakte een scherpe bocht naar rechts en iedereen zette zich weer schrap. Een EHBO-koffer gleed over de vloer.

'Zit daar een schaar in?' vroeg Fleur terwijl ze weer worstelde met haar jurk. Dorba knikte terwijl hij Noa ondersteunde.

'Mooi.' Zodra het busje weer recht op de weg lag, schoof Fleur naar de koffer toe en klikte hem open. Triomfantelijk hield ze de schaar omhoog. Zonder te aarzelen pakte ze de rok van haar trouwjurk vast en zette rücksichtslos de schaar erin tot ze er een modelletje boven de knie van had gemaakt. Sanne keek haar met open mond aan.

'Zo kan ik me tenminste weer een beetje fatsoenlijk bewegen.'

Dorba glimlachte ondanks de ernst van de situatie. De bus minderde vaart en kwam tot stilstand. De schuifdeur werd onmiddellijk geopend en twee mannen sprongen naar binnen. Ze pakten Noa van Dorba over en hielpen haar het busje uit. Fleur, Sanne en Milou volgden en Dorba sloot de rij. Twee andere gewapende mannen bleven bij het busje staan. Verderop stond een helikopter in een weiland met draaiende propeller.

'Volg mij,' schreeuwde Dorba boven het lawaai uit terwijl hij richting hun nieuwe vervoermiddel koerste. Fleur had haar pumps in het busje achtergelaten en rende op blote voeten richting de helikopter. Nog even keek ze om en haar hart stond stil. Er kwam een auto aan scheuren en ze dacht Branco achter het stuur te zien zitten. De mannen die bij het busje waren achtergebleven reageerden meteen en probeerden de banden van de naderende auto lek te schieten. Een hand met een automatisch geweer verscheen uit het raampje en schoot de mannen neer. Fleur sprintte samen met Milou en Sanne naar de helikopter terwijl de auto probeerde het weiland in te rijden en hen de pas af te snijden. Twee mannen die bij de helikopter stonden te wachten, renden langs Fleur en haar vriendinnen heen om hun achterhoede te dekken. De andere twee, die Noa al in de helikopter hadden geholpen, hielpen Dorba de andere meiden ook veilig naar binnen te krijgen. De auto was inmiddels doorgedrongen tot vlak bij de helikopter nadat de man in de auto ook de twee andere beveiligers had neergeschoten. De helikopter begon al op te stijgen voordat de deur gesloten was. Dorba hing half naar buiten met zijn geweer in de aanslag. De autodeur ging open en Tibor stapte naar buiten. 'Fleur!' brulde hij terwijl hij in het wilde weg begon te schieten en hij richting de opstijgende helikopter rende. Er klonk een schot uit Dorba's geweer en Tibor wankelde. Hij schoot zijn pistool leeg richting de helikopter en zakte toen in elkaar. Branco was inmiddels ook uit de auto gesprongen en richtte zijn geweer op de rotor. Dorba probeerde hem uit te schakelen maar miste toen de helikopter begon te zwalken. Er ontstond zwarte rook en de helikopter draaide ongecontroleerd rond in de lucht.

'We zijn geraakt!' brulde Dorba. Een team van nieuwe mannen in zwarte pakken naderde Branco van achteren en opende het vuur voordat hij nog meer schade kon aanrichten. Hij viel op de grond en bleef net als Tibor roerloos liggen. De rookontwikkeling rond de helikopter werd steeds heviger en het was onduidelijk of het de piloot zou lukken het toestel veilig aan de grond te zetten. De helikopter danste ongecontroleerd door de lucht en maakte een vrije val. Vlak voordat het toestel te pletter zou storten wist de piloot de heli weer onder controle te krijgen. Met een harde klap belandde de helikopter in het weiland.

'Eruit en rennen!' schreeuwde Dorba. Milou schoot langs hem heen en volgde zonder na te denken zijn advies op. Fleur en Sanne volgden. Daarna trok Dorba Noa naar buiten. De mannen die Branco net hadden uitgeschakeld, schoten hem en de piloot te hulp. Met z'n allen renden ze zo hard mogelijk weg. Een explosie klonk en iedereen liet zich plat op de grond vallen. Fleur wreef met een pijnlijk gezicht over haar schouder en ribben.

Ook Sanne en Milou wreven over hun kwetsuren. Noa lag met een bleek gezicht in het grasveld. Dorba hielp haar in de zithouding. Toen bleek dat iedereen in orde was, strompelde Fleur naar het roerloze lichaam van Tibor dat verderop lag.

'Is hij dood?' vroeg ze aan de man die erbij stond. De man knikte bevestigend.

'Hij ook?' Ze wees op Branco. Weer een knik. Fleur knielde bij het lichaam van Tibor neer en negeerde de pijn in haar ribben zo veel mogelijk. In de verte kwamen twee zwarte busjes aanrijden en een brandweerauto om de helikopter te blussen.

Fleur keek naar Tibors levenloze lichaam en zijn verwrongen mond die zijn laatste schreeuw niet meer af had kunnen maken. Ze staarde in de gebroken ogen van de man waar ze eens van had gehouden. Zijn stropdas zat scheef om zijn nek. Ze trok hem recht, net zoals ze had gedaan voordat ze amper anderhalf uur geleden met Tibor de kerk in was gestapt. Daarna worstelde ze zichzelf overeind. Zonder verder nog om te kijken liep ze weg.

63

Fleur zat geduldig te wachten in een streng beveiligd appartement. Als verliefd meisje was ze twee jaar geleden Kroatië ingekomen en als kroongetuige in een internationale vrouwenhandelzaak had ze het land verlaten. Gisteren was ze samen met haar vriendinnen alsnog met een andere helikopter naar het vliegveld gebracht. Nog geen uur later hadden ze onder begeleiding van Dorba en een paar van zijn collega's Kroatië verlaten. Tijd om afscheid te nemen van het land waar ze van was gaan houden, was er niet geweest, maar ze had al zoveel verloren dat dit er ook nog wel bij kon.

Vanochtend had ze Dorba uitgebreid gesproken. Eindelijk had hij zijn ware identiteit aan haar onthuld. Hij werkte voor Interpol en was vier jaar geleden samen met een paar andere collega's undercover gegaan. Hun missie was het oprollen van een internationaal netwerk dat via de zogenaamde Balkanroute meisjes en vrouwen naar West-Europa smokkelde. Het was Dorba's persoonlijke opdracht geweest te infiltreren in Tibors netwerk omdat Kroatië een belangrijk bron- en doorvoerland was van vrouwen en kinderen die in de rest van Europa tot prostitutie of arbeid werden gedwongen. Binnen een jaar was het Dorba gelukt zich op te werken tot Tibors rechterhand. Tibor had zijn grootste afzetmarkt in Nederland waar hij de meisjes onder het mom van au pair naartoe liet brengen. Het gros kwam als privéspeeltje terecht bij zijn klanten uit de 'hogere kringen', de overgebleven meisjes werden gedwongen de illegale prostitutie in te gaan.

Ook Nyura zou in Nederland gaan werken als au pair bij een rijke zakenman die grof voor haar betaald had. Gelukkig voor haar was ze op het nippertje bevrijd en maakte ze het naar omstandigheden goed. Fleur had haar gisteren al kort gesproken en vanochtend weer. Nyura was net als Fleur een belangrijke getuige geworden. En net als Fleur verbleef ze in een zwaarbewaakte kamer.

Dankzij het programmaatje dat Fleur op Tibors laptop had geïnstalleerd, had Interpol alle bestanden op zijn computer kunnen kopiëren en analyseren. Zo hadden ze de hand kunnen leggen op zijn volledige administratie en de voor Interpol nog ontbrekende schakels in zijn netwerk alsnog kunnen invullen. Via Fleurs telefoon, waar een zendertje in zat, hadden ze haar gesprekken met Nyura kunnen volgen en opnemen. Op dit moment werden er invallen gedaan bij Tibors contactpersonen in Nederland. Reggie bleek een van hen te zijn. Die wetenschap was een klap in Fleurs gezicht geweest. Ze had al die tijd gedacht dat Tibor haar uit Reggies klauwen had bevrijd, maar het bleek dat beide mannen het gewoon op een akkoordje hadden gegooid. Tibor wilde Fleur hebben en Reggie wilde deel uitmaken van zijn lucratieve handel. Ze voelde zich dubbel verraden en had plechtig gezworen dat ze nooit van haar leven meer een man zou vertrouwen. Het leven had haar genoeg te bieden als ze haar wonden had gelikt en zichzelf weer bij elkaar had geraapt.

Een stevige klop op de deur haalde haar uit haar overpeinzingen. De deur ging open en Milou en Sanne vlogen naar binnen. Noa volgde op krukken. Ze was gisteren behandeld in een ziekenhuis en zou er weer helemaal bovenop komen. De kogel had geen blijvende schade aangericht en de tijd zou de wond helen. Fleur knikte naar Dorba en hij sloot de deur om hun wat privacy te gunnen. Huilend sloot Fleur haar vriendinnen in de armen en klemde zich aan hen vast. Ze hadden elkaar nog niet gesproken sinds ze in veiligheid waren gebracht.

'O, Fleur,' fluisterde Noa. Ze zag nog wat bleek maar maakte verder een montere indruk. Fleur hielp haar naar het bed dat midden in de riante kamer stond. Noa kreunde en trok een pijnlijk gezicht toen Sanne haar gewonde been voorzichtig optilde zodat ze met gestrekte benen op het bed terecht kwam. Milou drapeerde alle kussens die ze in de kamer kon vinden achter Noa's rug. 'Zo beter?'

'Ja, maar doe me toch nog maar zo'n oranje jongen.'

Sanne haalde een strip pillen uit haar handtas en drukte er een uit. Milou pakte het flesje water dat op het nachtkastje stond en gaf het aan Noa.

'Wat is dat voor pil?' vroeg Fleur.

Noa nam hem eerst in met een flinke hoeveelheid water voordat ze antwoord gaf. 'Hoe heet dat spul ook alweer, San?'

Sanne keek achterop de strip. 'Tramal. Stevige pijnstiller volgens de dokter.'

Noa's gezicht ontspande. Met een gelukzalige glimlach nestelde ze zich tegen de kussens in haar rug aan.

'*Heavy shit*,' mompelde Fleur. Ze ging naast Noa op bed zitten en pakte haar hand. 'Ik vind je de dapperste vrouw die ik ooit gekend heb. Als je je niet op me had geworpen dan weet ik niet of ik hier vandaag nog had gezeten. Ik vind het verschrikkelijk dat ik jou en Sanne en Milou in gevaar heb gebracht.'

'Ach, in liefde en oorlog is alles geoorloofd zeggen ze toch weleens? Dit was een beetje van beide,' concludeerde Milou. 'Wat ik me nog steeds afvraag is wie er achter jouw ontvoering zat en waar je die dagen geweest bent.'

'Interpol. Ze hebben me al die tijd verhoord en me ervan proberen te overtuigen dat Tibor alleen gestopt kon worden als ik mee zou werken met het verzamelen van bewijs tegen hem. Eerst wilde ik niet geloven wat ze over hem vertelden en weigerde ik. Toen hebben ze me onder druk gezet en gedreigd me aan te klagen als medeplichtige als Tibor eenmaal gepakt was. Dat maakte me bang en ik gaf toe. Pas toen ik Nyura in de kelder vond, kon ik niet meer weglopen voor de waarheid en werd het een persoonlijke missie om Tibor te stoppen. Het moeilijkste vond ik dat ik jullie niets kon vertellen. Tibor mocht totaal geen argwaan krijgen, want dan zou ik mezelf, Nyura en jullie in gevaar brengen. Noa betrapte me 's nachts toen ik naar Nyura toe ging en ik kon niet anders dan haar summier informeren over Tibors werkzaamheden, maar dat ik een spion voor Interpol was, heb ik ook voor haar verborgen gehouden.'

'Zat die mafkees die onze hotelkamer binnendrong ook in het complot?'

'Ja, die overvaller was een collega van Dorba en het was nooit de bedoeling dat jullie gewond zouden raken of erger. Er was alles aan gelegen dat de telefoon, die door een stommiteit op straat terecht was gekomen, zo snel mogelijk weer bij de eigenaar terechtkwam. Hij mocht absoluut niet in verkeerde handen vallen en jullie zouden niet rusten totdat jullie hadden achterhaald van wie hij was. Of heb ik dat fout?'

'Nee, dat zie je heel scherp,' reageerde Noa. 'Maar voor een in scène gezette overval had die vent wel wat milder mogen zijn. Ik voel mijn ribben nog. Ik ben blij dat alles achter de rug is en we weer gewoon normaal kunnen doen. Je kunt bij mij wonen Fleur, tot je je leven weer een beetje op orde hebt.' Noa praatte inmiddels wat trager door de pijnstiller, maar haar woorden waren helder en ze keek Fleur recht aan. Fleur sloeg haar ogen neer. 'Dat is echt ontzettend lief van je, maar ik vrees dat ik niet met jullie mee kan naar Nederland.' Ze pauzeerde even kort. 'Het is niet veilig voor me. Ik ga samen met Nyura in een getuigenbeschermingsprogramma totdat het netwerk waar Tibor deel van uitmaakte helemaal is opgerold. Daarna moet ik getuigen in het proces. Dit is misschien wel de laatste keer dat we elkaar zien.' Het verdriet klonk door in Fleurs stem.

Noa's ogen sperden zich open. 'Dat meen je toch niet, Fleur? Ik heb je gered om je voorgoed kwijt te raken? Dat is toch niet eerlijk?' Noa's stem brak en haar ogen vulden zich met tranen. 'We kunnen je toch helemaal niet missen?'

'Fleur vindt vast wel een manier om contact te houden, toch Fleur?' Milou sloeg haar arm om Noa heen. 'Toch Fleur?' herhaalde ze met een stelligheid in haar stem die normaliter meer bij Noa paste.

'Ik weet het niet, lieverds.'

Fleur stond op en liep naar het raam. Ze voelde zich compleet onmachtig en hoewel ze dacht dat het niet meer kon, brak haar hart weer. Sanne liep achter haar aan en smoorde haar bijna in een omhelzing. Fleur liet zich gewillig tegen haar grote boezem drukken en sloot haar ogen om het moment ten volle te beleven. Haar kaken verkrampten van het ingehouden verdriet. Ze wilde er geen drama van maken, want daar had niemand wat aan, maar het kostte haar de grootste moeite. Na een paar minuten maakte ze zich los uit Sannes troostende armen. 'Ik ga jullie echt heel erg missen. Als het anders kon...'

Fleur begon te huilen en liet zich tegen Noa aan zakken. Wat hield ze van haar vriendinnen. Noa met haar scherpe tong en kleine hartje, wispelturige Milou die graag in haar eigen droomwereld leefde en mollige Sanne die een eeuwige strijd met haar gewicht voerde door haar liefde voor eten. Ze zou ze zo ontzettend gaan missen. Maar als ze wilde dat de mensen die het leven van onschuldige vrouwen verwoestten gestopt werden, dan moest ze dit doorzetten. Ze hoopte daarmee ook haar eigen leven te redden en haar schuldgevoel te verminderen. De taak die op haar schouders rustte was belangrijker dan zijzelf. Ze had zoveel fouten gemaakt in haar leven, vanaf nu zou ze alleen nog proberen het goede te doen. Vandaag was de perfecte dag om daarmee te beginnen.

Een korte klop en de deur zwaaide open. 'We moeten gaan,

Fleur, ben je er klaar voor?' Dorba lachte haar vriendelijk toe.

'Nee hoor, we zijn nog niet klaar. We zijn er nooit klaar voor.' Milou greep Fleur stevig vast. Fleur knikte naar Dorba en worstelde zich los. Ze gaf haar vriendinnen stuk voor stuk een dikke knuffel en een kus. Sanne en Milou stonden dicht tegen elkaar aan en Noa keek vanaf het bed triest voor zich uit. Fleur pakte haar gezicht tussen haar handen en keek haar indringend aan. 'Dank je wel voor alles. Ik zal nooit vergeten wat je voor me gedaan hebt.' Ze drukte Noa een kus op haar voorhoofd en stond op van het bed.

Milou pakte haar telefoon. 'Nog een laatste foto.' Smekend keek ze Dorba aan. Dorba knikte en pakte hem aan. Met z'n vieren kropen ze op het bed en grepen elkaar stevig vast.

'Probeer te lachen,' zei Dorba voordat hij hen vereeuwigde. Fleur genoot van het laatste moment dat ze met haar vriendinnen had en liet ze toen voorzichtig los.

'Gelukkig hebben we de foto's nog,' snifte Sanne. Fleur streelde haar liefkozend over haar wang en liep in een streep naar de deur. Het had geen zin om het moment nog langer uit te stellen. Dorba had Fleurs koffer, die al klaarstond bij de deur, gepakt. Zo zou het vanaf nu worden. Leven uit een koffer, zonder thuis. Ze hoopte ooit weer een thuis voor zichzelf te hebben. Bij de deur draaide ze zich om. 'Ik hou van jullie,' zei ze tegen de drie vrouwen die haar dierbaarder waren dan haar eigen leven. Nog één keer nam ze hun gezichten in zich op. Een traan liep over haar wang en ze veegde hem weg terwijl ze de deur sloot. Achter Dorba aan liep ze haar nieuwe toekomst tegemoet, waar die dan ook mocht zijn. Ze had geen idee wat die toekomst haar zou brengen, maar beroerder dan haar leven tot nu toe was geweest zou het waarschijnlijk niet worden.

Lees ook alvast een fragment uit

Vlucht uit New York

van Guillaume Musso

Vertaling: Wim van der Zande

ISBN paperback: 978 94 005 0472 1
ISBN e-book: 978 90 449 7314 3

Vlucht uit New York verschijnt op 1 juli 2014

De coupé met getinte ramen reed via Lexington 73th Street op. Sebastian deed de zonneklep omlaag om te voorkomen dat hij werd verblind. Het was in de herfst van 2012 erg mooi weer. Hij was behoorlijk overstuur na de heftige woordenwisseling met Camille. Het was de eerste keer dat hij haar had geslagen. Hij was zich bewust van de vernedering die ze had ondergaan en had spijt van de klap, maar de kracht van de tik was net zo groot geweest als zijn teleurstelling.

Het feit dat zijn dochter een seksleven had, had een verpletterend effect op hem.

Ze was nog veel te jong! Het bracht alle plannen die hij met haar had in gevaar. Het vioolspel, haar opleiding, de verschillende beroepen die voor haar open lagen: het was allemaal gepland en uitgeschreven, net als een stuk muziek. Er was geen ruimte voor andere zaken.

Hij probeerde tot rust te komen door diep adem te halen en naar buiten te kijken, naar het prachtige schouwspel van de herfst op deze mooie ochtend. De straten van de Upper East Side waren bedekt met felgekleurde bladeren. Sebastian hield van deze wijk met haar aristocratische en tijdloze karakter, waar de hogere klasse van de New Yorkse samenleving woonde. In deze enclave van luxe was de wereld rustig en in orde en was er niets te merken van alle opwinding en hectiek van de rest van de stad.

Hij kwam uit op 5th Avenue, sloeg af in zuidelijke richting en reed peinzend langs Central Park.

Hij had zich natuurlijk erg bezitterig gedragen, maar was dat niet een manier om zijn liefde voor zijn dochter te tonen? Ook al was die misschien wat onhandig? Kon hij een balans vinden tussen zijn plicht om haar te beschermen en haar onmiskenbare behoefte aan meer zeggenschap over haar eigen leven? Een paar seconden dacht hij dat het allemaal erg eenvoudig was en dat hij het over een andere boeg zou gooien. Maar toen herinnerde hij zich de strip met de pil en vergat hij zijn goede voornemens weer net zo snel.

Sinds zijn scheiding had hij Camille alleen opgevoed. Hij was er trots op dat hij haar alles had gegeven wat ze nodig had: liefde, aandacht, opvoeding. Hij had haar altijd op de eerste plaats gezet en in haar waarde gelaten. Hij was er altijd geweest en had zijn taak serieus genomen, elke dag weer. Van het huiswerk tot de vioollessen en het paardrijden.

Natuurlijk was er weleens wat misgegaan en had hij fouten gemaakt, maar hij had zijn best gedaan. Tijdens die moeilijke periode had hij vooral geprobeerd haar waarden bij te brengen. Hij had haar afgeschermd tegen slechte mensen, haar behoed voor onverschilligheid, cynisme en middelmatigheid. Jarenlang hadden ze een sterke en hechte band gehad. Camille vertelde hem alles en vroeg hem vaak naar zijn mening, ze luisterde naar zijn goede raad. Zij was zijn trots: een intelligente jonge meid, slim en ijverig, die uitblonk op school en die misschien op de drempel stond van een glansrijke carrière als violiste. Maar sinds een paar maanden hadden ze meer en meer onenigheid en hij moest toegeven dat hij zich steeds minder geschikt voelde om haar te begeleiden in de gevaarlijke oversteek van haar kindertijd naar de volwassenheid.

Een taxi toeterde om hem te waarschuwen dat het stoplicht op groen was gesprongen. Sebastian slaakte een diepe zucht. Hij begreep de mensen niet meer, de jongeren niet en deze tijd ook niet. Het maakte hem wanhopig en bang. De wereld danste op de rand van een vulkaan, overal loerde het gevaar.

Natuurlijk moest je meegaan met je tijd en je niet laten ontmoedigen, maar niemand geloofde nog ergens in. De mensen hadden geen houvast meer, de idealen waren verdwenen. De economische crisis, de milieucrisis, de sociale crisis. Het hele systeem ging ten gronde en alle deelnemers hadden zich daarbij neergelegd: politici, ouders en leraren. Wat er gebeurde met Camille haalde al zijn principes overhoop en versterkte zijn natuurlijke angsten.

Sebastian had zich teruggetrokken, in zijn eigen wereld. Tegenwoordig kwam hij nauwelijks meer buiten zijn eigen wijk en vrijwel nooit meer buiten Manhattan. Als beroemde vioolbouwer die hield van de eenzaamheid, sloot hij zich steeds vaker op in zijn atelier. Daar verbleef hij dagenlang met alleen de muziek als gezelschap en werkte hij aan zijn instrumenten. Hij stelde hun timbre en hun klank bij en maakte elk instrument tot een uniek exemplaar waar hij trots op was. Zijn werk werd verkocht in Europa en Azië, maar zelf kwam hij daar nooit. Hij ontmoette maar weinig mensen, hoofdzakelijk een kleine kring bekenden uit de wereld van de klassieke muziek en leden van de oude bourgeois families die al generaties lang aan de Upper East Side woonden.

Hij keek op zijn horloge en gaf gas. Ter hoogte van de Grand Army Plaza kwam hij langs de lichtgrijze voorgevel van het voormalige Savoy-hotel en slalomde tussen de auto's en de koetsen met toeristen door naar Carnegie Hall. Hij parkeerde zijn wagen in de parkeergarage tegenover de beroemde concertzaal en nam de lift naar zijn atelier.

De firma Larabee & Son was opgericht door zijn grootvader Andrew Larabee, aan het einde van de jaren twintig van de vorige eeuw. In de loop der tijd had het bescheiden werkplaatsje een internationale reputatie opgebouwd en was het een van de belangrijkste adressen geworden voor de vervaardiging van nieuwe en de restauratie van oude snaarinstrumenten. Zodra Sebastian het atelier binnenkwam, ontspande hij zich. Hier was het rustig en vredig en leek de tijd stil te hebben gestaan. De aangename geuren van esdoorn, wilgen en sparren mengden zich met de wat scherpere lucht van vernis en oplosmiddelen. Hij hield van de bijzondere sfeer van dit ambacht uit vroeger tijden. In de achttiende eeuw had de opleiding in Crémona de kunst van het vioolbouwen tot haar absolute hoogtepunt gebracht. Sinds die tijd was de techniek nauwelijks meer verbeterd. In een wereld die voortdurend veranderde, gaf deze stabiliteit een vorm van zekerheid.

Gezeten aan hun werktafels werkten de vioolbouwers en de leerlingen aan verschillende instrumenten. Sebastian groette Joseph, zijn chef van de werkplaats, die bezig was de schroeven van een altviool af te stellen.

'De mensen van Farasio hebben gebeld over de Bergonzi. De overdracht is twee dagen eerder dan gepland,' zei Joseph terwijl hij de houtkrullen van zijn leren voorschoot veegde.

'Die hebben lef! Het wordt erg lastig voor ons om die deadline te halen,' antwoordde Sebastian ongerust.

'Bovendien willen ze graag vandaag de authenticiteitsverklaring van je ontvangen. Denk je dat dat lukt?'

Sebastian was niet alleen een begenadigd vioolbouwer, maar ook een erkend expert op dat gebied.

Hij kreeg een vermoeide uitdrukking op zijn gezicht. Dit was de belangrijkste verkoop van het jaar. Het was ondenkbaar dat die niet doorging.

'Ik moet mijn aantekeningen afmaken en het rapport schrijven, maar als ik nu onmiddellijk aan de slag ga dan hebben ze het vanavond.'

'Goed, dan laat ik ze dat weten.'

Sebastian liep door naar de grote ontvangstruimte, waarvan de wanden waren bekleed met purper velours. Aan het plafond hingen een stuk of vijftig violen en altviolen die de ruimte een bijzondere sfeer gaven. De zaal had een uitstekende akoestiek en ze hadden al vele bekende vioolspelers uit alle hoeken van de wereld ontvangen om een instrument te kopen of te laten repareren.

Sebastian ging aan zijn werktafel zitten en zette zijn dunne bril op voordat hij het instrument oppakte dat hij moest beoordelen. Het was een zeldzaam exemplaar: het was eigendom geweest van Carlo Bergonzi, de meest begaafde leerling van Stradivarius. Het instrument dateerde uit het jaar 1720 en verkeerde in uitstekende staat. Het veilinghuis Farasio wilde het voor meer dan een miljoen verkopen op de aanstaande grote herfstveiling.

Als expert met een wereldwijde reputatie kon Sebastian zich geen enkele misstap veroorloven bij een zo belangrijke gebeurtenis. Net als een wijnproever of een parfummaker had hij duizenden details van alle grote vioolbouwscholen opgeslagen in zijn geheugen: Crémona, Venetië, Milaan, Parijs, Mirecourt... Maar ondanks al die kennis en ervaring bleef het moeilijk om met zekerheid de authenticiteit van een instrument vast te stellen. En met elke beoordeling zette Sebastian zijn reputatie op het spel.

Voorzichtig klemde hij de viool tussen zijn schouder en zijn kin, tilde de strijkstok op en speelde de eerste maten van een suite van Bach. De klank was buitengewoon mooi. In elk geval tot het moment dat een van de snaren plotseling brak en als een elastiek in zijn gezicht sloeg. Stijf van schrik legde hij het instrument neer. Hij had al zijn nervositeit en zijn gespannenheid in zijn spel gelegd. Het incident van die ochtend speelde door zijn hoofd en hij kon zich absoluut niet concentreren. De verwijten van Camille echoden door zijn gedachten en hij maakte ze nog heftiger dan ze al waren. Hij moest toegeven dat er een kern van waarheid zat in wat ze had gezegd. Deze keer was hij te ver gegaan. Hij was doodsbang dat hij haar zou kwijtraken en wist dat hij zo snel mogelijk weer met haar in gesprek moest komen, ook al was dat niet gemakkelijk. Hij keek op zijn horloge en pakte zijn mobieltje. De lessen waren nog niet begonnen en met een beetje geluk... Hij probeerde haar te bellen, maar kreeg meteen haar voicemail.

Het zat niet mee.

Hij wist nu zeker dat de strategie van de rechtstreekse confrontatie tot mislukken was gedoemd. Hij zou de teugels moeten laten vieren, in elk geval ogenschijnlijk. En daarvoor had hij hulp nodig. Van iemand die hem kon helpen het vertrouwen van Camille weer terug te winnen. Terwijl hij hun relatie herstelde kon hij zien wat er aan de hand was en zijn dochter weer op het juiste pad brengen. Maar aan wie zou hij hulp vragen?

In gedachten liet hij de verschillende mogelijkheden de revue passeren. Een goede vriend? Hij kende voldoende mensen, maar had met niemand een voldoende vertrouwelijke band voor zo'n persoonlijk probleem. Zijn vader was vorig jaar overleden en zijn moeder blonk niet bepaald uit in vooruitstrevendheid. Zijn vriendin Natalia? Ze verbleef op dit moment in Los Angeles met het New York City Ballet. Dan bleef Nikki over, de moeder van Camille...

Nikki...

Nee, dat was geen serieuze optie. Ze hadden elkaar al zeven jaar niet meer gesproken. En hij zou liever creperen van ellende dan hulp vragen aan Nikki Nikovski!

Nu hij erover nadacht, was het misschien zelfs mogelijk dat zij Camille de pil had gegeven. Tenslotte was Nikki een fervent aanhangster van vrije omgang met allerlei zeden en zogenaamd progressieve ideeën: emancipatie van kinderen, hen blind vertrouwen, niet straffen, niet autoritair behandelen, tolerant blijven ten koste van alles en hen totale vrijheid geven, op het onverantwoordelijke en naïeve af. Hij vroeg zich af of Camille misschien haar moeder om raad had gevraagd in plaats van hem. Maar zelfs bij een intiem onderwerp als voorbehoedsmiddelen leek hem dat weinig waarschijnlijk. Allereerst omdat Nikki en haar dochter elkaar nauwelijks zagen, al dan niet uit eigen wil, maar ook omdat Nikki zich nauwelijks had bemoeid met Camilles opvoeding.

Elke keer als hij aan zijn ex-vrouw dacht, voelde Sebastian een mengeling van bitterheid en woede. Die woede was vooral gericht tegen zichzelf, omdat de mislukking van hun relatie al was voorgeprogrammeerd. Het huwelijk was de grootste fout geweest die hij ooit had gemaakt. Hij had er zijn illusies door verloren, zijn kalmte en zijn levensvreugde. Ze hadden elkaar nooit moeten tegenkomen in het leven en helemaal niet van elkaar moeten houden. Ze kwamen niet uit hetzelfde sociale milieu, hadden niet dezelfde opleiding en zelfs niet hetzelfde geloof. Ook wat betreft karakter en temperament waren ze elkaars tegenpolen. En ondanks alles hadden ze van elkaar gehouden!

Toen Nikki vanuit New Jersey, waar ze was geboren, was neergestreken in Manhattan, was ze begonnen als mannequin en droomde van een carrière als musicalactrice op Broadway. Ze leefde bij de dag, zorgeloos en ongedwongen. Ze was levendig, extravert, hartstochtelijk en innemend en maakte gebruik van haar charmes om haar doel te bereiken. Maar ze was erg heftig en had een enorme behoefte aan aandacht en liefde. Ze leefde van de blikken die mannen in haar richting wierpen, speelde voortdurend met vuur en ging erg ver in de bevestiging van haar aantrekkingskracht. Ze was precies het tegenovergestelde van Sebastian.

Hij was ingetogen en discreet, het product van een elitaire en burgerlijke opvoeding. Hij gaf er de voorkeur aan om vooruit te kijken, zijn leven te plannen en te werken aan zijn toekomstprojecten. Zijn ouders en zijn vrienden hadden hem in een vroeg stadium gewaarschuwd en hem duidelijk gemaakt dat Nikki geen meisje was voor hem. Maar hij was eigenwijs geweest. Een onweerstaanbare kracht trok hen tot elkaar aan. Ze lieten zich leiden door het bekende en naïeve verhaal dat juist tegenpolen elkaar aantrekken en dachten dat het hen wel zou lukken. In een opwelling waren ze getrouwd en vrijwel meteen was Nikki zwanger geworden en was er een tweeling geboren: Camille en Jeremy. Na een chaotische jeugd was Nikki op zoek naar stabiliteit en het moederschap. Hij had een zeer conservatieve opvoeding achter de rug en dacht in deze relatie een uitweg te vinden uit de verstikkende greep van zijn familie. Beiden beleefden ze deze liefdesrelatie als een uitdaging en hadden ze de wil om grenzen te overschrijden die verboden waren. De terugslag was hard geweest. De onderlinge verschillen, die hun relatie in het begin hadden gevoed, werden snel de oorzaak van voortdurende meningsverschillen. Zelfs na de geboorte van de tweeling waren ze er niet in geslaagd om een gemeenschappelijke basis te vinden van waaruit ze verder konden komen in het leven. De noodzaak om samen hun kinderen op te voeden vanuit een gezamenlijk idee versterkte juist hun conflicten. Nikki wilde een opvoeding die was gebaseerd op vrijheid en zelfbeslissingsrecht. Sebastian was het niet met haar eens en vond dat veel te gevaarlijk. Hij had geprobeerd haar ervan te overtuigen dat alleen strikte regels de persoonlijkheid van een kind tot ontwikkeling brachten. Hun verschillende standpunten waren onverenigbaar en ze wilden beiden geen centimeter toegeven. Niets aan te doen. Je kunt een persoonlijkheid niet fundamenteel veranderen, net zomin als mensen zelf.

Uiteindelijk gingen ze uit elkaar na een moeilijke periode, die door Sebastian werd gezien als verraad. Nikki was verder gegaan dan hij kon verdragen. De gebeurtenissen hadden hem kapotgemaakt en waren een duidelijk signaal geweest om een punt te zetten achter hun huwelijk, dat geen enkele zin meer had.

Om de kinderen te redden van deze ondergang en de zeggenschap over hen te krijgen, nam Sebastian een advocaat in de arm die was gespecialiseerd in scheidingen en familierecht. Hij was een oude rot in het vak en hij had Nikki op haar knieën gedwongen en haar ertoe gebracht af te zien van het grootste deel van haar ouderlijke rechten. Maar de zaken lagen toch moeilijker dan het aanvankelijk leek.

Uiteindelijk had Sebastian een ongewoon voorstel gedaan aan zijn toekomstige ex-vrouw: hij zag af van de zorg voor Jeremy als hij de zeggenschap kreeg over Camille. Om te voorkomen dat ze in een juridische strijd de kans liep om alles te verliezen, ging Nikki akkoord met die verdeling.

Daarom leefden Camille en Jeremy sinds zeven jaar in twee verschillende huizen onder de verantwoordelijkheid van twee ouders die hun kinderen op volstrekt tegenovergestelde wijze opvoedden. De bezoekjes aan de 'andere' ouder waren schaars en streng gereglementeerd. Camille zag haar moeder slechts een zondag per twee weken, als Jeremy bij Sebastian op bezoek was.

Zijn huwelijk met Nikki had veel weggehad van een tocht door de hel, maar sindsdien was de situatie volkomen veranderd. Sebastian had zijn leven weer op de rails gekregen en Nikki was niet meer dan een nare herinnering uit het verleden. Af en toe hoorde hij via Camille nog weleens wat over haar. Haar loopbaan in de modewereld was niet van de grond gekomen en die van actrice was niet eens begonnen. Volgens de laatste berichten was ze gestopt met de fotoshoots en de castings en had ze haar dromen over het theater opgegeven om zich helemaal te wijden aan de schilderkunst. Ze was erin geslaagd haar doeken te exposeren in tweederangs galerieën in Brooklyn, maar verder wilde het met haar bekendheid niet vlotten. De mannen kwamen en gingen in haar leven: steeds een ander, maar nooit de juiste. Ze leek een bijzonder talent te hebben om mannen aan te trekken die haar leed berokkenden. Die haar zwakke plekken vonden, wisten waar ze kwetsbaar was en daar hun voordeel mee deden. Toch leek het erop dat ze met de jaren op zoek was naar meer stabiliteit in haar liefdesleven. Volgens Camille had Nikki sinds een paar maanden een verhouding met een agent van de NYPD. Vanzelfsprekend was de man tien jaar ouder dan zij. Bij Nikki was niets eenvoudig.

Het geluid van zijn mobiel rukte Sebastian weg uit zijn gedachten. Hij keek op het scherm en zijn ogen werden groot van verbazing. NIKKI NIKOVSKI stond er. Was het toeval of...

Even wist hij niet wat hij moest doen. Hij had bijna geen contact meer met zijn ex. Het eerste jaar na hun scheiding hadden ze elkaar steeds gezien bij de 'overdracht', maar tegenwoordig beperkten hun contacten zich tot wat zakelijke sms'jes over de organisatie van de tweewekelijkse bezoekjes van hun kinderen. Als Nikki de moeite nam om hem te bellen, was er iets ernstigs aan de hand.

Camille... dacht hij toen hij opnam.

'Nikki?'

'Hallo Sebastian.'

Hij hoorde onmiddellijk de bezorgdheid in haar stem.

'Heb je een probleem?'

'Het gaat om Jeremy. Heb je iets van hem gehoord de afgelopen dagen?'

'Nee, hoezo?'

'Ik begin me ongerust te maken. Ik heb geen idee waar hij is.'

'Hoe bedoel je?'

'Hij is niet naar school gegaan. Gisteren niet en vandaag ook niet. Hij neemt zijn mobiel niet op en heeft niet thuis geslapen sinds...'

'Wat is dat voor onzin!' onderbrak hij haar. 'Hij slaapt buitenshuis?'

Ze gaf niet meteen antwoord. Ze was voorbereid op zijn woede en zijn verwijten.

Uiteindelijk gaf ze toe: 'Hij is al drie nachten niet thuis geweest.'

De adem stokte Sebastian in de keel. Hij kneep zijn mobieltje bijna fijn met zijn hand.

'Heb je de politie gewaarschuwd?'

'Ik denk niet dat dat een goed idee is.'

'Waarom?'

'Kom maar hierheen, dan leg ik het je uit.'

'Ik kom eraan,' zei hij, en hij hing op.

Sebastian vond een parkeerplek op de kruising van Van Brunt Street en Sullivan Street. Door het drukke verkeer had hij er bijna drie kwartier over gedaan om in Brooklyn te komen.

Na de scheiding was Nikki met Jeremy in het westelijke deel van South Brooklyn gaan wonen, in de wijk Red Hook, het voormalige bastion van de maffia en de dokwerkers. Het gebied was een enclave en was slecht bereikbaar met het openbaar vervoer en was lange tijd geïsoleerd en erg onveilig geweest. Maar het gevaarlijke verleden was voorbij en tegenwoordig leek Red Hook niet meer op de vervallen wijk uit de jaren tachtig en negentig. Net als veel andere plaatsen in Brooklyn was Red Hook een moderne en hippe buurt geworden, die erg in trek was bij artiesten en andere creatieve beroepsgroepen.

Sebastian kwam hier slechts hoogst zelden. Soms bracht hij Camille zaterdags hierheen, maar hij was nog nooit binnen geweest in het appartement van zijn ex. Bij elk bezoek aan Brooklyn was hij verbaasd geweest over de snelheid waarmee de veranderingen zich in de wijk voltrokken. De vervallen opslagplaatsen en dokken maakten in razend tempo plaats voor galerieën en biologische restaurants.

Sebastian deed zijn auto op slot en de liep de straat in tot de rode bakstenen voorgevel van een voormalige papierfabriek, die was omgebouwd tot een appartementengebouw. Hij ging het kleine gebouw binnen en liep met twee treden tegelijk de trappen op tot de op een na hoogste etage. Nikki stond hem op te wachten op de drempel van een metalen branddeur, die ook als voordeur fungeerde.

'Hallo Sebastian.'

Terwijl hij zijn emoties onder controle hield bekeek hij haar. Ze had nog altijd een slank figuur en zag er getraind uit: brede schouders, een smalle taille, lange benen en strakke, ronde billen. Haar gezicht was onmiskenbaar nog net zo mooi met de hoge jukbeenderen, de fijn gevormde neus en de katachtige ogen. Ze had echter de neiging om dit moois te verbergen achter een air van gespeelde onverschilligheid. Haar lange, roodgeverfde haren waren in twee vlechten gedraaid en opgestoken in een wrong. Haar amandelvormige, groene ogen hadden te veel zwarte oogschaduw, haar slanke lichaam stak in een te grote broek en haar borsten waren opgesloten in een veel te laag uitgesneden T-shirt.

'Hallo Nikki,' zei hij toen hij het appartement binnenging zonder te wachten tot ze hem binnen vroeg. Hij kon zich niet bedwingen om de ruimte aandachtig te bekijken.

De oude fabriek bood onderdak aan een grote loft, die met trots het industriële verleden liet zien: een witgeverfde, oude houten vloer, zichtbare houten balken, gietijzeren pilaren en dakbalken, een muur van oude bakstenen en een verhoging van grijs beton. Overal tegen de muren stonden op de vloer geplaatste, grote schilderijen te drogen. Abstracte schilderijen, die Nikki de afgelopen tijd had gemaakt. Sebastian bekeek de bij elkaar geraapte, vreemd aandoende inrichting, die waarschijnlijk afkomstig was uit kringloopwinkels en van vlooienmarkten en die uiteenliep van een oude Chesterfieldbank tot een verroeste deur op een paar schragen. Mogelijk zat er een esthetische logica in het geheel, maar die ontging hem dan volledig.

'Goed, vertel het verhaal maar,' zei hij op gebiedende toon.

'Ik heb het je al uitgelegd: sinds zaterdagmorgen heb ik niks meer vernomen van Jeremy.'

Hij schudde zijn hoofd. 'Zaterdag? Het is nu dinsdag!'

'Ik weet het.'

'En pas nu word je ongerust?'

'Ik heb je gebeld omdat ik je hulp nodig heb, niet om me te overspoelen met verwijten.'

'Maar in wat voor een wereld leef jij? Weet je hoe moeilijk het is om een kind meer dan achtenveertig uur na zijn verdwijning nog terug te vinden?'

Ze onderdrukte een kreet en greep hem krachtig bij de kraag van zijn jasje in een poging hem eruit te gooien.

'Sodemieter op! Als je niet gekomen bent om me helpen, ga dan naar huis!'

Verrast door de heftigheid van haar aanval lukte het hem zich los te maken, Nikki's handen te pakken en haar vast te houden.

'Leg me dan uit waarom je me niet eerder hebt gewaarschuwd!'

Ze keek hem strak aan. Haar irissen hadden goudbruine aderen en in haar ogen lag een uitdagende blik.

'Als je wat meer belangstelling had gehad voor je zoon, dan had ik misschien niet zo geaarzeld!'

Sebastian accepteerde het verwijt en reageerde op aanzienlijk kalmere toon: 'Ik beloof je dat we Jeremy terugvinden, maar je moet me het hele verhaal vertellen, vanaf het begin.'

Wantrouwig wachtte Nikki een paar seconden voordat ze haar ogen neersloeg. 'Ga zitten, ik maak koffie voor je.'